小本小說
孤兒記
第一集
第一冊

女神
郭沫若著
1921.

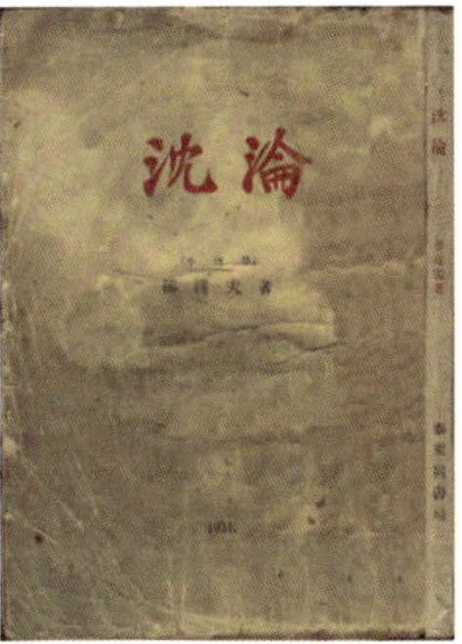
沈淪

冬夜
平伯作

蕙的風
汪静之作

聞一多著
紅燭
上海泰東圖書局印行

月夜

山野掇拾

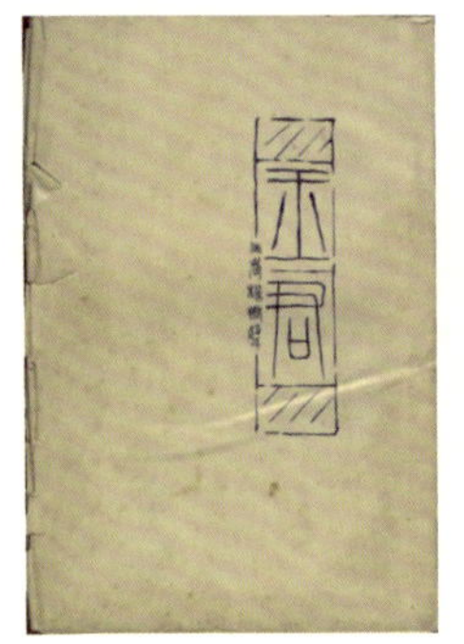
玉君

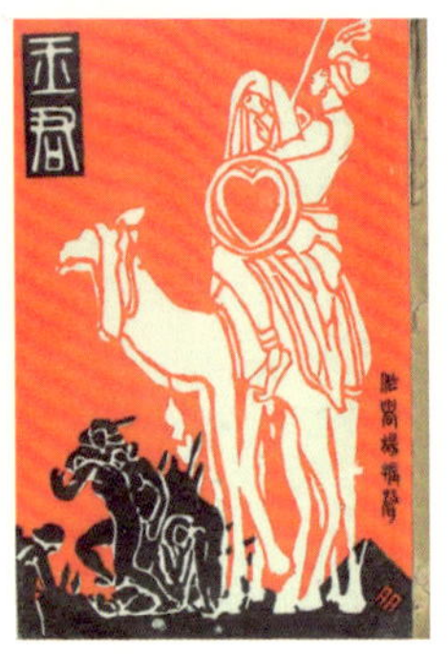
玉君

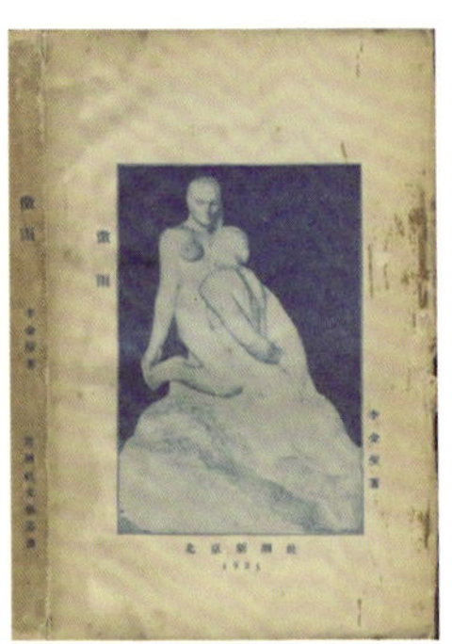

书海拾珍

中国现代作家处女作初版本录

唐文一 著

復旦大學出版社

前　言

由于工作的缘故，多年来接触了许多作家和与他们相关的各类文献资料，耳濡目染了不少关于作家背后十分有趣的事情，从而萌发了进一步梳理现代作家历史文献资料的念头，将这些资料背后鲜为人知的事情钩沉考证出来，既可填补历史文献资料研究方面的一些空白，又可以飨读者，满足大众阅读的需求，岂不亦乐事。

本书收集了中国现代作家处女作的初版本近 90 部，试以图文的形式来讲述这些初版本背后鲜为人知的事情，它们多数经历了半个世纪以上的沧桑，有些甚至超过了百年，岁月的积淀更增加了它们的历史厚重感，每部版本都有着说不完的故事，它们是作家的第一部书，承载着作家挥之不去的时代记忆。在书中可以清晰地看到这些初版本封面及版权页的原貌，在一睹它们风采的同时阅读一段与之相关的趣事，了解这些作家是怎样走上创作道路的，他们的第一部书又是如何问世的，这有助于更深一步地了解作家的人品与文品，同时也为版本学家们研究考证版本提供一些线索。

走文学创作道路要耐得住寂寞与孤独，这些作家在他们创作起步的过程中往往是身居昏暗斗室之中，一支笔一摞纸，有的连桌椅都没有，只能卧床而写，日复一日地独处，夏天挥汗如雨，冬天裹着被褥御寒，常常是吃了上顿没下顿，靠典当借债度日。然而他们的内心世界是极为丰富的，他们有着自己的理想与追求，心里始终装着祖国与人民，他们是在为人民而写作，他们的作品有的大气磅礴，有的婉约如画，有的一针见血，有的隐喻含蓄。他们的付出与索取是很不对等的，当他们呕心沥血地把鲜活的作品呈献给读者的时候，并不需要得到多少丰厚的物质利益，读者的认可就是他们最大的夙愿，他们是把心交给了读者。本书不遗余力地对这些版本产生背景和自身特点以及来龙去脉进行必要的求证与考证，力图还原历史的本来面目，让读者看到一个既真实可信又让人敬仰的作家。

这些难得一见的处女作初版本都是现代文学中的瑰宝，具有很高的文物价值，许多书都已被列入新善本的行列，其中不乏绝版孤本书，存世的也极为少见。物以稀为贵，这就更显出了它们的珍贵性。将这些珍贵的文物呈现在读者面前一起共享它们的风采，是件十分荣幸的事情。

目录

“半偷半做”的小说尝试

——周作人的《孤儿记》

周作人作为“五四”时期新文学的领军人物，成名早于他的哥哥鲁迅，他一生著作等身，文学理论与批评是激流勇进，引领风潮，散文创作如火纯青，脍炙人口，然而他最早进行文学创作尝试的是小说，虽说是文言且不成功，但毕竟出了单行本，这便成了他文学创作的处女作，恐怕在新文学圈子里，他也是第一个出版原创小说的人。

那是民国以前的事了，1903年，在南京江南水师学堂读书的周作人读了报上连载苏曼殊翻译雨果的小说《惨世界》(即《悲惨世界》)，又看了梁启超介绍雨果的文章，深深被雨果的小说所吸引，为提高英语水平，他好不容易凑足了16元钱在书店买了一套美国版的《雨果作品选集》，共8册，同时他还看了不少西方其他作家的英文版小说，1905年初，他翻译了《侠女奴》《玉虫缘》两本小说，分别署名“萍云女士”和“碧罗

周作人《孤儿记》封面

女士”由上海小说林总编译所出版。为何以女士署名，主要因为当初清政府实施严政，禁止学堂学生“妄发狂言怪论，以及著书妄谈，刊布报章”。再者这两部译作最初是投给上海小说林社办的《女子世界》的。

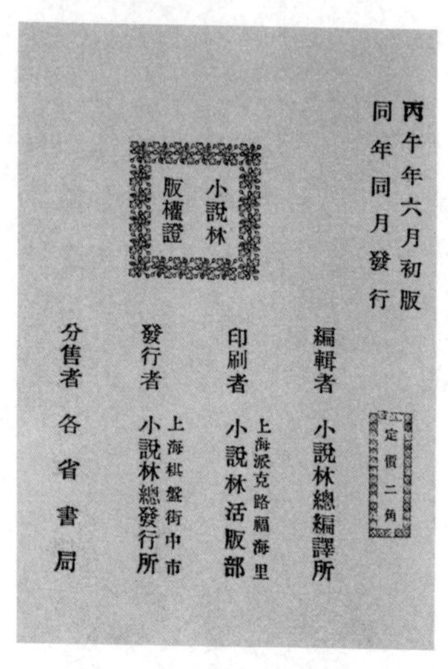

丙午年六月初版
同年同月發行

小說林
版權證

定價二角

編輯者 小說林總編譯所
印刷者 上海派克路福海里 小說林活版部
發行者 上海棋盤街中市 小說林總發行所
分售者 各省書局

周作人《孤儿记》版权页

译著的发表与出版让周作人兴奋不已，促发了他创作小说的欲望，1905 年 4 月，他的两篇关注妇女题材的原创小说以“萍云”为笔名在《女子世界》总第 13 期上刊出了，一篇《好花枝》1200 字，另一篇《女猎人》4000 字，都是很好的散文化小说，颇受读者的欢迎，但因篇幅短未能成册。为了继续过把出书瘾，试一下自己创作更长一些小说的能力，受雨果小说的启发，又写出了 2 万字的小说《孤儿记》，讲述了孤儿阿番，从小就很贫穷，住在土洞里，靠乞讨为生，长大后偶尔的一次偷盗被抓进监狱，并罚做苦役，因为同牢犯人抱不平杀死了看守长，被判处死刑，在临刑前，他掏出身上仅有的一点钱说：“送给孤儿们。”周作人创作这篇小说可费大劲了，开始写得还挺顺利，可越往后越觉得没得可写了，情急之中拿出《雨果作品选集》，照葫芦画瓢，半偷半做地续上后半部分，好歹凑了个完整的故事。小说林社将署名“平云”的《孤儿记》列为“小本小说”丛书第一集的第一册，于 1906 年 6 月出版，封面设计惨了点，感觉像鸳鸯蝴蝶派小说。这是周作人出版的第一部原创文学作品，也是他第一次拿到 20 元稿费（以前的译著只得到所赠书刊），高兴之余，自己奖励自己，马上到洋货公司去买了个白帆布的衣包。

此后再也没见周作人写过小说，《孤儿记》成了他唯一的一部小说，后来周作人在回忆中写道："那三种小书侥幸此刻早已绝版，就是有好奇的人恐怕也不容易找到了，这是极好的事，因为他们实在没有给人看的价值。但是在我自己却不是如此，这并非什么敝帚自珍，因为他们是我过去的出产，表示我的生活的过程的，所以在回想中还是很有价值，……"是的，小小的《孤儿记》随着历史的沧海飘过了百余年，但它留给了人们更多的记忆与回想，因而它的价值更加弥足珍贵。

新文学的处女作诗集

——胡适的第一部白话诗集《尝试集》

1916年初，远在美国哥伦比亚大学留学的胡适，经同乡、上海亚东图书馆老板汪孟邹介绍，与国内刚创刊不久的《新青年》杂志主编陈独秀建立了通信联系，陈独秀也是安徽人，他们之间的乡情以及对革新文学的共同看法，很快使他们的交往密切起来。在陈独秀的鼓动下，胡适写出鼓吹白话文学的《文学改良刍议》寄给陈独秀，刊登在1917年1月出版的《新青年》2卷5期上，打响了白话文运动第一枪，随后，陈独秀在2月的《新青年》2卷6期上发表了他的《文学革命论》，同期还刊登了胡适的8首白话诗，这是中国现代文学史上最早的白话诗。一场轰轰烈烈的新文化运动由此拉开了大幕。

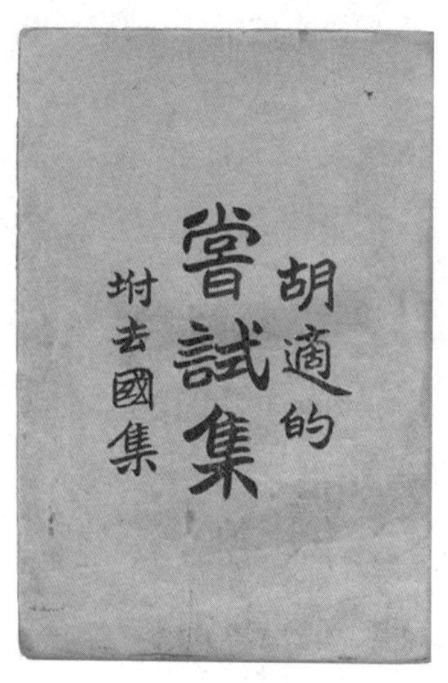

胡适《尝试集》封面

1920年3月，上海亚东图书馆出版了胡适的白话诗集《尝试集》，使它成为中国现代文学史上第一部个人白话诗集，堪称“新文学的处女作”。虽说《尝试集》中的诗还未完全脱离文言的巢臼，有的甚至就是大白话，缺少诗意，道理浅显，但它毕竟是开创性的，带有鲜明的时代色彩。人们争相购买《尝试集》，初版数月即售完，不到两年就卖出一万册。此时在北大任教的胡适一下就成了名人，效仿“胡适之体”作白话新诗的人越来越多，赞誉声不绝于耳，钱玄同在为《尝试集》作的序中对胡适尝试用现代白话作诗，表示“非常佩服，非常赞成”，赞扬他“知”了就“行”，以身作则，做社会的先导。刚从美国回来的梁启超看过《尝试集》后，致信胡适表示祝贺，沈尹默、刘半农、俞平伯、康白情等人纷纷响应作起白话诗来。

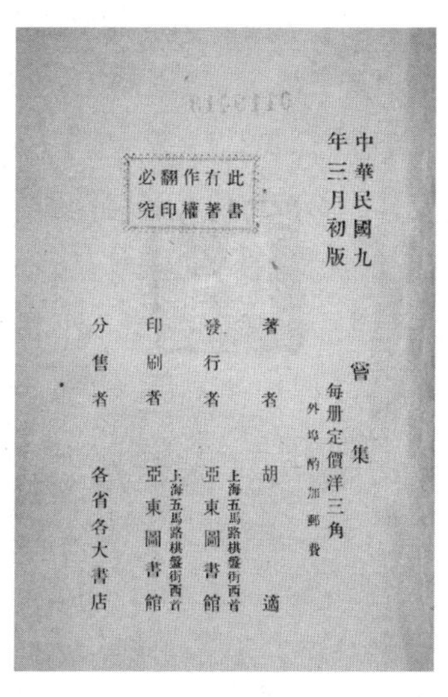
中華民國九年三月初版

此書有著作權翻印必究

嘗試集 每冊定價洋三角 外埠酌加郵費

著者 胡適

發行者 上海五馬路棋盤街西首 亞東圖書館

印刷者 上海五馬路棋盤街西首 亞東圖書館

分售者 各省各大書店

胡适《尝试集》版权页

但对胡适与他的诗的抨击也是异常猛烈的，主要来自两个方面：一面是以章太炎、林纾、黄侃为代表的坚持国粹的旧派文人，他们攻击胡适旧学根基尚差，故标新立异，另辟蹊径，指责他做白话诗是为迎合中学生的口味，讽刺他是“左右校长而出的秦二世”，甚至不叫胡适的名字，而叫他“黄蝴蝶”（胡适作白话诗《蝴蝶》中有句“两个黄蝴蝶，双双飞上天”。），以示嘲讽；另一面则是致力于新诗创作的新贵们，他们也在探索着新诗的创作，可他们不认同胡适对诗歌的理解，更是一百个看不上他写的白话诗，他们从文学鉴赏的角度来评胡适的诗，觉得胡适写的就不叫诗，是对诗的糟蹋。如闻一多曾说：“胡适之先生自序再版《尝试集》，因为他的诗由词曲的音节进而为纯粹的‘自由诗’的音节，很自鸣得意。其实这是很可笑的事。”朱湘认为《尝试集》中“没有一首不是平庸的”；成仿吾也说“《尝试集》里本来没有一首诗”；穆木天认定胡适是中国新诗运动中最大的罪人，总之他们对胡适和他的诗表示出极大的轻蔑。其实这些抨击带给胡适的是更多的欣慰，因为他的目的达到了，他意在以自己最初的尝试推动新文学运动向纵深发展。就是在胡适的抛砖引玉下，郭沫若的自由诗和闻一多的格律诗都取得了令人瞩目的成就，胡适功不可没。

《尝试集》以 1922 年 10 月删改增订 4 版为定本，后又再版了十几次，印数不少，现在很容易见到，然而保持最初原貌的 1920 年 3 月的初版本已很难见到了，它是了解研究中国新文学发轫初端最重要的凭证，具有不可替代的文物价值。

时代的骄子

——郭沫若的处女作诗集《女神》

1921年8月5日，上海泰东图书局出版了郭沫若第一本自由体白话诗集《女神》，除《序诗》外，共收作品56篇，分为三辑，第一辑三个诗剧：《女神之再生》《湘累》《棠棣之花》，合称“女神三部曲”；第二辑有以《凤凰涅槃》《炉中煤》等为代表的30首诗；第三辑23首诗，它作为创造社丛书的第一种，为刚刚成立的创造社打响了头一炮。近一个世纪过去了，现在要想一睹郭沫若处女作诗集《女神》的初版本风采，的确不是件容易的事了，有人称它存世仅三本，也有人称它海内孤本，不管怎样它是稀有之物，是世间的珍品。

郭沫若《女神》封面

从1919年下半年开始，在日本福冈九州帝国大学医学部读书的郭沫若，诗性大发，不断有新诗在上海《时事新报》副刊《学灯》上刊出，很快在国内文坛有了一定的名气。这期间，郭沫若与在日本留学的郁达夫、田汉、成仿吾、张资平等文学青年一直都在酝酿着成立一个同人社团，办一个纯文学杂志。正当他们苦苦寻觅之时，终于天赐良机，1921 年 3 月，成仿吾接到在上海泰东图书局任法学部主任的同乡李凤亭的来信，说是泰东图书局老板赵南公准备聘成仿吾为文学部主任，希望他能回上海。4 月初，成仿吾放弃学业启程回国，郭沫若等人都觉得这是个好机会，弄好了泰东图书局能为他们出版纯文学杂志。大家力推郭沫若暂时休学与成仿吾一同回国。

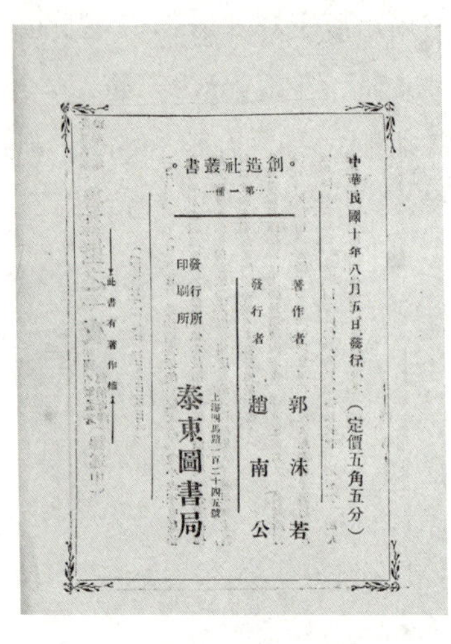

·創造社叢書·

第一種

中華民國十年八月五日發行（定價五角五分）

著作者 郭沫若

發行者 趙南公

發行所
印刷所 泰東圖書局 上海四馬路一百二十四五號

此書有著作權

郭沫若《女神》版权页

泰东图书局成立于 1914 年，在上海原是个不起眼的小书局，老板赵南公是个有胆识有经营头脑的人，新文化运动兴起前，鸳鸯蝴蝶派的消遣小说风靡一时，赵南公随潮流狠赚了一笔钱，1919 年“五四”运动后，赵南公意识到旧的时代已过去了，必须要开辟新天地，他办了两个新杂志《新的小说》和《新人》，开发出版了《新人丛书》《新潮丛书》，在上海出版界还真领了回潮流。然而只一年多的时间，由于编辑的路数不对，书刊的销量很不理想，1921 年初，赵南公想扩充改组泰东编辑部，由此而引来了成仿吾和郭沫若。可改组编辑部并不像赵南公想的那么容易，它需要投入大量的资金，所以改组计划最终成为泡影。赵南公虽然留下了成仿吾与郭沫若，但既不下聘书，也不提薪水的事，郭沫若向赵南公提出了出版同人丛书和纯文学杂志的要求，赵南公答应考虑考虑。两个星期后，成仿吾决定去长沙一家兵工厂谋职，临行前他叮嘱郭沫若："你在国内文坛有些名气，出丛书办杂志的事跟老板好好商量一下，会有希望的。"成仿吾走后，赵南公非常看好郭沫若的才气和他那些富有激情的诗篇，感觉到这是能让书局转亏为盈的一个契机，可以闯出一条新路，于是答应为郭沫若出版同人丛书和纯文学杂志。其实这次郭沫若是有备而来的，就是想争取能让泰东图书局为他出本诗集，这样也可为他的朋友们日后出书打开一个通道，所以他把自己发表或未发表的诗作都带来了。

在泰东书局编辑所的斗室中，郭沫若夜以继日地苦干了一个半月，为书局编定了三部书稿，一是把自己 1919 年下半年至 1920 年上半年发表的诗作，另外加上其他一些诗作编辑成集为《女神》；二是与钱君胥合译了德国作家施笃谟的小说《茵梦湖》；三是标点了剧本《西厢记》。6 月初，郭沫若急急忙忙赶回日本，6 月 8 日，创造社在日本东京宣告成立，决定出版《创造季刊》和《创造社丛书》。

《女神》以摈弃羁绊、狂飙突进的全新面貌亮相，不仅震动了文坛，引起极大的反响，而且为泰东图书局开创了良好经济效益的新局面，为日后书局与创造社的合作打下了基础。所以泰东书局赢得了"创造社摇篮"的美誉。

一部惊世骇俗的小说集

——郁达夫的短篇小说集《沉沦》

1921年10月，上海泰东图书局出版了中国留日学生郁达夫的短篇小说集《沉沦》，白色的封面，鲜红的书名，质朴大方，十分抢眼，集中共有三个短篇：《沉沦》《南迁》《银灰色的死》，都是作者于当年创作的。其中只有《银灰色的死》曾于2月以“TD. Y”署名投寄给《时事新报》副刊《学灯》，但一直杳无音信，直到当年7月份才见诸报端，其他两篇均未发表过。

郁达夫《沉沦》封面

小说集的出版震惊了文坛，震惊了社会，因为作者真实地表现了“弱国子民”中国留学生在日本所处的屈辱境地抑郁苦闷的心态，其中对女性温存的欲念与被称为“支那人”的悲愤心情交织在一起，尤其《沉沦》一篇用大胆露骨的性欲描写表现了“性的要求与灵肉的冲突”，剖析了留日学生忧郁病的变态心理，并喊出了祖国“你快富起来，强起来吧”的反帝反封建的时代强音。这在当时可是件了不得的事情，人们觉得不可思议的是，一个名不见经传的留学生竟敢如此大胆地写出这样一本离经叛道的书，这在20世纪初期虽有中西文化碰撞，但还处于闭关锁国的中国是实属罕见的。社会上纷纷指责这本书诲淫、不道德、极伤风化，称作者是颓废派的肉欲描写者，就像郁达夫自己说的：“《沉沦》印成一本单行本出世，社会上因为还看不惯这一种畸形的新书，所受的讥评嘲骂，也不知有几十百次。”书出版半年后的1922年3月，当时的文坛宿将周作人在《晨报副镌》发表一篇2千多字的评论文章为《沉沦》申辩，文章以说理通透的方式鲜明地指出“《沉沦》是一件艺术的作品”，并给予了较高的评价，这样社会上的指责嘲骂才渐渐偃旗息鼓。然而这部带有鲜明自传色彩的小说集备受当时青年人的热捧，初版本印了2000册，两年内不断再版，印至2万册。正如沈从文说的：郁达夫的名字，“成为一切年青人最熟习的名字了。人人皆觉得郁达夫是个可怜的人，是个朋友，因为人人皆可以从他作品中，发现自己的模样”。

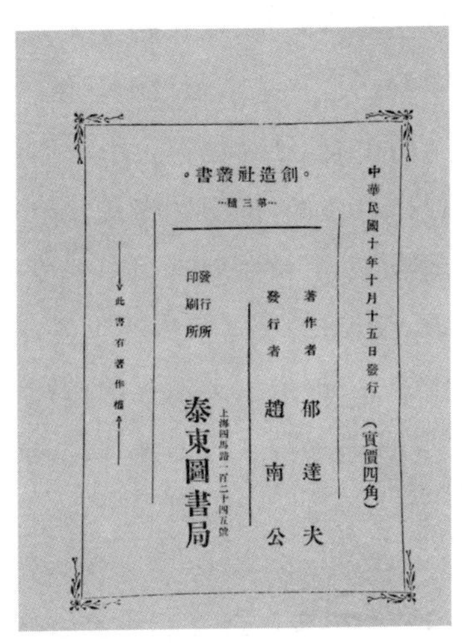
中華民國十年十月十五日發行
(實價四角)

創造社叢書
第三種

著作者 郁達夫
發行者 趙南公
發行所 印刷所 泰東圖書局 上海四馬路一百二十四五號

此書有著作權

郁达夫《沉沦》版权页

郁达夫为什么要创作出版小说集《沉沦》呢？这得从他1913年到日本留学说起，到日本后第二年考取东京第一高等学校预科医学部官费留学生，与郭沫若、张资平同班，共同的爱好和志向使他们结为挚友。生性孤傲的郁达夫有着浪漫的情怀，他十分喜爱文学，写得一手非常好的古体诗，常借诗情来抒发自己的胸臆，不时有作品在国内报纸和日本的报刊上发表，后来他还参加了日本名古屋著名诗人服部担风组织的“佩兰吟社”，创作了几百首诗词。与此同时，他开始接触西洋文学，不管是在名古屋第八高等学校还是在东京帝国大学留学期间，阅读了上千部欧美国家及日本的小说，这为他进行小说创作打下了良好的基础。留学生活是轻松自在的，按郁达夫的说法，“学校的功课很宽，每天于读小说之暇，大半就在咖啡馆里找女孩子喝酒”。但作为“弱国子民”又极其敏感的郁达夫内心世界却是抑郁苦闷的，因为在这个充满军国主义、扩张主义思想的国度里，被人看不起，遭人白眼，还被称为“支那人”，这些都深深地刺痛着他，尤其是在与日本青年女性交往中，她们一听到弱国的“支那”两字，就会远远地避开他。

1920 年“双十”节这天，近千名中国留学生在东京神田区中华留日学生青年会会馆聚会，听当时日本政界赫赫有名的所谓“宪政之神”，历任文部大臣、司法大臣、东京市市长等要职的尾崎行雄演讲。尾崎在谈及中国问题时，把辛亥革命后的中国仍叫做“清国”，称中国人民是“无智识无觉悟的支那人”，此时坐在下面的帝国大学经济学部留学生郁达夫气愤得再也按捺不住了，他站起来义正言辞地质问尾崎，说得尾崎哑口无言，只好当众道歉，并草草了事，灰溜溜地退出会场。会后，帝大的同学成仿吾等拉郁达夫到小酒馆喝酒为他庆功，酒刚过一巡，一个喝得醉醺醺的日本学生走过来，恶狠狠叫郁达夫让开，口吐白沫地说：“你的位置在支那，跑到我们大日本帝国来干什么？”郁达夫站起身，毫不示弱地说：“你们的位置在这儿个岛上，你们跑到我们东北去干什么？跑到我们山东去干什么?!”，日本学生声嘶力竭地叫喊着：

“我们是去管理你们这些劣等民族的”，郁达夫怒目而视，俩人扭打起来，成仿吾等人过来帮忙，酒馆老板也过来把日本学生连拉带劝地拽走了。

这些事情都在郁达夫心里打下了深深的烙印，难以抹去。他有好多话想说，想倾吐，更多的悲愤、感慨是诗词难以表述的了。于是 1921 年他开始尝试小说创作，记得《沉沦》这篇小说写好后，郁达夫曾拿给朋友看，朋友们背后笑他说，中国哪有这种体裁，谁肯印刷出版这书呀！但郁达夫义无反顾，1921 年 9 月初，郁达夫携书稿回国到上海，在泰东图书局准备出版新成立的创造社刊物《创造》的事务，在郭沫若的帮助下，把书稿编辑成册，以《沉沦》为名交泰东图书局，列为“创造社丛书”第三种。这样他的第一部小说集就问世了。

短篇小说集《沉沦》是郁达夫的处女作，它的问世创了几个第一，首先，它是中国现代文学史上第一部个人白话小说创作集，虽然郁达夫不是写白话小说第一人，但他是出版白话小说集的第一人；其次，它作为“五四”时期第二大文学社团创造社的第一部小说集，与郭沫若的第一本诗集《女神》一起，开创了“五四”文学革命的浪漫主义先河；第三，它开创了中国留学生文学，是中国现代文学史上第一部反映留学生活的小说集；第四，它是中国印刷出版史上的一次突破，《沉沦》采用重磅道林纸，字距、行距都很大，标点符号标在行中，对比以往通俗小说用纸差，排版密密麻麻的情况，给人以现代全新的感觉。

勇敢的实践者

——俞平伯的处女作诗集《冬夜》

俞平伯是“五四”时期最早使用白话文进行新诗创作尝试的诗人之一，他是中国新诗的开拓者。1918 年 5 月，还是学生的他就在《新青年》杂志上发表了第一首新诗《春水》，迈出了踏入文坛的第一步，此后不断有新诗作发表。要知道那时写白话诗是不为人所接受的，因为中国是一个泱泱古诗国，诗歌发展已有几千年的历史，并形成了固定的模式与轨迹，况且古诗词一直在古典文学中占有至上的位置，要想突破改变它并非是件易事，这需要足够的信心和实践的勇气。然而在那个新旧交替的时代，俞平伯就是位勇敢的实践者。

俞平伯《冬夜》封面

俞平伯家学渊远，曾祖父俞樾是近代著名的士林人物，父亲俞陛云曾任浙江省图书馆馆长，参与编修清史，在诗词、书法方面有一定造诣。在这样的家庭氛围熏陶中，奠定了俞平伯深厚的旧学功底，他的文言文如火纯青，对古旧诗词的理解能力达到了一定水平。俞平伯进入北京大学时，正值新文化运动兴起的年代，新思潮、新思想对他产生了极大的影响，老师胡适、周作人关于文学革命的思想以及他们坚持白话文写作的行动，深深地感染了他，在社会舆论的压力下，他义无反顾地开始了新诗写作，一首接一首地创作，一首接一首地发表。与此同时，俞平伯还发表了多篇诗论，阐述自己的新诗创作观，他主张“努力创造民众化的诗”的“平民化”观点，把当时诗坛关于“诗是平民的还是贵族”的争论推向了高潮，虽然这场争论最后不了了之，但对新诗及诗论的发展产生了积极的影响。1922年3月，俞平伯的第一部诗集《冬夜》由上海亚东图书馆出版，书中共收三年来创作的白话新诗58首，分为四辑，好友朱自清为诗集作序，许地山的哥哥、著名画家许敦谷为其设计封面，横32开本，豆青

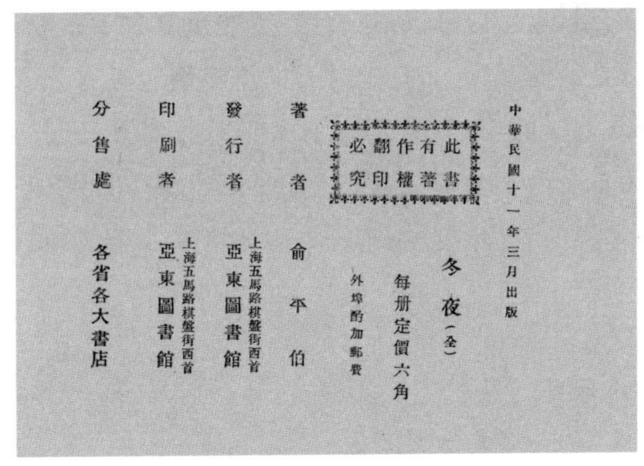
中華民國十一年三月出版

此書有著作權翻印必究

冬夜（全）

每册定價六角
外埠酌加郵費

著者 俞平伯

發行者 上海五馬路棋盤街西首 亞東圖書館

印刷者 上海五馬路棋盤街西首 亞東圖書館

分售處 各省各大書店

俞平伯《冬夜》版权页

的封面上一幅黑颜色的画，一女子俯首弹琵琶，一只小猫陪伴身旁，聆听着悠扬的琴声，可谓是笔墨传神。这是“五四”以来继胡适《尝试集》、郭沫若《女神》之后又一部陪受关注的白话新诗集，也是俞平伯第一部文学创作的处女作。

诗集出版后，诗坛上众说纷纭，褒贬不一，好友朱自清自然是大唱赞歌，他认为：“在才有三四年生命的新诗里，能有平伯君《冬夜》里这样作品，我们也稍稍可以自慰了。”闻一多称“《冬夜》给我最深刻的印象是他的音节。凝炼，绵密，婉细是他的音节特色”。老师胡适对学生出版新诗集也是甚感欣慰，有“平伯作的有好诗”的点评。在批评方面最有代表性的还是胡适与闻一多，他们对《冬夜》诗的形式与取向问题进行了批评，胡适撰文《评新诗集：俞平伯的〈冬夜〉》中首先指出俞的诗晦涩难懂，“他的诗是最不能‘民众化’的”。其次是俞的诗偏爱说理，“犯了诗国的第一大禁了”，影响了诗意境的表现力。闻一多在他的《冬夜评论》中，对《冬夜》的艺术性进行了严厉的批评。他认为俞平伯的诗“松浅平泛”，缺乏幻想，意思散漫，造句破碎，罗唆重复，“太多教训理论”，“读起来总是淡而寡味，而且有时野俗得不堪”，没有艺术的美感。诚然一部新诗集的出现，肯定有不尽完美的地方，褒贬是正常的事，但总体上对俞平伯探索新诗创作的实际行动是给予肯定的。正如闻一多说的：“《冬夜》在艺术界假若不算一个成功，至少他是一个时代的镜子，历史上的价值是不可磨灭的。”

《冬夜》付印题记

花影底绰约，却是银灰色的。

影儿虽碍花啊，花终不愿抛撇她依依的影。

中国现代第一部爱情诗集

——汪静之的处女作诗集《蕙的风》

1922年8月，上海亚东图书馆出版了"湖畔诗人"、20岁青年学生汪静之的处女作诗集《蕙的风》，这是自1919年"五四"新文化运动以来出版的第一部吟唱情爱的白话诗集，以天真质朴，清新自然的诗风直白地抒发了对爱的渴望与追求，表现了作者个性解放的强烈愿望。它的出版如同去年出版的郁达夫短篇小说集《沉沦》，无疑对封建旧礼教又投掷了一枚重磅炸弹。

实际上汪静之开始写诗的目的很单纯，因喜欢诗而作诗，因爱的感受而作情诗，出版诗集也是为了出人头地并解经济窘迫的现状，并没什么远大的抱负和理想。汪静之是个聪明人，他明白出书不但要有经济效益，更重要的要有社会效益。1921年8月间，在浙江省立第一师范学校读书的汪静之编好了自己的诗集《蕙的风》(收诗50余首)，他想找名家为诗集作序以提高知名度，他首先将目标锁定在

汪静之《蕙的风》封面

“五四”新文学运动的旗手胡适和周作人身上，在此之前二人都曾帮他修改过诗作，当时周作人因正在北京西山养病，所以寄来的诗作都由鲁迅先生代为收阅并修改后寄回，直到 9 月初接到汪静之求序的信，周作人才于中旬匆忙写了篇序言寄给汪静之。而作为汪静之同乡的胡适却一直没有音信。接着汪静之又请老师朱自清和当时在诗坛很有影响、也曾做过省立一师老师的刘延陵为诗集写序，两位老师欣然答应，就这样四位名家的序言落实了三个。

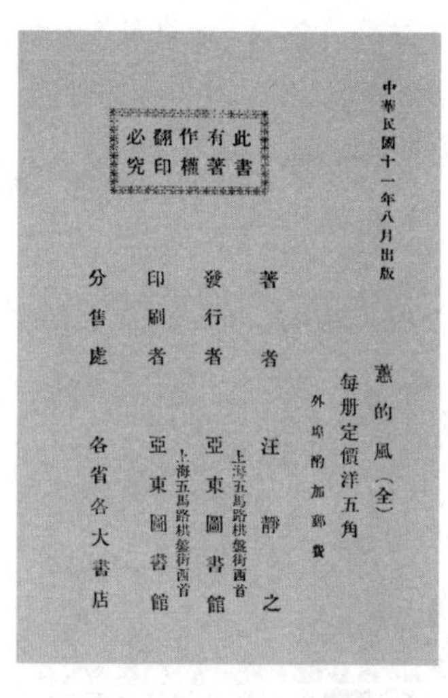
中華民國十一年八月出版

此書有著作權翻印必究

蕙的風（全）

每册定價洋五角

外埠酌加郵費

著者 汪靜之

發行者 亞東圖書館 上海五馬路棋盤街西首

印刷者 亞東圖書館 上海五馬路棋盤街西首

分售處 各省各大書店

汪静之《蕙的风》版权页

10 月下旬，汪静之把诗集寄给了他的同乡、上海亚东图书馆的编辑汪原放，希望能马上确定出版时间，但到了 1922 年初，汪原放仍没给出个痛快话。汪静之很着急，因他的经济状况已到了捉襟见肘的地步，想拿这本书的稿费偿还债务补贴学费与生活费。无奈中想到了胡适，他知道胡适与亚东图书馆的关系非同一般，胡适说句话是管用的。但他没找胡适的原因是想凭借自己的能力联系出版社，现在只好求助胡适了，于是他又提笔给胡适写信，一是请他催促汪原放尽快出版诗集，二是请他为诗集作序，信发出后一直没有胡适的回复，后汪静之又发了数封快信并寄了新创作的百余首诗以充实诗集，但仍未得到回复。

这下汪静之真急眼了，4 月 9 日给胡适写信的口气由请求变成了责怪："要晓得我是个没有余钱寄快信的穷鬼呵！……《蕙的风》全集都是坏不堪言的不成其为诗，也难怪先生不屑一顾；但为甚像下了海似的音信全无呢？……我们居于小学生地位的人要想出一本诗集这点小事情竟遭了这许多波折，我实在不耐烦了，请将原稿寄回，让我把它烧个干净罢！……我从前预料在现在这个时候可以得到《蕙的风》的稿费以供我的需要了，但是到了现在，徒然失望！"信中再次向胡适借 30 元钱（之前数次向胡适借钱）。

这哪像一个学生对老师说的话呀，说得好听这是汪静之的稚气耿直和胡适的宽宏大度，其实这里蕴涵着心照不宣的隐秘，汪静之与胡适有着扯不清的关系，两家的村子离得很近，汪静之的父亲在胡适家的村子做生意，与胡适家人彼此都很熟悉，更戏剧性的是，胡适三嫂的妹妹曹诚英（汪静之称其"小姑"）最初是汪静之热烈追求的恋人，后来竟成了胡适的情人，曹诚英与汪静之从小青梅竹马一起长大，1920 年一起到杭州上学，虽然曹诚英一直婉拒汪静之的追求，但他们是无话不说的知己朋友，曹诚英心里的事对汪静之从不隐瞒，她一直暗恋着胡适，虽然这层窗户纸到 1923 年才捅破，但他们相互之间的倾慕之情早已有之。汪静之得知曹诚英的心思之后不得已放弃了追求，但内心时不时泛起阵阵的酸楚，这终究是汪静之的初恋啊。

我们再回过头来看，就不难理解汪静之信中的口吻了。胡适很快有了回信，同意斡旋亚东图书馆尽快出版诗集，答应为诗集作序，并寄上 30 元钱。《蕙的风》终于在 1922 年 8 月问世了，汪静之拿到了 150 元钱稿费。诗集中共收 164 首诗，集前有胡适、朱自清、刘延陵的序（周作人序未用）和汪静之的自序。三位名家为一本名不见经传的小诗集写序叫好，在当时的确引起不小的轰动，无怪乎当年 11 月 5 日《时事新报·学灯》上刊登了篇《仗着新偶像赚钱的著作家》的文章，讽刺汪静之是“小小的刮钱家”。

与此同时，南京东南大学学生胡梦华在 10 月 24 日《时事新报·学灯》上发表《读了〈蕙的风〉以后》，指责《蕙的风》有不道德的嫌疑，从而引发了文坛一番激烈的论争，招致章衣萍、周作人、鲁迅、宗白华先后登场，一时间，汪静之名声大振。从 1923 年 9 月到 1931 年 7 月，《蕙的风》再版 5 次，印数达 2 万多册。

被催上文坛的思想者

——鲁迅的处女作小说集《呐喊》

人们都知道鲁迅是在钱玄同等人反复索稿的催促下触发了文学这根神经，1918 年 5 月，还在北京教育部任科长的他创作的第一篇白话小说《狂人日记》发表在《新青年》杂志 4 卷 5 期上，以其深刻的思想性震动了整个社会，成为中国现代文学史上国内第一篇白话小说，此后鲁迅便一发而不可收，走上了文学创作道路。

从 1918 年 5 月到 1919 年 5 月的一年时间里，鲁迅在《新青年》发表作品 31 篇，每一篇都有很强的思想性，尤其是《狂人日记》《孔乙己》《药》这三篇小说对人吃人的黑暗社会激烈地抨击，深深地震撼着读者的心扉。《新青年》主编陈独秀十分钦佩鲁迅的文学才气，他认为鲁迅的作品“在《新青年》中特别有价值”。1920 年 9 月，陈独秀在上海给周作人的信中，曾提议鲁迅应当出本小说集，并愿意帮助出版。鲁迅则认为时机尚不成熟，小说的

鲁迅《呐喊》封面

数量与份量还不够，不具备出书条件；再者上海离北京较远，出书还是不太方便。这段时间鲁迅继续在《新潮》《新青年》的索稿下时有作品发表。

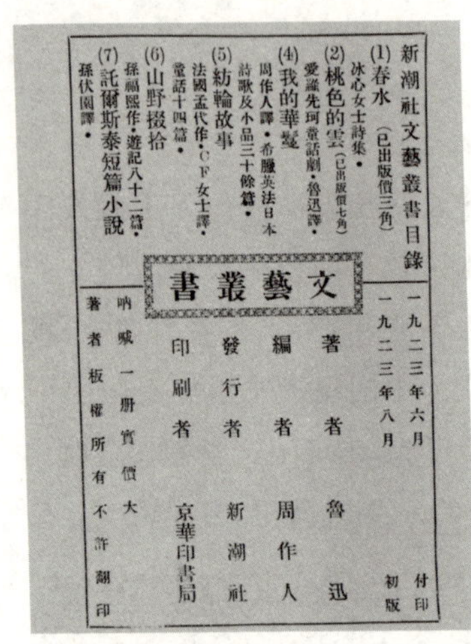

新潮社文藝叢書目錄

(1)春水 (已出版價三角)
冰心女士詩集。

(2)桃色的雲 (已出版價七角)
愛羅先珂童話劇・魯迅譯。

(4)我的華鬘
周作人譯・希臘英法日本詩歌及小品三十餘篇。

(5)紡輪故事
法國孟代作・CF女士譯・童話十四篇。

(6)山野掇拾
孫福熙作・遊記八十二篇。

(7)託爾斯泰短篇小說
孫伏園譯。

文藝叢書

一九二三年六月付印
一九二三年八月初版

著者 魯迅
編者 周作人
發行者 新潮社
印刷者 京華印書局

吶喊一册實價大
著者板權所有不許翻印

鲁迅《呐喊》版权页

1921年，鲁迅原在绍兴初级师范学堂的学生孙伏园从北大毕业，因他在北大《新潮》当过编辑，所以一下就找到了在《晨报》编副刊的工作。这年11月下旬的一天晚上，孙伏园来到北京西城八道湾11号鲁迅的家，鲁迅热情地把他让进自己的小屋，落座后孙伏园问道：“先生近来忙吗？”“还可以，每天上午去上班，下午有时去北大或高等师范讲讲课，晚上看看书，备备课，有时写点小文章。”鲁迅一边回答着一边沏上一杯茶递给他，孙伏园忙站起身来接过茶杯，鲁迅笑着说：“不必拘于礼节，请坐下。”孙伏园向鲁迅说出了来意，他到《晨报》编副刊已有几个月了，最近他们在副刊上开辟了一个“开心话”的新栏目，每周一次，想请鲁迅先生为栏目写点东西。经孙伏园一提，鲁迅忽然想起沉浮在他脑海里好几年的阿Q的影像，于是便答应了孙伏园的请求，当夜就执笔写起来，1921年12月4日，鲁迅的又一篇力作小说《阿Q正传》开始在《晨报副刊》连载。

时间转眼到了1923年初，鲁迅已在报刊上发表了10多篇小说，此时在北大新潮社任主任编辑的周作人与鲁迅商量，新潮社出版的《新潮》杂志与《新潮丛书》(社科类)销路不大好,目前的经费捉襟见肘,难以再维系下去。根据当下文学热的形势,不如转到文学丛书方面,这样可打开销路。兄弟俩取得了一致的意见,开始运作编辑起《文艺丛书》(后改为《新潮社文艺丛书》)来,5 月出版丛书第一种是冰心的诗集《春水》,7 月出版第二种是鲁迅翻译爱罗先珂的童话剧《桃色的云》,8 月出版第三种就是鲁迅的第一部小说集《呐喊》,集中共收了鲁迅亲自编定的 15 篇小说,通红封面黑方块白字也是鲁迅设计的,这种红黑色醒目的搭配,在当时是很现代的。初版由京华印书局印了 2000 册,为出《呐喊》鲁迅垫付了 200 元印费。《呐喊》受到读者热烈的追捧,不出三个月就售完了, 12 月再版印了 2500 册,此后到 1936 年鲁迅去世时又再版了 20 多次。后来的再版本与初版本不同之处是封面黑方块中"呐喊　鲁迅"的字体由原来的铅字印刷体改为鲁迅手写美术体了,集中被鲁迅抽去了一篇《不周山》变成 14 篇了。90 年过去了,《呐喊》依然闪烁着它那耀眼的光辉。

渴望早日步入诗坛的年青人

——闻一多的处女作诗集《红烛》

1912 年冬，13 岁的闻一多考入北京清华学校，这是一所八年制的留美预备学校。在校读书期间，闻一多喜欢诗词和绘画，常写些旧体诗刊登在《清华周刊》上，另外他还参加了学生自发组织的美术社和剧艺社。

闻一多《红烛》封面

1919 年“五四”运动后，白话诗的普遍兴起，引起了闻一多极大的兴趣，他决心尝试白话诗的写作。在一次国文课上，老师要求用古体诗作首赏雪歌，闻一多没按老师的要求，试用白话自由体形式作了首《雪》“夜散下无数茸毛似的天花，/织成一件大氅，/轻轻地将憔悴的世界，/从头到脚地包了起来；……”老师以“生本风骚中后起之秀，似不必趋附潮流。”的评语对他进行了婉转的批评，但闻一多仍义无返顾地走下去。1920 年 7 月，闻一多在《清华周刊》上发表了第一首白话诗《西岸》，他推崇郭沫若的浪漫主义诗歌，对胡适的白话诗不屑一顾，他觉得胡适“人力车夫，人力车夫，车来如飞……”，俞平伯“被窝暖暖的，人儿远远的”，康白情“如厕是早起后第一件大事”这类诗句，根本就不是诗，他坚持认为，新诗歌风格不能太平民化，要有点贵族精神，它不能摈弃古体诗的艺术性，一定要讲究诗歌的音韵、节奏与意境。所以从一开始他就努力地去探索白话诗的艺术性，后来他参加了梁实秋、顾毓琇等同学组织的清华文学社，此时他创作的诗歌多为自由体形式，显示出唯美主义倾向，他还在《清华周刊》上发表多篇研究新诗和评论新诗的文章。1922 年，他把自己创作的 15 首新诗集成一本《真我集》，可名不见经传的他，从未在校外正宗的报刊发表过一首诗歌，有哪家书局愿意为他出诗集呢?!他写了篇 2 万字的评论俞平伯新诗集《冬夜》的文章，没成想寄给《晨报副刊》后如石沉大海，去信要求退稿也没有音信，事情只好就搁置下来了。（后来还是梁实秋向家里要钱，加上自己写的 2 万字的评论康白情新诗集《草儿》的文章，合集《〈冬夜〉〈草儿〉评论》一书，1922 年 11 月 1 日自费印制出版。）在这种情况下，闻一多想在诗坛发言的欲望愈来愈强烈。

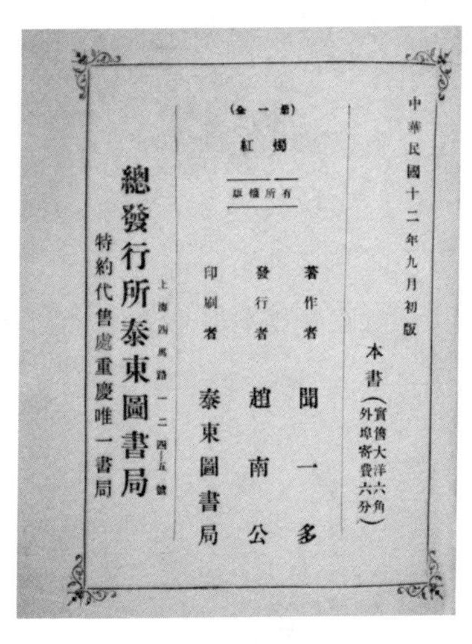

中華民國十二年九月初版

本書（實價大洋六角 外埠寄費六分）

（全一册）

紅燭

版權所有

著作者 聞一多

發行者 趙南公

印刷者 泰東圖書局

總發行所泰東圖書局 上海四馬路一二四—五號

特約代售處重慶唯一書局

闻一多《红烛》版权页

1922 年 7 月，闻一多赴美国芝加哥美术学院留学，虽然学的是美术，但仍然心系诗歌，在美国期间他又创作了不少表现爱国主义思想的新诗，他最大的愿望就是想改变目前国内诗坛的诗风，使自己的诗歌和诗论能够“领袖一种文学潮流或派别”。为了能尽早出版自己的诗集，他一方面让国内的家人到上海泰东、亚东书局询问《女神》《冬夜》《草儿》等诗集出版及销路的情况，另一方面他每月从官费留学生活费中省出 5 元美金存下来以作印书的经费（当时 1 元美金可以兑换 1 元 3 角银圆），他把自己在清华和美国创作的 61 首新诗加上序诗《红烛》整理编辑成诗集，以《红烛》为名，委托在国内的梁实秋全权代办出版事宜。他对自己这第一部诗集非常重视，因为这是他进入文学大门的一把钥匙，所以不厌其烦地写信向梁实秋细致地交代书籍的装帧、纸张、成本、售价和稿费等问题。

梁实秋找郭沫若帮忙，最终上海泰东书局于 1923 年 9 月出版了闻一多的第一部诗集《红烛》。诗集虽然印得较为粗糙，但闻一多总算是带着一股清新的诗风进入诗坛，后来成为新月诗派的重要诗人，他的新格律诗理论一直影响着诗坛的创作。

迟迟出版的处女作诗集

——刘大白的诗集《旧梦》

“五四”运动初始，刘大白是提倡新文化运动的主将之一，作为清朝的举人，他的旧学功底非常深，可他反对传统文化的情绪尤为激烈，他不遗余力地提倡白话写作，并身体力行积极进行新诗的创作，为新文化运动的发展做出了突出的贡献。

早在“五四”运动前，刘大白就开始创作白话诗了，1918 年被浙江第一师范学校校长经亨颐聘为该校的国文教员，1919 年初，经亨颐在浙江一师全力推行新文化教育，聘请新派教师，主张学生自治，使该校成为浙江宣传新文化新思想的中心，刘大白身在其中更是受益匪浅，他不遗余力地创作新诗，并发表在上海《民国日报》副刊《觉悟》上。1921 年，他协助朋友在浙江萧山农村办小学期间，创作了他的新诗成名作《卖布谣》，这首短诗随后被作曲家、语言学家赵元任谱成歌曲，广为流传。“嫂嫂织布，哥哥卖布，卖布买米，有饭落肚，……”朗朗上口，情感浓烈。他的新诗多是关心民生疾苦之作，通俗易懂，极具乡土气息，在

刘大白《旧梦》封面

“五四”新诗坛上别具一格。

然而这位“五四”新文化运动的闯将，新诗歌创作的先行者，他的处女作诗集却迟迟到五年后的 1924 年才出版，这不能不说是件遗憾的事。1922 年夏，刘大白把自己 1919 年至 1922 年在报刊上发表的新诗加以整理编排，共 597 首，结为一集，取名《旧梦》，交给了商务印书馆，陈望道、周作人为诗集作了序。可这部处女作的出版却经历了种种磨难，使刘大白很不愉快。首先，从交稿到出书用了 20 个月的时间，这是因为当时大兴新教育，新教科书的需求量非常大，商务印书馆把主要精力都放到印制教科书上了，故有“教育商务”之称。在刘大白的再三催问下，《旧梦》才于 1924 年 3 月印出，按刘大白的话说：“比人类住在胎中月数，加了一倍。”但书总算是印出来了，还是件高兴的事。这天，刘大白兴冲冲地来到商务印书馆取样书，当他拿起样书一看就傻眼了，诗集印刷装订质量十分粗糙，字句排错不说，还给诗句中添加了许多字，让读者莫名其妙，不解其意，全书从左往右横排，四十开狭长本，五百页订成厚厚的一册，配上灰色的封面，傻头笨脑的像本小学生字典，把刘大白气得说不出话来，只得抱着样书泱泱地返回家中。后来朋友给他讲了更可笑的事，商务印书馆总发行所的入口处有个挂新

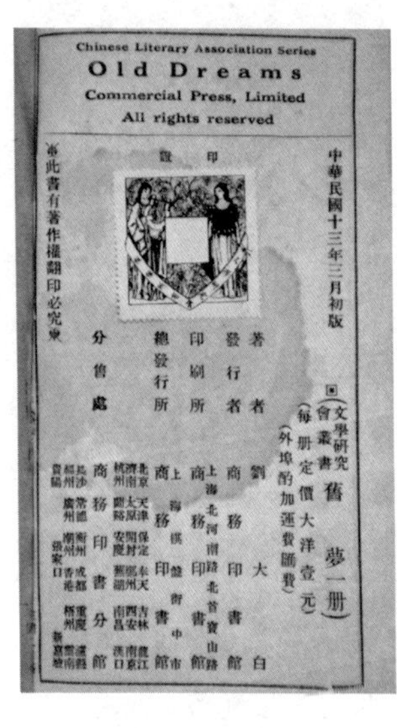
Chinese Literary Association Series
Old Dreams
Commercial Press, Limited
All rights reserved

中華民國十三年三月初版
(文學研究會叢書)舊夢(一冊)
(每冊定價大洋壹元)
(外埠酌加運費匯費)
著者 劉大白
發行者 商務印書館
印刷所 上海北河南路北首寶山路 商務印書館
總發行所 上海棋盤街中市 商務印書館
分售處 商務印書分館
此書有著作權翻印必究

刘大白《旧梦》版权页

书牌的地方，每逢出版一本新书，就要在上面挂个该书的书名牌，《旧梦》封面是左起横排，但写书名牌的人却反其道抄之，写成了《梦旧》，牌子挂出去不久，就被人发现写颠倒了，牌子倒是很快拿下来了，可没再挂上去。以至书出版几个月后，刘大白的许多朋友都以为该书没出版，有知道的来总发行所买书，却被告知只有《梦旧》没有《旧梦》，搞得刘大白真是苦笑不得。

不管怎样，《旧梦》总算问世了。因当时新诗集很少，所以非常受欢迎，印了 2000 册，很快就卖完了，商务印书馆征求刘大白的意见是否再版，被婉言谢绝了。虽然这是他的第一本新诗集，但刘大白并不喜欢它，他始终都在想如何改造这部诗集，机会终于来了。五年后的 1929 年 9 月，刘大白把《旧梦》完全打散，“剔除了些，添补了些，移动了些，订正了些”，重新斟酌组合，“把撕碎了的《旧梦》，做成现在的——《丁宁》《再造》《秋之泪》《卖布谣》”四本诗集。上海开明书店分别于 1929 年 9 月至 1930 年 1 月出版了这四本新诗集，受到广大读者的欢迎。

爱情散文写作的妙手

——川岛的处女作散文集《月夜》

川岛在文学史上的贡献主要就是散文创作，他之所以名震文坛，除了极富才华外，他是当时写作爱情散文的第一高手，他惟一的一本散文集《月夜》以美文的形式，通过细腻的心理描写，述说了男女之间真情实意的爱恋，很受青年读者的追捧。

川岛《月夜》封面

1919 年，川岛入北大哲学系读书，因慕名常去国文系听鲁迅讲课，他比鲁迅小 20 岁，仗着与鲁迅是同乡，很快同鲁迅成为忘年交，经常出入鲁迅家，在鲁迅的鼓励下，他时不时给《晨报副刊》写些散文。1922 年 2 月的一天晚上，川岛随鲁迅到北京教育部礼堂观看北京女子高等师范学校学生们排演的古装话剧《孔雀东南飞》，这在京城可是件大事，因为女人演话剧从来没有过，这是以冯沅君为首的一帮女高师应届毕业生，在她们毕业前进行的一次大胆的尝试，是对不平等社会的挑战。话剧要连续公演三天，这是第一天，教育部礼堂里挤满了人，连通道也都站满了，足有 2000 多人。七点话剧正式开演，对女学生们认真精彩的演出，台下观众不时地报以热烈的掌声。川岛看得也很兴奋，尤其对反串男主角焦仲卿的扮演者孙斐君发生了浓厚的兴趣。

孙斐君是黑龙江人，女高师国文系大四的文学才女，比川岛大四岁。不久川岛毕业留校工作，任校长办公室秘书。此后他向孙斐君发起了爱情进攻，最终博得了孙斐君的芳心，进入到甜蜜的恋爱阶段。在一年多的时间里，处在热恋中的川岛，文思如泉涌，以自己独特的方式把浪漫的爱情描写得惟妙惟肖。如《月夜》里记录了川岛和孙斐君真诚的相爱，“从深蓝的云幕里，露出残缺之月的面来，颜色是朦胧的。不是中秋，我又何敢苛求呢？伊却说这是伊命运的象征。我一句话也不能答复，而且我知道伊所要的决不是我的眼泪”。鲁迅为这对青年恋人而感到高兴，也以调侃诙谐的方式祝福他们，在赠给川岛的《中国小说史略》扉页上写下了：“请你/从‘情人的拥抱里’/暂时汇出一只手来，/接受这干燥无味的/中国小说史略。/我所敬爱的/一撮毛哥哥呀！”1924 年夏，川岛与孙斐君幸福地结婚了，早有准备的川岛把自己记录他们热恋过程的十篇散文，加上孙斐君的两篇文章集成散文集《月夜》，作为他们的新婚纪念，1924 年 8 月由新潮社编为《新潮文艺丛书》第四种出版。

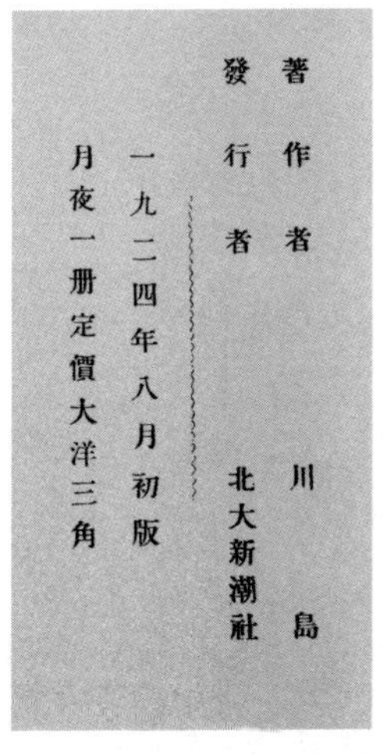
著作者　川島
發行者　北大新潮社
一九二四年八月初版
月夜一册定價大洋三角

川岛《月夜》版权页

《月夜》的开本为狭长的异型开本，在当时可算作别出心裁了，两年后再版时就改成了正常的 32 开本，川岛以后很少再发表作品，也没再出版过作品集，主要精力都放在教书上了，到了 1984 年人民文学出版社才又编辑出版了川岛的散文集《川岛选集》。现在已很难见到《月夜》的初版本了。

中国革命文学作品的开山祖

——蒋光慈的处女作诗集《新梦》

左翼作家蒋光慈于1925年1月出版的第一部诗集《新梦》初版本，在86年后的2011年网上拍卖标出10万元的高价，书品不是很好，打了补丁。为何这本当年只售大洋三角的小书标出如此高的价钱呢，其原因一是年代久远，留存很少，已成稀有本；二是该书有其不可替代的历史地位，它是中国革命文学史上的第一部作品，有着深远的历史影响。

蒋光慈同巴金一样有过相同的感受与追求，1917年，在芜湖安徽省立第五中学读书时，16岁的蒋光慈读了俄国无政府共产主义创始人克鲁泡特金的《告少年》和波兰作家廖抗夫的剧本《夜未央》，深受无政府主义思想的影响，与同学一起结社，起名叫“安社”，即“安那琪”（“无政府”的译音），自己油印小报《自由之花》介绍无政府主义思想，并写些诗歌。1919年“五四”运动期间，蒋光慈

蒋光慈《新梦》封面

已是一个坚定的无政府主义者了，成为省内小有名气的学生运动领袖。

1920 年 9 月下旬，经老师高语罕(上海共产主义小组成员，第一批中国共产党党员)推荐，蒋光慈进入上海共产主义小组陈独秀等人创办的上海外国语学社学习，这是一所为即将成立的中国共产党培养人才的学校，学员都是来自全国各地的追求革命理想的青年学生。这批学员中有刘少奇、任弼时、萧劲光、曹靖华等 20 多人。经过几个月的学习后，他们集体加入了刚刚成立的社会主义青年团。1921 年春夏之交，上海外国语学社的第一批学员 20 多人从上海出发，历尽艰辛，于七月上旬抵达社会主义苏联的首都莫斯科，分配到东方劳动者共产主义大学中国班学习。在这里，蒋光慈与中国班的俄语翻译瞿秋白结为好友，并于 1922 年 12 月加入中国共产党。在革命熔炉的熏陶下，他诗兴大发，满怀激情地拿起笔创作出许多充满豪情的革命诗歌，歌颂十月革命，歌颂苏维埃政权，歌颂列宁，还翻译了几首苏联的红色诗歌。

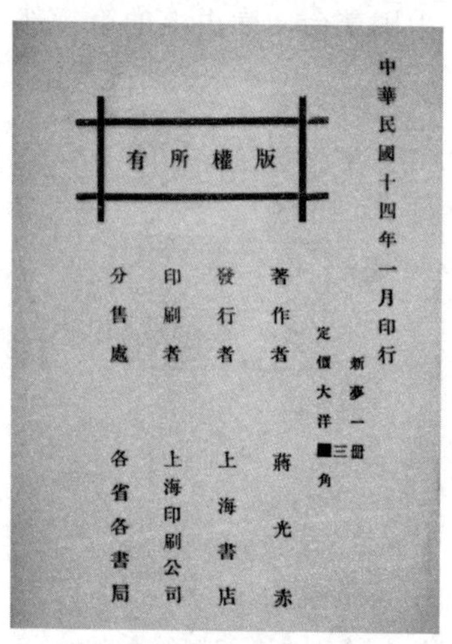
中華民國十四年一月印行
新夢一冊
定價大洋■三角
版權所有
著作者 蔣光赤
發行者 上海書店
印刷者 上海印刷公司
分售處 各省各書局

蒋光慈《新梦》版权页

1924 年 7 月，蒋光慈学成归国回到中共中央所在地上海，经瞿秋白介绍到中国共产党创办的上海大学教授社会学，为了增强自己的革命性，他把自己的名字改为“蒋光赤”，并以此名在《新青年》《民国日报》副刊《觉悟》等报刊上发表革命诗歌和鼓吹革命文学的理论文章，这引起了当局的注意，勒令他不准进行“赤色”宣传，去掉名字中的“赤”字。当然这并没有阻拦住蒋光慈的革命热情，他把自己在莫斯科创作和翻译的 41 首诗歌拿给老师高语罕看，得到老师极高的评价，并建议他出版。可到哪出呢，有哪家出版社敢出这种宣传“赤色”的诗集呀！高语罕告诉他，我党为了与国民党抢占文化阵地，刚在上海开办了一家书店，叫“上海书店”。以隐避的身份专门出版革命书籍，他们现在正缺少这样的文学作品。蒋光慈一打听，他的好友瞿秋白负责书店的编辑业务，瞿秋白高兴地对他说：“太好了，书店成立近一年来主要都是出版一些政治书籍，还没出过文学作品呢，你这是第一本，也正是我们需要的。”

1925 年 1 月，诗集《新梦》由上海书店出版，作者署名蒋光赤，诗集分为《红笑》《新梦》《我的心灵》《昨夜里梦入天国》《劳动的武士》五辑，收创作诗歌 35 首，另有 6 首译诗，共 41 首。高语罕在序言中称其为“革命的诗人，人类的歌童！”。《新梦》以全新的红色内容震撼人心，打动了许多追求革命理想的青年学生，《新青年》介绍这部诗集是中国文学界的“一个响雷、一盏明灯”。

“克勤自勉，努力前进”的小说家

——柔石的处女作小说集《疯人》

中国左翼作家联盟“五烈士”之一的小说家柔石，其创作生涯只有短短的七年时间，然而他的《二月》《为奴隶的母亲》等优秀作品饮誉文坛，给后人留下了永久的纪念。他 1923 年开始写小说，1925 年出版第一本短篇小说集。

柔石《疯人》封面

柔石本名赵平复，他的文学情结始于浙江省立第一师范学校，1918 年至 1923 年在校读书期间，受到“五四”新文化运动的影响，对新文学发生了浓厚的兴趣，常常试写些诗歌和散文。1922 年 10 月与同学汪静之、潘漠华、冯雪峰等发起成立了文学社团“晨光社”，在老师叶圣陶、朱自清的指导下，联络杭州各校的学生 20 余人一起从事文学活动。1923 年暑假毕业后，曾到一户有钱人家做家庭教师，第二年春被介绍到浙江慈溪县普迪小学任教，这期间他开始了小说创作，曾往省内外的报刊杂志试投过几篇，但都是石沉大海，杳无音信。算了，不投了，他下决心从自己每月 5 块银元的微薄工资中挤出钱来出本书。1925年元旦，他终于自费印刷出版了第一本短篇小说集《疯人》，这年他刚满22岁。封面上是柔石亲笔手书的“疯人”二字，扉页上作者署名“赵平复”，版权页印着“民国十四年元旦出版 实售小洋四角 宁波华升印局代印”，书中收的六篇小说是作者1923年11月至1924年9月间创作的。但这本不足百页很不起眼的小说集总共就卖出几十本，销路很不好，柔石自己也觉得书中的作品太幼稚，于是索性把剩下的书统统拿到浙江宁海县老家他哥哥开的一家卖鲜咸货的小店，拆散当包装纸了。以至这本书流传下来的极少。

多少年过去了，《疯人》早已淡出人们的视线，很难再见到了，但它一直是现代文学研究者和藏书家们重点搜寻的目标。著名现代文学史家、版本学家北师大教授朱金顺从上个世纪60年代初就开始研究左联五烈士的创作，然而他寻遍了京城的大小图书馆，就是找不到柔石的《疯人》。他又开始了新一轮的搜寻，到各个旧书店中去淘，但跑了琉璃厂、隆福寺、灯市口等很多旧书店仍是毫无收获。一天他又来到西单商场的中国书店，翻遍了所有的书架转了几圈也没什么新发现，正要离开时，他看到屋子角落的地上堆着一堆破旧的杂志，便蹲下不经意地翻了几下，突然一本米色封面上印着红色“疯人”两字的书跳进他的眼眶，他惊呆了，心想“这难道就是我

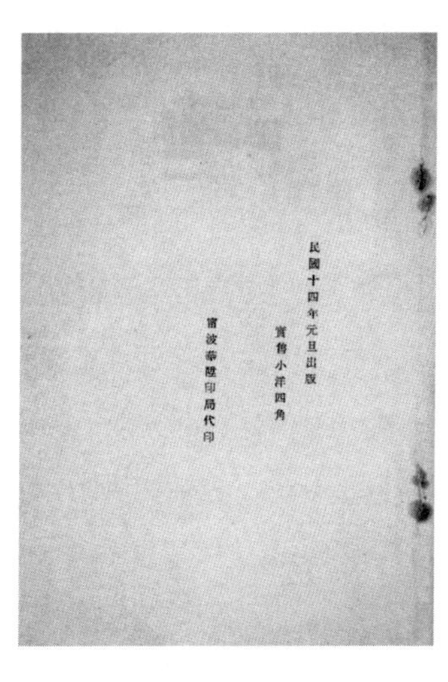
民國十四年元旦出版
實售小洋四角
甯波華陞印局代印

柔石《疯人》版权页

到处寻觅不到的《疯人》吗?”果不其然,书保存得十分完好,朱教授的心情比找到金子还高兴。物以稀为贵,2002年他撰文把这本书称为“新善本”,认为对研究柔石早期创作具有极高的文献价值。

著名作家、藏书家姜德明先生长期以来对收藏民国时期的版本痴爱有加,有逛旧书店淘书的嗜好。也是在上个世纪60年代初,一年的9月,时任《人民日报》记者的姜德明,从南方组稿回程途经杭州小住,他无暇去欣赏西湖美不胜收的佳景,而是一头扎进了旧书店,在那里享受其淘书的乐趣。无意中在书架上翻出了一本柔石的《疯人》,且品相极好,真是踏破铁鞋无觅处,得来全不费功夫,他比朱教授幸运多了。晚上躺在床上不停地翻看,兴奋得久久都不能入睡。

所幸的是,在中国现代文学馆唐弢文库的藏书中居然也有两本柔石的《疯人》,书品也很好,遗憾的是封面竟人为地贴上了书标,破坏了书的品相。目前虽然公私藏书都有了柔石的《疯人》,但仍然是稀有之物,少之又少,确属为“珍本”,毕竟它已有近90年的历史了。

以文字作画的散文集

——孙福熙的处女作《山野掇拾》

孙福熙是著名的散文家、画家，他的第一本散文集《山野掇拾》1925年2月由北京大学新潮社出版，列为《新潮文艺丛书》之六种，共收他留学法国期间的游记散文82篇，被称为“不但文中有画，画中还有诗，诗中还有哲学”。(朱自清语)。书的封面是孙福熙自己设计的，一幅他的画作《扣动心弦深处》，画的上边有他的手书“山野掇拾”，下面有他的亲笔签名，书中有他的四幅插图，即：《扣动心弦深处》《“你们去多逛一回，等我画好之后再来看”》《又是一个海天远别》《在夕阳的抚弄中的湖景》，一律用铜版纸精印，第一幅和第四幅为彩色。该书分绸面与纸面两种版本，纸面本为毛边本，如今已很少能见到了，堪称现代“新善本”。

孙福熙《山野掇拾》封面

在鲁迅的藏书中有两本《山野掇拾》初版本，都是毛边本，一本用白宣纸包着书皮，另一本则是孙福熙所赠，上面有题字：“豫材先生：当我要颓唐时，常常直接或间接从你的语言文字的教训

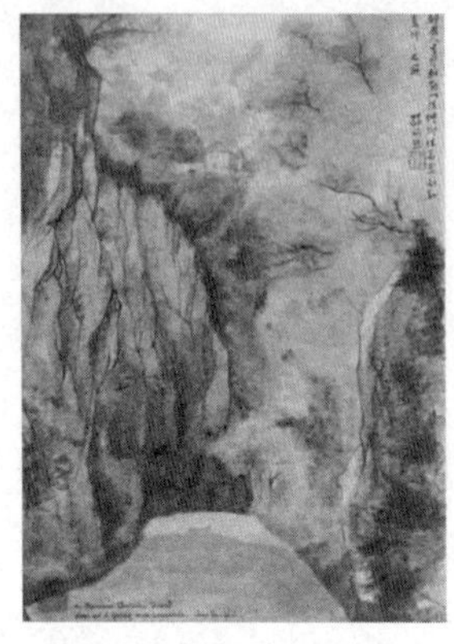

孙福熙《山野掇拾》插图 1
《扣动心弦深处》

孙福熙《山野掇拾》插图 2《"你们去多逛一回，等我画好之后再来看"》

得到鞭策，使我振作起来；这次，你欲付印'山野掇拾'也无非藉此鼓励我罢了。我不敢使你失望，不得不从新做起；而我没有时候再来说这书中的缺点了。孙福熙"这本书是孙福熙于 1925 年 9 月 9 日赠给鲁迅的。然而为什么书出了半年多之后才有赠送呢？当然书出版时孙福熙还没有从法国回来，这是一个原因，可他回国后也没有马上送书给鲁迅却另有隐情。

孙福熙《山野掇拾》插图 3
《又是一个海天远别》

孙福熙《山野掇拾》插图 4
《在夕阳的抚弄中的湖景》

鲁迅十分喜爱《山野掇拾》，在书出版前他亲自校订书稿，并预定了几本书准备送朋友。1925 年 4 月间，孙福熙留法学习绘画归来回到家乡绍兴，他原准备稍作休息即刻北上去北京，但一位如花似玉的姑娘进入他的视野，让他驻足不前。孙福熙回到绍兴后，受留法学医的朋友季志仁之托去看望他的梦中情人——在绍兴县立女子师范学校教书的陈学昭，此时陈学昭年方十九正值妙龄，纤细的身段，优雅的谈吐，典型的江南秀女，孙福熙被深深地吸引住了，加上陈学昭天资聪慧，热爱文学，刚刚出版的散文集《倦旅》富有诗的语言，画的韵味，更让孙福熙爱慕有加，孙福熙对其是狂追不舍，但陈学昭并未理睬他。7 月间，陈学昭辞职回了浙江海宁老家，孙福熙哪还顾得上北上呀，趁势追到海宁，但陈学昭又去了上海，善于心计的孙福熙又向陈学昭的家人展开攻心战，最终博得了陈学昭母亲和哥哥们的好感。随后孙福熙相约陈学昭来到西湖边，每日白天孙福熙踏景作画，陈学昭读书写作，傍晚时分，伴着夕阳的余辉，他们散步在美丽的西子湖畔，卿卿我我，形影相依，在充满爱意的浪漫氛围中度过了一个月安宁幽静的时光。

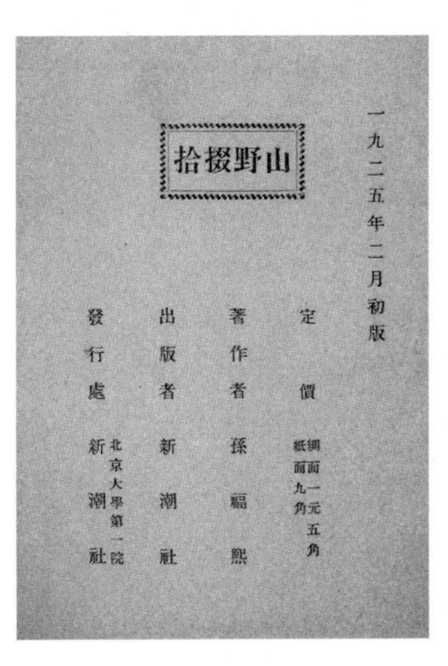

一九二五年二月初版

山野掇拾

定價 綢面一元五角 紙面九角

著作者 孫福熙

出版者 新潮社

發行處 北京大學第一院 新潮社

孙福熙《山野掇拾》版权页

转眼就快到 8 月中旬了，陈学昭要去太原参加陶行知等人发起的中华教育改进会第四次年会，孙福熙也意识到不能再如此沉浸在爱河里了，还有许多事情等着他去做呢，他要去北京。于是他们一起登上了北去的火车，相约陈学昭开完会后到北京找孙福熙。8 月 14 日，孙福熙到北京的当天下午，就随哥哥孙伏园等人一起去看望了所景仰的鲁迅先生，由于去得匆忙，也没顾得上带书相赠。直到 9 月 9 日，孙福熙才有机会带着刚到北京没两天的陈学昭随哥哥孙伏园、李小峰再次去鲁迅家，这回他带上了自己亲笔题赠鲁迅的《山野掇拾》。

被鲁迅打入冷宫的一部小说

——杨振声的处女作中篇小说《玉君》

杨振声是“五四”时期北大新潮社的重要小说家之一，他创作的小说并不多，但少而精，代表作中篇小说《玉君》是他在世时出版的唯一一部作品，然而这部小说在它问世前后却有着不同寻常的经历。

杨振声《玉君》初版本封面

《玉君》1925 年 2 月由北京现代社出版，初版封面很简洁，白底蓝色篆体字“玉君 作者杨振声”围以长方框中，三个月后再版时封面换成了一幅具有异国风情的画，画中王子与美女骑在骆驼上，封面右下角有个“多”字，这是闻一多的画作，毋庸置疑。可话又说回来了，再版本出版时，闻一多刚结束留学生活，正在从美国返回中国的轮船上，况且他与杨振声不曾相识并未见过面，那他又是怎样为《玉君》设计封面的呢？这话得从头说起。

1920 年至 1924 年，杨振声留学美国，先后就读哥伦比亚大学和哈佛大学，获教育学博士学位。在美国期间他完成了中篇小说《玉君》的创作，1924 年秋，完成学业即将归国的杨振声在哈佛大学遇到了刚转学到这里的中国留学生梁实秋，对文学的共同爱好拉近了他们之间的距离，杨振声从梁实秋那知道了闻一多（闻一多是梁实秋的好友，1922 年赴美留学，彼时正在纽约艺术学院学习），同时了解到闻一多的绘画才能及为人品德和对诗歌创作的执着。梁实秋非常得意地讲起了去年他赴美留学前帮助闻一多在国内出版第一部诗集《红烛》的经过，绘声绘色地描述了在美国的闻一多是如何委托他与国内书局打交道，又如何费尽心机亲自设计封面。听到这些，杨振声不由想起了自己创作的《玉君》，他本打算回国找家出版社出版，并对如何设计这书的封面有自己的想法，正不知到哪去找设计封面的人呢。这不是个好机会吗！于是他问梁实秋能否请闻一多为他的第一本小说设计个封面，梁实秋大包大揽地回答没问题。杨振声谈了自己对设计封面的想法，他非常钟情自己在作品中关于对主人公林一存一段富有异

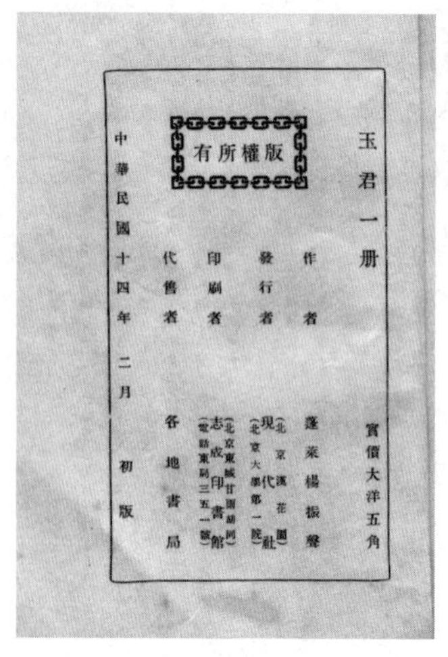

玉君一册　實價大洋五角

版權所有

作者　蓬萊楊振聲

發行者　現代社（北京漢花園 北京大學第一院）

印刷者　志成印書館（北京東城甘雨胡同 電話東局三五一號）

代售者　各地書局

中華民國十四年二月　初版

杨振声《玉君》初版本版权页

杨振声《玉君》再版、三版封面（毛口本）

国情调的梦幻的描述，他很希望能把这梦幻变成一幅真实的图画作为小说的封面。杨振声特意把这段关于梦幻的文字抄录下来交给梁实秋，请闻一多以此为命题帮他设计封面，然后寄回国内，梁实秋非常爽快地答应下来。

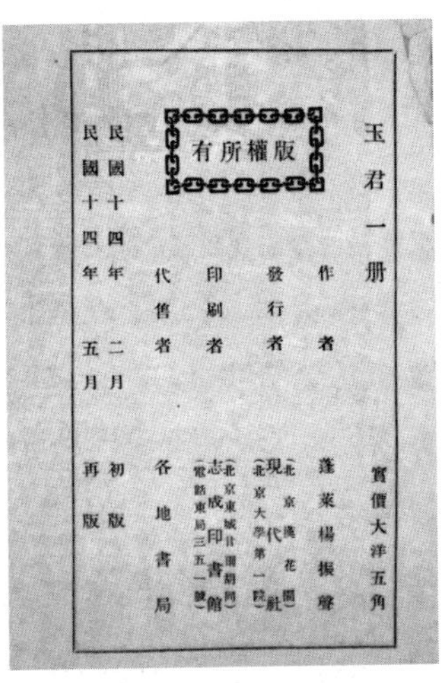

玉君一册　實價大洋五角

版權所有

作者　蓬萊楊振聲

發行者　現代社（北京漢花園）（北京大學第一院）

印刷者　志成印書館（北京東城甘雨胡同）（電話東局三五一號）

代售者　各地書局

民國十四年二月初版

民國十四年五月再版

杨振声《玉君》再版版权页

1924 年初冬，杨振声回国后将《玉君》小说稿拿给老师胡适、陈西滢征求意见，在得到充分肯定后，杨振声又根据他们的意见做了一番修改。1924 年 12 月中旬《现代评论》周刊创刊，同时该刊酝酿着准备出版一套《现代文艺丛书》，在胡适的推荐下，《玉君》很快被列入《现代文艺丛书》第一种付梓排印，杨振声没想到小说这么快就要出版了，他马上给在美国的梁实秋写信询问封面设计的情况，梁复信说闻一多正在抓紧构思设计，但可能还需一段时间。而这边书马上要开机印刷，可还没有封面呢，再找别人设计也来不及了，杨振声只好将就这一简洁的封面了。书很快就印出来 2000 册，这部反映冲破封建樊笼的青年男女追求婚姻自由的小说深受广大读者的宠爱，销路甚好。这时闻一多作的极富想象力的封面画也从美国寄来了，这是闻一多熬了多少个晚上，紧赶慢赶地画出来的，虽然没赶上开机印刷，但杨振声已是感激不尽了，因为这幅画准确形象，并加以发挥地表达了他的意思。1925 年 5 月，《玉君》又再版加印了 1000 册，封面换上了闻一多作的这幅封面画。

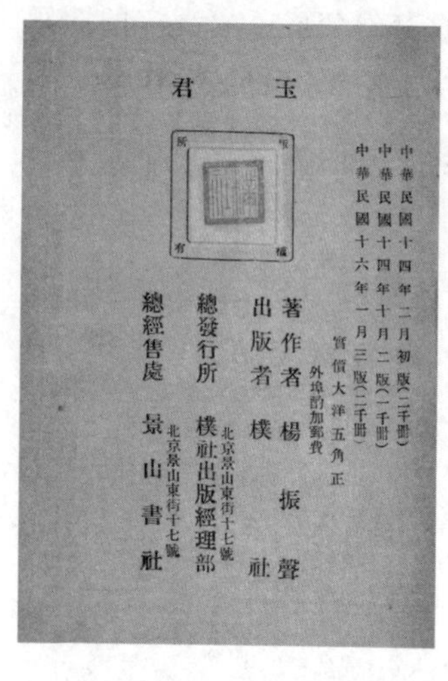

玉君

版權所有

中華民國十四年二月初版(二千冊)

中華民國十四年十月二版(一千冊)

中華民國十六年一月三版(二千冊)

實價大洋五角正

外埠酌加郵費

著作者 楊振聲

出版者 樸社

總發行所 樸社出版經理部 北京景山東街十七號

總經售處 景山書社 北京景山東街十七號

杨振声《玉君》三版版权页

《玉君》的出版受到读者的热烈欢迎，《现代评论》也组织文章对《玉君》大加宣扬，陈西滢在评论中开出了一个新文学运动以来十一部好作品的名单，《玉君》也列入其中，并强调“要是没有杨振声先生的《玉君》，我们简直可以说没有长篇小说”。可以说陈西滢的话还是较为公允的。但这却引起了鲁迅先生的不满，因鲁迅一直与“现代评论派”针锋相对，更与其代表人物陈西滢水火不相容，自然杨振声和他的《玉君》便成了替罪羔羊。1926 年 7 月，鲁迅在《马上支日记》中写道：“我先前看见《现代评论》上保举十一种好著作，杨振声先生的小说《玉君》即是其中的一种，理由之一是因为做得‘长’。我于这理由一向总有些隔膜，……”此时杨振声正在《现代评论》杂志负责编文艺版，但他从不招惹是非，也没得罪过鲁迅，可鲁迅将其归为“现代评论派”骨干成员，一直对他心存芥蒂，逮着机会就要挖损一下。后来杨振声出任青岛大学校长，广招名流贤士到校任教，被鲁迅斥为拉帮结派。1935 年在《中国新文学大系小说二集》序言中，鲁迅说了更狠的话，称《玉君》“不过一个傀儡，她的降生也就是死亡。我们此后也不再见这位作家的创作”。一锤定音，将《玉君》打入了冷宫。由此看来，身居文坛权威地位的鲁迅心胸并不开阔，他那偏颇有失公允的评介对作家及作品本身产生不可逆转的负面影响。

《玉君》自 1925 年 2 月现代社初版以来，5 月又再版了一次，1927 年 1 月转入朴社出版，沿用了现代社的封面和版序，排为第三版，但在版权页上误将再版日期印成 10 月了，后来朴社又于 1929 年 4 月、1933 年 5 月分别加印了四版和五版，1935 年以后就见不到杨振声的作品了，他本人一直从事教育再未染指文坛。直到半个世纪后的 80 年代，文坛才还以《玉君》应有的地位。

备受鲁迅关爱的作家

——许钦文的处女作小说集《短篇小说三篇》

说起作家许钦文的处女作小说集，圈内的人都知道是1926年4月北新书局出版的《故乡》。也都知道为出这本书，鲁迅花费了两年多的时间，从编选篇目、拟定书名、策划封面到垫付印费、校读印稿，倾注了他大量的心血。

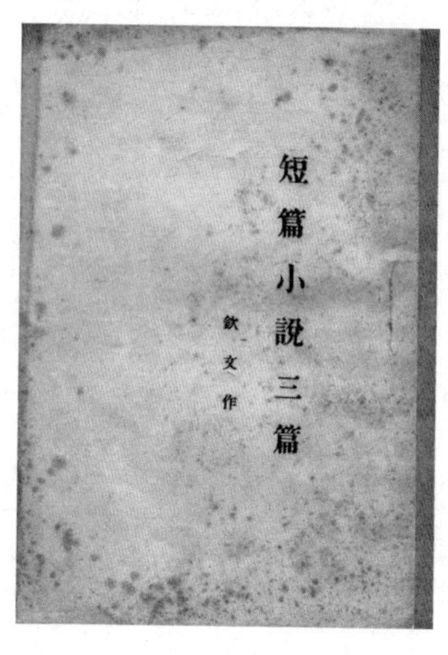

许钦文《短篇小说三篇》封面

《故乡》以画家、书籍装帧家陶元庆创作的艳丽的《大红袍》女鬼画像做封面，火爆登上文坛，从封面到内容一炮打响，两年内再版四次，就连许钦文本人也一直认为这本书是他的处女作。可是孰不知早在一年前的1925年4月，许钦文已不声不响地自印了一本小说集，名叫《短篇小说三篇》，这本书是在鲁迅正为许钦文编选小说集的过程中印出的，虽然后来作者本人把这本书称之为“学生文艺”，但严格意义上讲，《短篇小说三篇》应该算是他的处女作。那么既然鲁迅已经在为许钦文编选小说集了，许钦文为什么还要迫不及待地先行自印小说集呢？

1922年，25岁的许钦文离开家乡绍兴到北京谋生，成为北漂一族，他生活窘迫，身无分文，居无定所，只能寄居在位于宣武门外南半截胡同的绍兴会馆，因为绍兴人在这里可以免费居住，只不过条件比较艰苦罢了。许钦文一面到北京大学旁听课程以增长自己的知识，一面四处打工挣钱艰难度日。他找到在浙江省立师范同窗好友孙福熙的哥哥孙伏园，孙伏园当时任《晨报副刊》主编，是个热心人，他让许钦文兼做一些誊抄、校对、发行等工作，这样可以挣些钱。在接触中，孙伏园发现许钦文在学着写小说，文笔还不错，就劝他写些东西在《晨报》发表，可以挣些稿费。从1923年开始，许钦文的小说和杂谈不断出现在《晨报》上，这使他又多了笔经济收入，但还要把省下的钱补贴给在北京女子师范大学读书的妹妹与家乡的父母，所以他的生活依然很窘迫。鲁迅看到《晨报》上许钦文的名字，很欣赏他的作品，便向孙伏园打听此人是谁，一听说是绍兴同乡，而且他的妹妹许羡苏又是鲁迅家的常客和好友，鲁迅顿生爱才之意，从此许钦文与鲁迅的交往越来越密，友情越来越深。

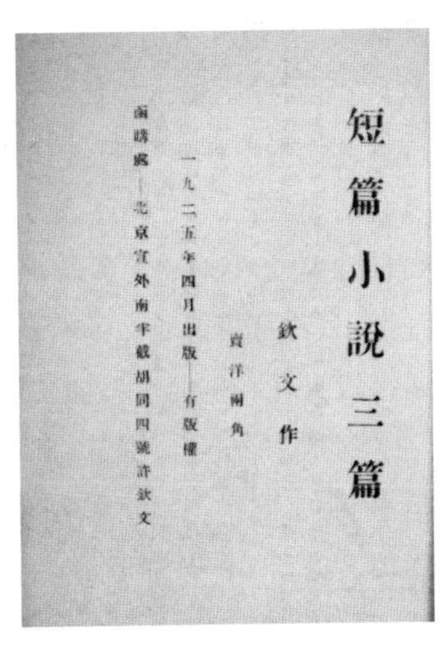

短篇小說三篇

欽文作

實洋兩角

一九二五年四月出版——有版權

函購處——北京宣外南半截胡同四號許欽文

许钦文《短篇小说三篇》版权页

1923年底，鲁迅得知北大新潮社正酝酿出版一套由周作人主编的《新潮社文艺丛书》，主要出版新人新作品。他立即动手，与高长虹一起为许钦文编选小说集，不到一个月，他们便从许钦文发表的七八十篇小说中编选出 27 篇。此时鲁迅因与周作人失和，不便给周作人写信，1924 年 1 月，鲁迅给孙伏园写信并附上书稿，建议由孙伏园向周作人推荐许钦文的短篇小说集。孙伏园尽力了，但后来新潮社没有接受许钦文的小说集，这让鲁迅很郁闷，此事只好搁置下来了。孙伏园也觉得很过意不去，他也没能力出版这本小说集。事情转眼过了一年，许钦文的小说集仍没着落，为了帮助许钦文，孙伏园想出了一个权宜之计，由《晨报》社帮许钦文印本小说集，因他是副刊主编，可以让印刷厂把作者的作品印刷装订成册，成本由副刊承担，但印数不能太多，也不是正式出版物。孙伏园认为这样一可以让许钦文过把出书的瘾，二可以让许钦文自卖书增加些收入，许钦文当然乐意了。书很快就印出来了，收了许钦文的《吃锅贴》《美妻》《与未识者》三个短篇小说，薄薄的 50 来页，封面白纸一张无任何设计，只有几个黑体字“短篇小说三篇 许钦文作”，版权页上写着“1925 年 4 月出版——有版权。卖洋两角。函购处——北京宣外南半截胡同 4 号许钦文”。许钦文在《自序》中说：“这三篇小说在我的作品中并不觉得有什么特别的地方，只都是最近所作的，特在这里集成一小册，除贪一时的方便是毫没有什么别的意思的。”

到了 1925 年 9 月，鲁迅决定亲自主编两套丛书，一套《乌合丛书》专收创作，一套《未名丛刊》专收译著，他将许钦文的新旧小说稿又进行了一次筛选，编选出 27 篇，定名为《故乡》编入《乌合丛书》，于 1926 年 4 月由北新书局出版。

“五四”新型喜剧的尝试者

——丁西林的处女作《一只马蜂及其他独幕剧》

丁西林是著名的物理学家，曾担任中国科协副主席；他又是著名的喜剧作家，有“独幕剧圣手”之称，曾担任文化部副部长。像这样涉及两个不同领域的“双栖”人才，是并不多见的。

1914年夏，丁西林赴英国伯明翰大学攻读物理学和数学，1919年获得伯明翰大学理科硕士学位。在英国期间，为了过好语言关，丁西林广泛地阅读英文书籍，看得最多的是小说和戏剧，他非常喜欢看萧伯纳和高尔斯华绥的剧本，也看了些易卜生的作品，并对戏剧产生了浓厚的兴趣。1920年丁西林与李四光等人应北大校长蔡元培聘请回国，到北大物理系任教，主讲物理学课程，他治学严谨，深受师生们爱戴，培养了许多物理人才。后来他又参加筹建中国物理研究所，并任所长、研究员，为新兴的中国物理学科做出了卓越的贡献。

丁西林《一只马蜂及其他独幕剧》封面

20世纪20年代初叶，正是“五四”新文化运动的鼎盛时期，是思想活跃，人才辈出的年代。几个从英国留学回来搞科学的朋友办的综合性杂志《太平洋》想刊登剧本，他们知道丁西林喜欢戏剧，便鼓动他写个剧本，风华正茂的丁西林自然也是跃跃欲试，很想尝试一下这个从未涉足的领域。那时话剧刚传入中国不久，在人们的意识中，真正的戏剧大师是要写悲剧的，因为悲剧内涵深刻，扣人心弦，而喜剧则被认为是糊弄乡下人的把戏，话剧舞台上演的主要是《黑奴吁天录》《茶花女》《罗密欧与朱丽叶》等悲剧，但丁西林偏偏选择了喜剧形式。1923 年，《太平洋》杂志第 4 卷第 3 期上发表了丁西林的处女作独幕话剧《一只马蜂》，这是一部爱情喜剧，写一位封建意识很浓的吉老太太，一心要为儿女安排婚事，她把女儿许配给表侄，女儿却不顺从她的心意。她又催着儿子赶紧娶妻，儿子却漫不经心。后来，她煞费苦心，要替侄儿向余小姐求婚，却不知这位余小姐是儿子的恋人。两个机智的年轻人，在老太太的眼皮底下，以俏皮的“反语”“谎话”谈情说爱，老太太却毫无察觉，直到吉先生与余小姐偷偷接吻，被老太太撞见，他们却巧妙地宣称：“一只马蜂。”这部剧赞扬青年男女为争取婚姻自主，敢于同传统观念作斗争，嘲讽抨击了封建意识严重的家长式的包办婚姻。戏剧结构精致巧妙，语言活泼幽默，笑过之后，让人感到悲哀与无奈。它开创了“五四”时

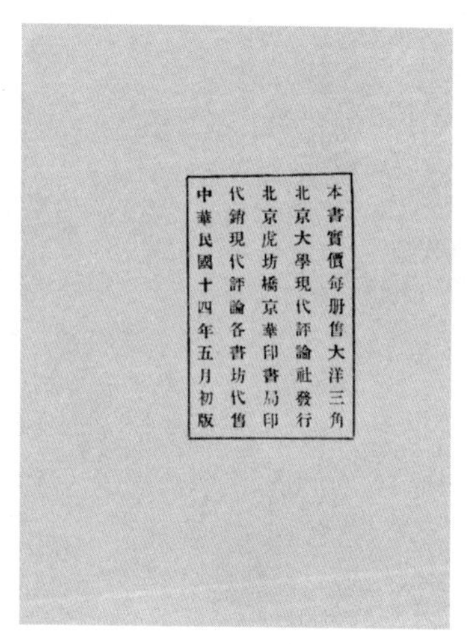
本書實價每册售大洋三角
北京大學現代評論社發行
北京虎坊橋京華印書局印
代銷現代評論各書坊代售
中華民國十四年五月初版

丁西林《一只马蜂及其他独幕剧》版权页

期新式喜剧的先河，名声大振，在当时产生很大影响。这一鸣惊人的举作，展现了丁西林身上蕴藏着的巨大潜力，从而激活了丁西林自身炽烈的创作热情，他一边搞科研，一边坚持业余时间创作，接二连三又写出了几个剧本，科学界的同行对他的行为表示不满，认为他不务正业，但他还是义无返顾的走上了“两栖”之路。

1925 年 3 月，《一只马蜂》在北京上演成功，获得广泛的好评，被称之为“中国新剧在舞台上最初的成功”。5 月，北京大学现代评论社出版了丁西林的第一部剧作集《一只马蜂及其他独幕剧》，共收《一只马蜂》《亲爱的丈夫》《酒后》三个独幕剧本，这版本已绝版很久了。

一位自信而狂放的小说家

——冯文炳的第一部小说集《竹林的故事》

冯文炳是“五四”以后出现的一个很独特的作家，1926 年后，他开始用“废名”的笔名进行写作，随后成为 30 年代京派小说的主要代表作家，颇有“废名风”的影响。

冯文炳自幼读私塾，积累了深厚古典文学功底，写得一手漂亮的毛笔字。他人长得其貌不扬，后来他的老师周作人曾对他的肖像有过这样的描述，“相貌奇古，其额如螳螂……眉棱骨奇高”，就是在这古怪的形象中透着自信与狂放的性格，他的狂放并非是轻狂，而是在自信基础上的一种有所为的表现，他 15 岁时就到武昌读师范，毕业后任小学教师，对文学有着浓厚的兴趣。1922 年春夏之交，他满怀自信地来到北京投考北京大学，在考英语的前一天，朋友看他准备的是毛笔，就跟他说，答英文题哪有用毛笔答的，书写速度太慢，劝他改用钢笔，他却很自信地说，我平时练习都是

冯文炳《竹林的故事》封面

用毛笔，速度不会比钢笔慢。第二天冯文炳随考生们来到考场，英语考卷发下来了，他先浏览了下考题，而后胸有成竹地握起心爱的狼毫小楷毛笔，蘸上砚好的墨汁埋头开始答题，他感觉自己答题的速度一点也不慢。环顾了下四周，其他考生都是伏案用钢笔刷刷地写着，一个多钟头过去了，考生们陆陆续续交卷出了考场，而冯文炳吭哧了两个钟头总算答完了卷子，是的，写英文字母，毛笔哪赶得上钢笔的速度呀，他擦了擦头上溢出的汗水，长舒了一口气。

冯文炳进入北大预科英文班后，从师于周作人，在周作人推荐下读了大量欧美国家的文学作品，此时他开始了文学创作，并在《努力周报》上发表诗歌，1922 年 10 月他创作的小说《长日》在《努力周报》上发表，接着他的小说不间断地出现在报纸杂志上，当时周作人与胡适很看好他的小说，鼓励他继续写下去，周作人许愿，等冯文炳出集子时会为其作序。这对于一个刚入学不久的预科生来说是莫大的荣耀了。有了点小名气，自信狂放的性格更加暴露无疑，他经常逃学不上课，穿着长衫一副名士派头到街上闲逛。即便这样，他的功课也没落后，两年后转入北大英文系本科，学习成绩一直很好。他还自称是鲁迅《狂人日记》的超级读者，比鲁迅还了解《狂人日记》，因为那时他没少对鲁迅的作品发表评论，自

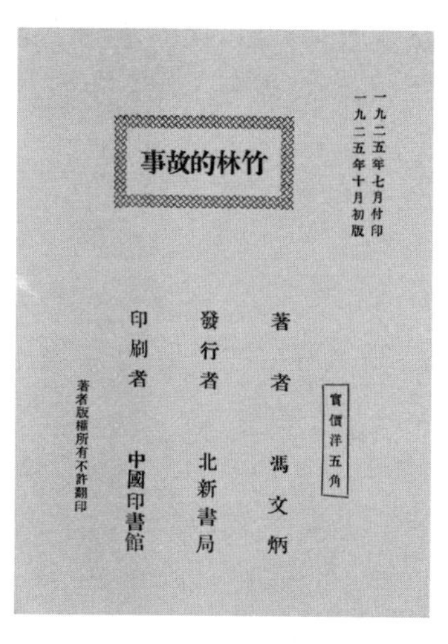
一九二五年七月付印
一九二五年十月初版

竹林的故事

著者 馮文炳
發行者 北新書局
印刷者 中國印書館

實價洋五角

著者版權所有不許翻印

冯文炳《竹林的故事》版权页

认为对鲁迅的作品有深刻的了解。

他的第一部处女作小说集《竹林的故事》，收短篇小说 14 篇，1925 年 10 月由北京新潮社出版，北新书局发行，封面是蓝底白字。集中都是作者以故乡湖北农村为背景，充满乡土气息的作品，以女童的眼睛去看这个世界，用童稚的心来感受这个世界，写法很有特点，融西方现代小说的创作技巧和中国古典诗歌的格调于一体，以散文诗话的语言，抒写了牧歌式的田园小说。该书问世时，冯文炳还是北大英文系的在校本科生，老师周作人更对他关爱有加，并兑现诺言，专为此书作了序，他称冯文炳的作品："像一溪流水，遇到一片草叶都去抚摸，然后汪汪流出。"

中国象征主义诗歌诞生的标志

——李金发的处女作诗集《微雨》

李金发是中国象征派诗歌的创始人，他的第一部诗集《微雨》也是中国第一部象征主义诗集，1925 年 11 月，编入《新潮社文艺丛书》由北新书局出版。

李金发《微雨》封面

1920 年 1 月，19 岁的李金发与同乡林风眠等人来到法国勤工俭学。至于来学什么，李金发并没有明确的目标，而是凭着一种冲动出来看看外面的世界，他们被法华教育会安排到巴黎附近的枫丹白露市立中学学习法语，并负担他们的学费和食宿费，但几个月后，该会由于经费紧张，不再资助他们了。住宿条件差，生活清苦，都没有动摇李金发学习法语的信心。受同乡林风眠的影响，他渐渐对美术发生了兴趣，尤其法国街面上比比皆是的精美大理石雕塑深深地吸引着他，林风眠也建议他去学雕塑。1921 年初春，李金发与林风眠等人进入法国第戎国立美术专科学校，林风眠学习绘画，李金发学习雕塑，这所学校条件很差，师资匮乏，基本上靠自学，但李金发学习非常刻苦。到了暑假，在校长的推荐下，李金发和林风眠进入了梦寐以求的巴黎国立美术学院，李金发继续学习雕塑，他是个极肯下死功夫的青年，在教授的指导下刻苦进行美术技巧基本功的训练，上午在课堂画模特练习泥塑，下午练习大理石雕刻，晚上夜巴黎沉浸在一片灯红酒绿之中，不为其所诱惑的李金发独自把自己关在巴黎拉丁区租住的小旅馆里，用从学校带回来的粘土埋头苦练雕塑。

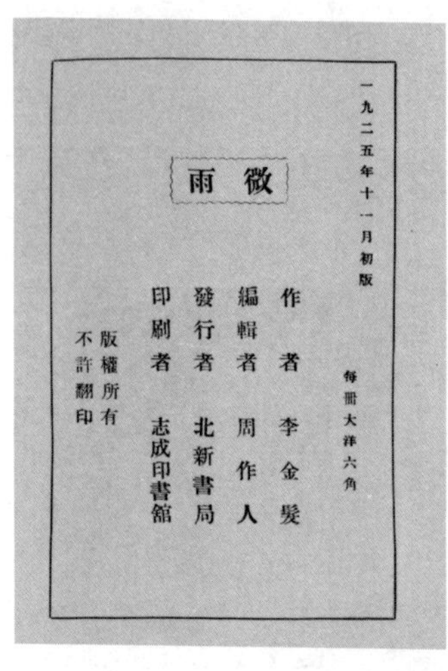
一九二五年十一月初版

微雨

作者 李金髮
編輯者 周作人
發行者 北新書局
印刷者 志成印書館

每冊大洋六角

版權所有 不許翻印

李金发《微雨》版权页

由于生活压力和在学校受法国同学的歧视，孤独苦闷的心情一直伴随着性格内向的李金发，愤世嫉俗的心态荡激着他内心深处抑郁的浪漫情怀，很想把它释放出来，他开始读一些小说诗歌之类的文学作品，在街头还买了些中国国内出版的新文学刊物，但他感觉胡适等人写的不过是歌谣而已，没有可取之处。慢慢他发现自己喜欢上了法国象征派诗人波德莱尔和魏尔伦等人的诗歌，越看他们的诗集越爱不释手，读了一遍又一遍，在他们的诗中找到了共同点，并模仿他们尝试着写起诗来，他感觉在这里找到了自我，找到了可以任意驰骋的天地。于是小旅馆的斗室成了他练习雕塑和作诗的天地，在“浪漫之都”“艺术之都”的巴黎真正玩起了艺术与浪漫。

功夫不负有心人，他终于获得了成功，1922 年春夏，他雕塑的林风眠和刘既漂的头像居然参加了巴黎艺术沙龙展，并获得好评。他的诗歌创作也形成了自己独特的朦胧怪异的诗风，是地道的中西合璧式的现代象征派诗歌。1922 年末，李金发和林风眠等人又来到德国柏林学习深造，空闲时间，李金发继续在诗歌创作中寻找精神寄托。1923 年 3 月，他把在巴黎写的 99 首诗，外加 28 首译诗编成了一个集子起名叫《微雨》，5 月又把在柏林不到两个月写下的 89 首诗编成一个集子叫《食客与凶年》，他冒昧把这两本诗集寄给国内素不相识的周作人，希望能够出版。两个多月后，周作人复信称他的诗是"国内所无，别开生面"，并已将两部诗集编入《新潮文艺丛书》，推荐给北新书局了。就这样，第一本诗集《微雨》在李金发回国的五个月后出版了，诗集出版前，李金发选了罗丹的雕塑作品《永远的偶像》作为诗集的封面装饰，深刻体现了艺术与浪漫的结合。

《微雨》震动了整个中国文坛，欧化的句法，半文半白晦涩的语言，古里古怪的东西，朦朦胧胧的意象，还真令人费解。一时间招致名人都来评论，随后象征主义诗歌像旋风播撒的种子扎根在中国的土地上。

旧派小说家的转轨

——刘半农的处女作诗集《瓦釜集》

刘半农是“五四”新文学运动的先驱者，他对新文学的主要贡献是在诗歌方面，他主张诗歌改革，提出“破坏旧韵，重造新韵”，倡导新诗不仅要创造，而且还要引入国外新的形式。并亲自实践，首创了民歌体形式的新诗，是最初在《新青年》杂志上发表新诗的三个人之一，其他二人是胡适、沈尹默，这在当时产生了极大影响。

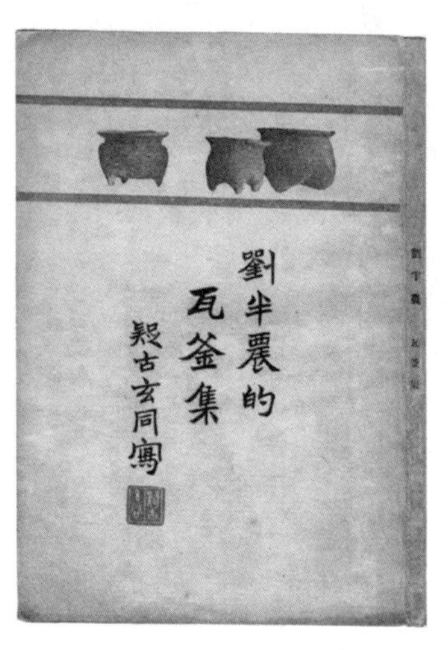

刘半农《瓦釜集》封面

实际上，刘半农在“五四”文学革命前就已经很有名气了，1912年，还未中学毕业的刘半农独闯上海滩，五年下来，26岁的他已是大名鼎鼎的言情小说家了，他以“半侬”“寒星”等笔名在《小说月报》《小说大观》《礼拜六》等杂志上发表了40多篇言情小说，各家杂志争先恐后地向他约稿，被人称之为“江阴才子”（刘的家乡江苏江阴）。

1917年5月和7月的《新青年》杂志上分别刊登了刘半农的文

章《我之文学改良观》《诗与小说精神上之革新》，正式宣布与旧文学决裂，表达了追随文学革命的愿望。一个月后，刘半农就接到了北京大学校长蔡元培寄来的聘书，聘他为北京大学预科教员。在北大任教期间，他积极投身文学革命，担任《新青年》杂志编辑，发表文学革命的文章，并开始创作白话新诗，可他出版的第一部作品集不是这些白话新诗集，而是他后来留学欧洲期间创作的民歌体新诗集《瓦釜集》。1920 年 2 月至 1921 年 5 月，刘半农在英国伦敦大学留学期间，尝试用家乡江阴的方言俚语创作了 60 多首民歌体的新诗，有情歌、悲歌、滑稽歌、船歌、农歌、牧歌、劳动歌、渔民歌、女工歌等等，这些诗内容丰富，带有浓郁的民间文化色彩。这期间，好友周作人曾来信劝他将出国前发表的白话新诗整理编个集子在国内出版，可刘半农好像对此不以为然，他的兴趣点全都放在民歌体新诗上了。1921 年 5 月，他挑出 18 首自己创作的民歌体新诗编成一个集子起名为《瓦釜集》，寄给了周作人，他在致周作人的信中表达了意在反映老百姓的心声，全面推动新诗发展的夙愿。

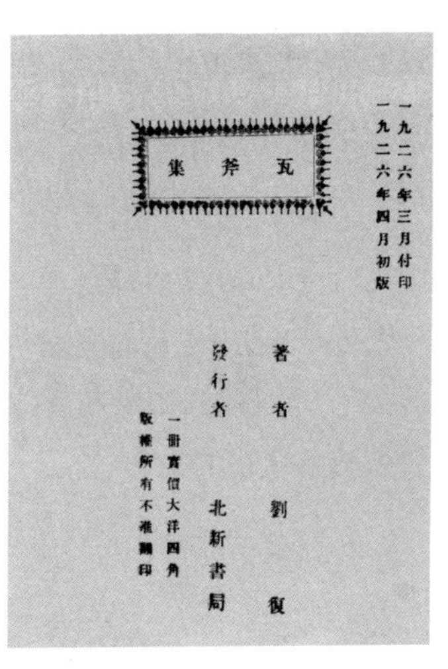
瓦斧集
一九二六年三月付印
一九二六年四月初版
著者　劉復
發行者　北新書局
一冊實價大洋四角
版權所有不准翻印

刘半农《瓦釜集》版权页

周作人非常理解刘半农的意愿，可这个《瓦釜集》确实有点偏，主要是他家乡的方言俚语，很多人都读不懂很费解，虽然内容反映了工人农民的辛苦劳累，揭露了贫富悬殊不平等的社会制度，但都是连蒙带猜地才能了解大致的意思。不管怎样，这还是一个颇有新意的诗集，对推动诗歌的大众化运动有着积极进步的意义。应刘半农请求，1922 年春，周作人迎合民歌体形式用绍兴方言为《瓦釜集》作了首序歌，陪着朋友玩呗。但出书的事由于种种原因暂时搁置下来。

1925 年夏，刘半农获法国巴黎大学文学博士学位回国任北京大学国文系教授。在周作人的努力下，1926 年 4 月，刚开张一年的北新书局出版了《瓦釜集》，内收民歌体新诗 21 首，还有刘半农回家乡探亲采录的江阴民歌《手攀杨柳望情哥》19 首，接着 6 月才出版了刘半农的白话新诗集《扬鞭集》。内收 1917 年至 1925 年创作的白话新诗 99 首。《瓦釜集》出版前，因是第一本书，刘半农非常重视，专门请故宫博物院古物馆副馆长、陶器专家马叔平挑选了三件品相尚好古代瓦釜（陶制的饮器），又请故宫博物院陶瓷专家、摄影家陈万里帮忙拍照成像，再请好友钱玄同题写"刘半农的瓦釜集 疑古玄同写"字样，然后设计成《瓦釜集》的封面印刷出版。

这本书民国时期就没有再版过，再加上它的特殊性，所以更显得珍贵了，在学术研究界，它肯定是难得一见的稀有资料，为研究者苦觅难寻，在收藏界，2007 年在上海博古斋秋季善本专场拍卖会上《瓦釜集》作为新善本，从 1200 元起拍，最后以 9500 元成交。随着年代的推移，它的升值空间将继续扩大。

戏剧大师的多愁诗情

——焦菊隐的第一部诗集《夜哭》

说起焦菊隐，人们都知道他是著名戏剧家，一代导演大师，他创办的戏校人才辈出，他执导的《茶馆》炉火纯青，已成为北京人民艺术剧院的保留剧目。可谁知道，他在青年时代刚刚跨入文坛时，却是个非常多愁善感的诗人呢。

焦菊隐《夜哭》封面

焦菊隐出生于天津一个没落的封建官僚家庭，他的祖父焦佑瀛在清朝咸丰年间可是个人物，曾为咸丰皇帝的军机大臣，咸丰病重期间，又被封为赞襄政务八大臣之一，专事辅佐年幼的同治小皇帝。咸丰死后，慈禧企图垂帘听政，八大臣竭力反对，当时八大臣代表皇帝拟的反对两宫垂帘听政的“喻旨”，就是焦佑瀛写的。后来慈禧将八大臣杀的杀，革职的革职，焦佑瀛被革职后，回到天津盖了所宅院，整日吟诗品茶，过起了隐居生活。到焦菊隐父亲时期，家道中落，生活十分贫困，焦菊隐从小就受人歧视而且常常被人欺负，这促使他更加发奋地读书，学习成绩十分优秀。在上小学期间，由于受天津南开新剧社的影响，他与同学也自发成立了新剧社，自编自演新话剧，内容以反封建、反压迫为主。到读高中的时候，在“五四”新文学运动的冲击下，他开始尝试写作新诗，陆续在报刊上发表，并与当时在《新民意报》副刊当编辑的赵景深共同发起成立文学社团——绿波诗社，编辑出版《绿波》周报，团结了一大批热爱文学的青年。由于他学习成绩优异，高中二年级时就被保送到北京燕京大学读书，但家境贫穷，父亲无法为他支付学费，他一方面靠哥哥资助一些费用，另一方面为当时的《晨报副刊》写稿和译稿，协助《京报副刊》编些稿子，挣点微薄的稿费。

焦菊隐擅写散文诗，他的诗充满了悲苦，其中最具代表性的就是他的《夜哭》，这篇诗作写于 1924 年 3 月，全诗借黑夜妇人哭子的悲惨情景宣泄出了对社会的哀怨与愤懑，“夜正凄凉”，微风“正吹着妇人哭子的哀调，送过河来，又带过河去”。“夜里的哭声颤动了流水，潺潺地在低语，又好似痛泣。”诗人的情愫随着妇人的哭声，随着河水的流淌而跌宕起伏，他述说着人间的世态炎凉，悲叹着社会的无情黑暗。好友赵景深是这样评价焦菊隐的“像一个多愁多病的少女，带着生的闷脱的气息。倘若他是女子，他准是林黛玉！”1926 年，焦菊隐把这首散文诗，连同自己创作的其他 33 首杂诗编成一本诗集，

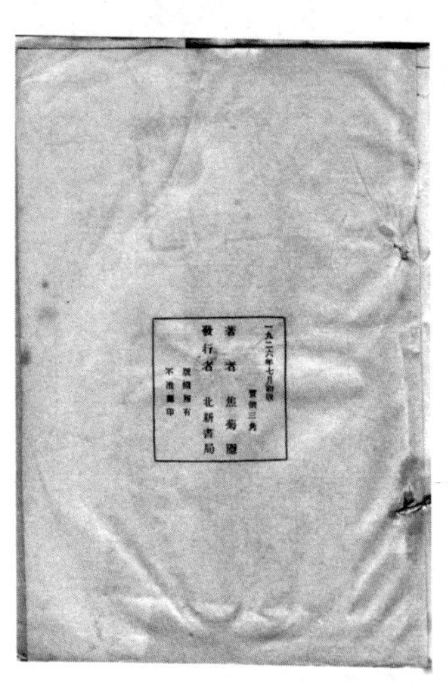
一九二六年七月初版　實價三角
著者　焦菊隱
發行者　北新書局
版權所有
不准翻印

焦菊隐《夜哭》版权页

起名为《夜哭》，交给北新书局，7 月这部诗集就出版了。《夜哭》问世后，评价不一，许广平曾这样说："《夜哭》，糟透了，还不如塞入纸篓，字句既欠修饰，文理命意俱恶劣，这样作品，北新也替他出版！"沈从文则说："若我们想从一种时行作品中，测验一个时代文学的兴味高点，《夜哭》是一本最相宜的书。"不管怎么说，我们应该看到这是中国新诗还在初创时期的一部很重要的诗集，也是焦菊隐在中国新诗发展期所起到的作用的最好见证。

现在还有多少人记得曾是诗人的焦菊隐呢，来看看这部诗集吧，你可以好好感受当年焦菊隐为诗坛所做出的贡献。但要看到这部诗集的初版本，却是很难的事情了。

“乡下人”的坚忍与执拗

——沈从文的处女作短篇小说集《鸭子》

1926年11月，北新书局初版了沈从文的第一本作品集《鸭子》，为《无须社丛书》之一，内收戏剧9篇、小说9篇、散文7篇、诗歌5篇，32开本，285页，定价7角。白色的封面配上鲜红的鸭图可以感受到作者渗透纸张的心血及步履蹒跚闯入文坛的漫长历程，这是他北漂京城，历时三载所收获的第一个果实，为此他付出了常人难以想象的艰辛与磨难。

沈从文《鸭子》封面（毛口本）

从小生性顽劣的沈从文15岁那年高小毕业后，就混迹于湘西的军队里四处游荡，长了不少见识，学会了读诗写小楷字帖，还有机会读了许多林纾译的西方小说。后来他在湘西巡防军统领陈渠珍身边做书记期间，又接触了大量的古玩和字画，看了不少宣传新思想新文化的杂志，萌生了到北京求学的愿望，在陈渠珍的支持下，沈从文支取了三个月的军饷27块钱做盘缠，踏上了赴京之路。

1923 年 8 月,21 岁的沈从文来到北京,此时他兜里还剩七块六毛钱,但这个执拗的乡下人没有丝毫退缩与胆怯,他找到了前门外杨梅竹斜街由湘西人开办的湖南酉西会馆,凭着他远房表弟黄村生在这里兼职做事的关系(当时黄在农业大学读书)得以免费住下,由此开始了北漂生活。他最大的心愿就是报考一所好大学,毕业后用学到的知识报效国家,可北京当时有十几所大学,报哪个大学呢,北大、清华门槛太高很难考入,听说燕京大学也较有名气,又是新校舍,食宿条件较好。于是沈从文参加了燕京大学国文预科的入学考试,可小学文化程度的他连最起码的常识题都答不上来,基本上交了白卷,好心的主考老师把两块钱报名费退还给了他。看来考大学是暂时没戏了,只好先自学吧,他每天都到宣武门的京师图书馆看一整天书,有时也去前门大街、琉璃厂等处看看文物古董,看似日子过得很悠闲,可要知道在没有任何经济来源的情况下,他过的是衣食无着、饥寒交迫的日子,那时北京最低生活费用每月 1.7 元至 2.8 元,他也想到图书馆某个差事或到哪找个零活干干,可却到处碰钉子。

在表弟黄村生的建议帮助下,1924 年寒假开学后,沈从文搬到了沙滩银闸胡同的公寓,离北大很近,这里住满了来北大求学旁听的学生,沈从文也成为其中的一员。这的日子的确比酉西会馆好过一些,大家在一起过着相互帮衬,有我一口也有你一口的原始共产主义的生活。沈从文一边在北大旁听课程,一边寻找半工半读的机会,一次在与人聊天中听说如今给报刊写稿赚稿费挺可观的,千字五角钱,弄好了一月能挣个十几二十块钱。沈从文琢磨这活好干,凭着自己的非凡阅历和特有的文字能力,编个故事发个文章不成问题,于是这个一根筋的乡下人成天趴在屋里写

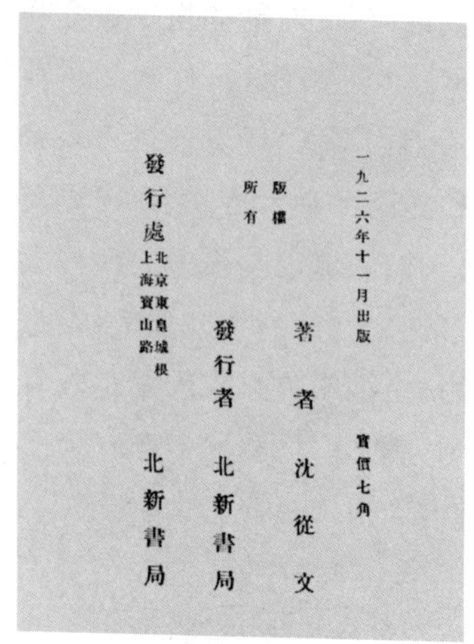
一九二六年十一月出版
實價七角
版權所有
著者 沈從文
發行者 北新書局
發行處 北京東皇城根 上海寶山路 北新書局

沈从文《鸭子》版权页

起来，散文、诗歌、小说、剧本什么都写，写完就往京城的各报刊投寄，就这样一篇接一篇地狂投不止，结果半年过去了，他的几十篇稿子如石沉大海，杳无音信。他依然过着吃了上顿没下顿，靠友人接济的生活。又一个难熬的冬天将要来临了，身上的单衣怎能御寒呢。在不得以的情况下，沈从文向几位京城知名作家发出了求助信，郁达夫接信后登门看望了他，给予他热情的关心。过了一个月，1924 年 12 月 22 日的《晨报副刊》上刊登了沈从文的散文《一封没有付邮的信》，这是他发表的第一篇作品，稿费是两张五角钱的书券（当时名不见经传的小文章常以书券替代稿费）。不管怎样，这对沈从文来说可是个极大的动力，他更加拼命地写起来。在日后的写作与生活道路上，沈从文得到了林宰平的鼓励，徐志摩的提携，胡也频的资助，叶圣陶的赞赏，他的作品不断地出现在《晨报副刊》《现代评论》《语丝》《京报副刊》《小说月报》等报刊上，据不完全统计，沈从文在出版作品集《鸭子》的前三年间共发表作品 128 篇，分别是 1924 年 4 篇，1925 年 67 篇，1926 年 57 篇，他作为《晨报副刊》主要撰稿人，每月能领取 10 多块钱稿费，再加上其他报刊的稿费也有二三十块钱的收入了。他就这样走上了卖文为生的道路，懵懵懂懂地闯入了文坛，后来他称自己是“第一个职业作家”。

年历翻到了2009年3月28日，初春的北京还有些凉意，这天早晨还未开门的首都图书馆门口已聚集不少等候的人，原来他们是来参加今天将在这里举行的泰和嘉成古籍文献常规拍卖会的收藏爱好者，可以想见，今天的拍卖会上肯定将有一拼。九点整，拍卖会正式开拍，一本1926年11月上海北新书局初版的沈从文作品集《鸭子》(毛口本)，品相很好，2000元起拍，经过一番激烈的角逐，最后以16800元的高价被一位沈从文迷拿下。可以说这位先生是幸运的，因为时隔83年，别说品相这么好的毛口本实属罕见，就连普通的初版本也很难见到了。

流浪欧洲的创造社成员

——王独清的处女作诗集《圣母像前》

王独清是创造社很有影响的象征派诗人，他的诗歌深受欧洲象征派诗风的影响，强调唯美的纯诗境界，具有热烈而又悲情的特点，在 20 世纪 20 年代犹如一匹黑马异军突起，为贫瘠的中国诗坛吹进了一股新风。

王独清《圣母像前》封面

1920 年 5 月，王独清来到法国开始了勤工俭学的生活，五年的时间里，他浪游了欧洲许多国家，当时正值第一次世界大战结束后欧洲的经济萧条时期，王独清饱受了饥寒交迫的苦难，在贫困线上苦苦挣扎，虽没读过一所正规大学，但完全靠自学掌握了多种学科知识，生活的艰辛促使他通过写诗来抒发自己郁遗的心情，巴黎肮脏的贫民区、昏暗酒吧中哀婉的音乐、古罗马的废墟、异国少女炙热的情愫、精美的雕像画作都成为他创作的素材。1922 年 6 月间，王独清接到在日本留学的同乡好友郑伯奇的来信，告之他与郭沫若、郁达夫、成仿吾等中国留学生在日本成立文学社团创造社，最近又在上海创办了《创造季刊》，他鼓动王独清参加创造社，并将好的创作稿寄过来可在《创造季刊》发表。就这样王独清与在上海的郭沫若建立了通信联系，1922 年 8 月出版的《创造季刊》1 卷 2 期上刊登了王独清翻译印度诗人泰戈尔《新月集》的出版广告（因故 1935 年才出版），还发表了王独清致郑伯奇的两封信名为《一双鲤鱼》，此后王独清便成了创造社的正式成员，他的诗作也开始出现在《创造季刊》上。

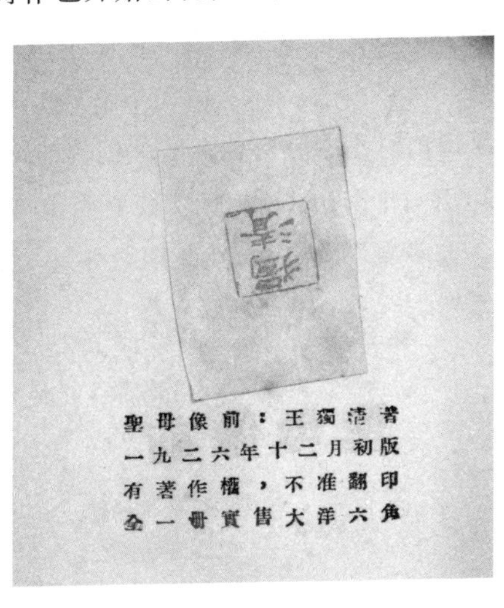

王独清《圣母像前》版权页

1926 年 2 月中，王独清回国到了上海，为生活所迫他急于要找份工作，这天他找到八仙桥附近郭沫若的家，见到了仰慕已久只通过信未曾谋面的郭沫若，郭沫若望着眼前这个戴礼帽打领结，身穿深灰色西装的二十七八岁青年，不愧是从巴黎回来的，一副西洋范儿，从装束上看有点像雨果的二儿子佛兰哥，只不过礼帽和西装显得很旧了。他们聊得很投机，王独清有些口吃但很能说，他表明了急于想找工作的愿望，并提出能否帮他出版自己的个人诗集。郭沫若对他说："我正好刚接到广东大学的聘书，让我过去任文科学长，不知你愿不愿意一起去广东？"王独清兴奋地说："好……好……好，去……去去！"郭沫若又说:“出版诗集的事好说,你把诗集编好后交给我,我帮你联系出版社。”随后郭沫若给广东大学写信,同意担任文科学长,并提出同时聘任郁达夫和王独清,很快广东大学回信表示同意。3 月初,王独清把编好的诗集《圣母像前》交给了郭沫若,郭沫若把诗稿托付给好友、光华书局老板沈松泉,而后与郁达夫、王独清乘船赴广州任职去了。

后来光华书局因经费问题,王独清的诗集迟迟没有出版,郭沫若又于 7 月辞去教职,随北伐军离开了广州,无奈中,代理广东大学文科学长的王独清不得已拿出一些钱来自费印制自己的诗集。1926 年 12 月,上海光华书局出版了王独清的处女作诗集《圣母像前》,集中收有他在欧洲创作的诗作 26 首,开本很别致,方形 20 开,印了 2000 册,版权页上钤印有“独清”的名章,证明版权归个人所有。由于初版本印数不多,如今已被归入“近世罕见之本”。

冲破封建婚姻的羁绊

——冯沅君的处女作小说集《卷葹》

冯沅君是20世纪20年代活跃在文坛的女作家，她的小说大胆坦诚，无所顾忌地反映了反对封建包办婚姻，追求爱情自由的主题思想，顺应了当时的时代潮流，受到青年读者的热烈追捧。虽然她犹如星河中一颗耀眼的流星划过文坛瞬间即逝，可她在中国现代文学史上留下的影响却是深远的。

1927年1月，冯沅君的第一部短篇小说集《卷葹》以“淦女士”的笔名，经鲁迅编入《乌合丛书》，由北新书局出版。《乌合丛书》是鲁迅为北新书局编辑的一套创作丛书，他将自己的《呐喊》《彷徨》《野草》都编入了这套丛书，另外还编入了许钦文、高长虹、向培良、冯沅君等人的各一部作品，实际上，当时鲁迅并不认识冯沅君，那《卷葹》是如何被收入《乌合丛书》的呢，这里引出了一段在当时不可思议的爱情故事。

冯沅君《卷葹》封面

1919年11月，冯沅君在北京女子高等师范学校就读期间，她的同班同学李超，因抵制家里的包办婚姻，被断绝经济来源，在贫病交加中去世，此事在北京各院校引起了极大的反响，女高师在校园里举行隆重的追悼会，各院校的师生来了1000多人，胡适专门为李超写了《李超传》，并在追悼会上念诵，这个追悼会成了妇女解放运动的誓师会，给予女高师的同学们很大的鼓舞，冯沅君带头向河南家中提出了与未婚夫退婚的要求，其他同学也纷纷效法。

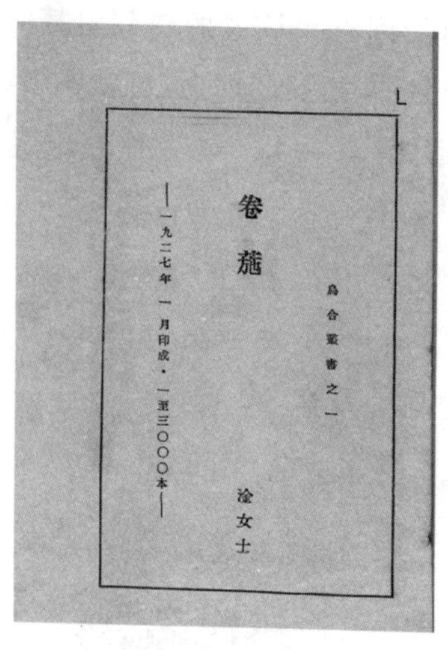
烏合叢書之一
卷葹
淦女士
—一九二七年一月印成·一至三〇〇〇本—

冯沅君《卷葹》扉页

1921年，冯沅君结识了河南同乡、北京大学物理系学生王品青，由于兴趣相投，他们很快双双坠入情网，王品青比冯沅君小一岁，并已在家乡包办完婚，可这些对冯沅君来讲都不算什么，只有真诚的相爱才是真的，他们无所顾忌地沉浸在爱的时光中。冯沅君抵制封建包办婚姻，大胆追求爱情的举动，在当时真可谓是新潮前卫的了。

1922年，冯沅君从女高师毕业，旋即考取了北京大学国学研究所研究生，1923年寒假回家探亲时，退掉了包办的婚姻，王品青也随之返回河南，家里不同意他提出的离婚要求，但这并未影响他们的热恋。王品青虽然读的是理科，但是个很有才气的文学青年，常在报刊上发表些散文随笔之类的文章，认识一些文学圈内的人士，在他的影响和鼓动下，冯沅君也开始写起小说来了，从 1924 年春起，冯沅君以“淦女士”的笔名连续在上海的《创造季刊》和《创造周报》上刊登了四篇系列短篇小说，以自己的恋爱经历讲述了一个个动人肺腑的爱情故事，喊出了妇女解放的最强音。这年冬天，王品青和冯沅君又都成为新创刊的《语丝》杂志的主要撰稿人，而且王品青深得鲁迅和周作人的厚爱，曾协助鲁迅完成了《痴花鬘》的校点，并与鲁迅成为忘年交。

1925 年，王品青从北大毕业后到北京孔德学校当了一名教员，他不思进取，安于现状，很让冯沅君失望，这年，冯沅君也从北大国学研究所毕业，她在即将离京赴南京金陵女子大学任教之前，又悄悄地爱上了比她小 3 岁的江南才子，清华大学研究院的国学研究生陆侃如，但不知情的王品青仍对冯沅君的爱是炙热不减，1926 年 10 月，王品青得知鲁迅正在为北新书局编一套创作丛书，立即将冯沅君

烏合叢書之六：卷葹一實價二角半

1 吶喊 魯迅短篇小說十五篇 實價七角
2 故鄉 許欽文短篇小說選集 實價八角
3 心的探險 長虹散文及詩集 實價六角
4 飄渺的夢 向培良短篇小說集 實價五角
5 彷徨 魯迅短篇小說第二 實價八角

未名叢刊

1 苦悶的象徵 日本廚川白村著 魯迅譯 五角
2 蘇俄文藝論戰 俄國褚沙克等論文 任國楨譯 三角半
3 出了象牙之塔 日本廚川白村作 魯迅譯 七角
4 往星中 俄國安特列夫作 李霽野譯 四角半
5 十二個 俄國勃洛克作 胡斅譯 三角半

版權所有

發行者 北新書局 北京東皇城根 上海四馬路中

冯沅君《卷葹》版权页

在《创造季刊》和《创造周报》上发表的四篇小说汇成一集，寄给了远在厦门大学任教的鲁迅，希望能编入创作丛书，并请鲁迅委托他的朋友、书籍装帧名家陶元庆为冯沅君的书设计封面，鲁迅很赞赏这四篇小说，爽快地答应了王品青，并给小说集起了个非常好听的名字《卷葹》，他说：“卷葹是一种小草，拔了心也不死。”以此寓意作者追求妇女彻底解放的坚定信念。后来司徒乔为《卷

葹》画了非常别致的封面画。

《卷葹》出版后，王品青发现了冯沅君的移情别恋，痛苦万分，在极度抑郁中病故于家乡。1929 年，冯沅君与陆侃如结为伉俪，从此淡出文坛，夫妇俩相濡以沫，一起从事教学和古典文学研究工作到白头偕老。

“中国最杰出的抒情诗人”

——冯至的处女作诗集《昨日之歌》

1921年暑假开学后，冯至成为北京大学预科的一名新生，因受“五四”新文化运动的影响，他对国内外郭沫若、歌德、海涅等人的浪漫主义诗歌的兴趣越来越浓厚，他阅读古今中外的诗歌，到国文系去听有关诗歌的课，并悄悄地练着写起新诗来。

冯至被郭沫若《女神》中的浪漫主义激情所感染，他也尝试着直抒胸意，但他内向含蓄的性格决定了他的诗风不像郭沫若那样激昂奋进，如他写下的《满天星辰》，“我把这满天的星辰/聚拢在我的怀里/把它们当作颗颗的泪珠/用情丝细细地穿起/穿成一件外氅/披在爱人身上……”这就是冯至特有的浪漫抒情风格。在北大预科学习期间，冯至在闲暇时就投入到忘我的写诗之中，自作自歌，不求人知，从来没有投稿发表的奢望，谁也不曾注意这个十六七岁沉默寡言的少年。因他总去国文系听课，与教《文学概论》的张凤举教授走得比较近，张凤举当时已是创造社成员，著名作

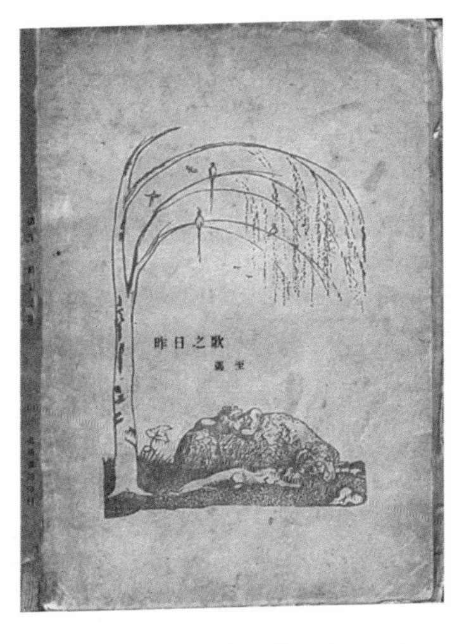

冯至《昨日之歌》封面(毛口本)

家。冯至把自己写的新诗拿给张凤举看，张非常欣赏冯至的才气，将他以《归乡》为题的组诗 23 首，寄给上海创造社的刊物《创造季刊》。1923 年 5 月，《创造季刊》2 卷 1 期刊登了冯至的组诗《归乡》，这是冯至第一次在出版物上发表作品，其激动的心情是不言而喻的。这年暑假，冯至转入北大德文系本科读书。冯至的诗作发表后，引起了文学圈的关注，当时以川籍青年学生为主要成员的文学社团浅草社诚邀他加入了该社，此后，冯至的诗作经常出现在《浅草》杂志与《创造季刊》上。

1927年日4月1日初版
印1——1500册

北新書局印行

冯至《昨日之歌》版权页

冯至曾在 1922 年的《创造季刊》1 卷 3 期上读了郁达夫描写清代诗人黄仲则贫病悲苦一生的小说《采石矶》，感慨于黄仲则的才情与命运，特地去书店买了本刚刚再版的黄仲则诗集《两当轩集》。他久闻郁达夫的大名，很想与郁达夫见面多了解些黄仲则的情况，没想到这个机会很快就来了。1923 年 10 月，北大法学院教授陈启修因公出国考察，他推荐毕业于日本东京帝国大学经济系的郁达夫代他教统计课。冯至听到这个消息真是喜出望外，10 月 18 日下午，冯至专门到法学院听郁达夫第一次讲课。下课后，他尾随郁达夫来到教员休息室，在做了自我介绍后，郁达夫很热情地与这个刚上大一的青年学生聊起来，他们从《采石矶》聊到黄仲则的诗，给冯至印象最深的是，郁达夫对黄仲则的《焦节妇行》

一诗评价很高，他认为这首极富浪漫情怀的诗写得恐怖而又感人的梦境，在中国诗里真是绝无仅有，西方的诗歌或有这种类似的写法。郁达夫的一番话使冯至久久不能忘怀，他暗自下决心也要写出中国绝无仅有的诗来。后来郁达夫常找冯至一起去逛书店，到酒馆喝酒，他们很快成了忘年交。

1925 年夏，《浅草》杂志因林如稷出国而停刊，浅草社也自行解体。10 月，原浅草社成员冯至、陈炜谟、陈翔鹤等人又组织起沉钟社，创办了《沉钟》杂志。1927 年 4 月，冯至的第一本诗集《昨日之歌》作为"沉钟丛书"第二种，由上海北新书局出版，诗集上卷收抒情诗 46 首，下卷收叙事长诗 4 首，冯至选取英国著名诗画家布莱克的一幅版画做封面，经藏书家、孔德学校校务主任马隅卿重新翻拍后制版，使其线条颇有东方韵味，也很符合诗集浪漫抒情的风格。诗集出版后产生了一定影响，鲁迅称冯至是"中国最杰出的抒情诗人"。后来冯至又把国外的十四行诗引入中国，开创了国内诗歌创作新的里程碑。《昨日之歌》当时只印了 1500 册，留存下来的很少了，而我们看到的这本毛口本的《昨日之歌》则更是凤毛麟角，稀有之物了。

多才多艺的创造社小伙计

——叶灵凤的处女小说集《女娲氏之遗孽》

叶灵凤是后期创造社的新锐，在 20 世纪 20 年代后期的上海文坛中属于较另类的人物，他的小说创作主要以都市生活为题材，侧重唯美主义的意识流心理分析。他一生与鲁迅结下了梁子，在流行骂鲁迅的年代他首当其冲，写小说居然敢让主人公撕下鲁迅的《呐喊》去擦屁股；画漫画敢讽刺鲁迅是挥舞着狼牙棒、炸弹、小说集等武器“躲在酒缸后面”的“阴险脸的老人”。鲁迅为此极为恼火，后来在数篇杂文中对叶灵凤大加鞭挞，冠以“新的流氓画家”“汉奸文人”“齿白唇红的小开”等骂名，这些骂名叶灵凤背了一辈子。

叶灵凤《女娲氏之遗孽》封面

叶灵凤于 1925 年入创造社，1926 年 3 月到重新开业的创造社出版部当小伙计，这里聚集着一帮小伙计，领头的是周全平，他们负责创造社各种出版物的跑印刷厂、看校样、捆书打包送邮局等编务工作，但这是一群激进的不甘寂寞的文学青年，他们时不时在创造社的刊物《洪水》上发表一些作品，但《洪水》主要是刊登创造社中心人物郭沫若、郁达夫、王独清等人的作品，小伙计们自觉受到了排挤，于是便自己办起刊物来了。

从1926年4月到10月他们先后办了《A11》《幻洲》周刊、《幻洲》半月刊三个刊物，除适量介绍创造社中心人物及文坛的动向外，主要刊登小伙计们创作的各类作品，小伙计们为能畅快淋漓地在刊物上发表自己的作品而感到特别开心。然而他们最大的愿望是何时也能像创造社那些中心人物一样出版自己的书，小伙计中只有周全平出版过作品集，其他人因创作起步时间不长，只是在报刊上发表一些作品，为了实现这一愿望，他们策划酝酿着出版一套丛书。

一九二七年五月出版
1——3000册
每册定價四角五分
上海四馬路光華書局發行

叶灵凤《女娲氏之遗孽》版权页

1926年10月，由潘汉年和叶灵凤负责编辑的《幻洲》半月刊创刊，叶灵凤施展美术才能，把刊物设计得新颖别致十分耐看，创刊号宣布“幻社”正式成立，并推出《幻洲丛书》出书预告，有周全平的小说集《苦笑》，叶灵凤的小说集《女娲氏之遗孽》，柯仲平的诗集《海夜歌声》，洪为法的散文集《长跪》，金满成的长篇小说《我的女朋友们》等。

消息传到广州，引起了创造社中心人物的不满，他们认为小伙计们拉帮结派，擅自行动，违反了创造社的章程，企图分裂创造社，并委派郁达夫赴上海整顿创造社出版部。12月郁达夫到上海后与小伙计们搞得极不愉快，出版部很快散伙，小伙计们纷纷离开上海各奔东西，只剩叶灵凤仍固守上海，负责接洽上海光华书局出版他们《幻洲丛书》的事宜，自然是近水楼台先得月了，1927年5月，上海光华书局首先出版了《幻洲丛书》之一种叶灵凤的短篇小说集《女娲氏之遗孽》，共收5个短篇，印了3000册，在当时很畅销。

歌窝里走出的狂飙诗人

——柯仲平的处女作长诗《海夜歌声》

柯仲平出生在云南广南县，因周围有许多能歌善舞的壮族村寨，所以他儿时就受到民间传说和山歌的熏陶，在具有浓郁民族风情的音乐节拍中度过了少年时代。1920 年 18 岁的柯仲平在昆明读中学时，就在报上发表了抒情诗《白马与宝剑》。1927 年 8 月，上海光华书局出版了他的第一部 1700 行的长诗《海夜歌声》，印数 2000 册，定价 4 角 5 分，这一初版本现在很少见到了。

柯仲平《海夜歌声》封面

1921 年底，柯仲平与相爱多年的女同学丁桂媛一起离开昆明，经越南、香港于 1922 年初抵达北京，他们寄宿在宣武门外的云南会馆，这里是专门接待云南学生赴京准备考学的地方。在之后的两年时间里，柯仲平一面到北京法政专门学校旁听课程，一面开始了诗歌创作。1924 年他终于考入了国立北京法政大学法律系，读书期间他依然没有放弃他所钟爱的诗歌创作。受郭沫若诗风的影响，他创作的取向也是浪漫主义的，除了写短诗外，1924年11月他创作出了1700行的浪漫长诗《海夜歌声》，这在当时的诗坛是极其少见的，遗憾的是报纸和刊物没有这么大的篇幅来容纳这首长诗，况且他只是个无名的青年学生。1925年他的诗作开始在《语丝》杂志上发表，由此结识了鲁迅、郁达夫等知名作家，并得到他们的赞赏与鼓励。长诗《海夜歌声》无处发表，他经常在傍晚时分，独自一人来到北京什刹海河边对着天空大声地吟诵他那浪漫而充满豪情的诗篇，直到深夜。他身材魁梧高大，声音洪亮，吟起诗来如醉如痴，旁若无人，吓得路人都绕着他走。一天傍晚他登门拜望鲁迅先生，进门没说几句话，就扯着嗓子如醉如痴地朗诵起《海夜歌声》中的片段来，惊得住在后院的鲁迅母亲的心怦怦直跳，以为家里来了个疯子。

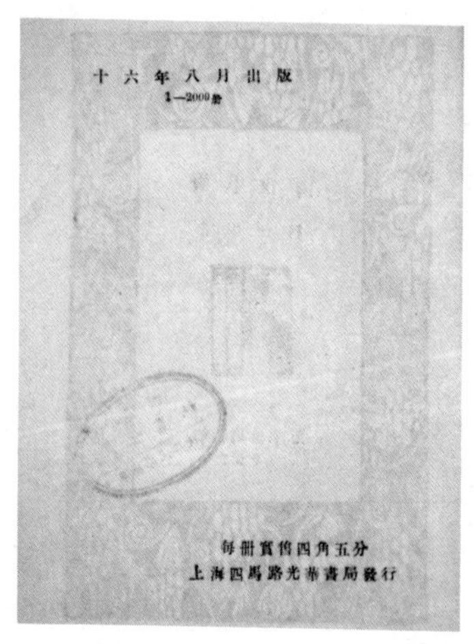
十六年八月出版
1—2000册

每冊實售四角五分
上海四馬路光華書局發行

柯仲平《海夜歌声》版权页

在校读书期间，柯仲平积极投身于进步学生运动，1926年参加了“三·一八”惨案当天在共产党领导下的进步学生游行示威活动，惨案发生后，他又积极参与料理牺牲者善后工作，为惨案中牺牲的两名云南籍学生在云南会馆院中立了一个纪念碑。1926年4月下旬，国民党在北京开始查禁进步书刊，搜捕共产党人与进步人士，闯入各大学捕抓进步学生，整个北京城笼罩在白色恐怖之中。柯仲平也上了抓捕黑名单，看来北京是呆不下去了，他得知郁达夫与郭沫若在上海筹办《创造月刊》，便于5月上旬来到上海投奔郁达夫，郁达夫热情地介绍他到刚开业不久的创造社出版部工作。

创造社出版部聚集了周全平、潘汉年、叶灵凤等十几个非常有才华的青年人，他们承担着出版部售书出刊(《洪水》杂志)所有的杂务工作，统称创造社出版部的“小伙计”。在创造社主要是以日本东京帝国大学留学归来的为骨干核心成员；日本其他学校和西洋留学归来的为羽翼成员；国内大学毕业的，也就是这帮“小伙计”们则属于外围成员了。这是一帮生龙活虎、不甘寂寞的“小伙计”，为了扩大出版部的对外宣传业务，他们以办“出版消息”为由，编印出版了《A11》周刊(刊名取自出版部的门牌号码上海宝山路三德里A11号，后改名《幻洲》周刊)。实际上这个八开四面的小刊物只有一面刊登书刊广告，其他三面都成为“小伙计”们畅所欲言，抨击时政的杂文阵地了，他们还酝酿着要出版一套《幻洲文艺丛书》，把“小伙计”们的重要作品都收进去，自然也包括柯仲平一直无处发表的长诗《海夜歌声》。在这个集体中，柯仲平过得很愉快，他时常饮完酒后情不自禁地在大家面前高声朗读自己的诗作，他那豪放的诗情，洪亮的声音和如醉如痴的神态，成为出版部的经典节目，“小伙计”们送给他一个光荣的雅号“狂飙诗人”。就这么折腾能不引起当局的注意吗，1926年8月，创造社出版部一度被查封，叶灵凤、柯仲平等4名“小伙计”被捕入狱，幸亏潘汉年四处托人，多方营救，五天后就被释放了。

1926年10月，由潘汉年、叶灵凤主编的《幻洲》半月刊创刊，正式宣告成立“幻社”，并刊登了出版《幻洲文艺丛书》的预告，有叶灵凤的《女娲氏之遗孽》《鸠绿媚》，周全平的《苦笑》，柯仲平的《海夜歌声》，洪为法的《长跪》，该丛书将由上海光华书局出版。1927年“四·一二”大屠杀后，创造社的“小伙计”们纷纷离沪各奔前程，《幻洲文艺丛书》的出版事宜就由留守在上海的叶灵凤承担起来。1927年8月，柯仲平的《海夜歌声》作为《幻洲文艺丛书》之一种，由上海光华书局出版，此时的柯仲平正在西安学联举办的暑期讲习会上作着《革命与艺术》的长篇演讲，他那惊人的见解，抑扬顿挫的语调和蓄着长发、不修边幅的形象，赢得了众多学生们的青睐。

以乡土小说跻身文坛

——彭家煌的处女作短篇小说集《怂恿》

小说家彭家煌，对于现在的读者来说是很陌生的名字，然而在20世纪二三十年代的文坛上他是个很受欢迎的青年作家，并被冠以“乡土文学代表作家”的美誉，他虽然英年早逝，但其作品却留下了深远的影响。他的小说朴实真诚、含蓄细腻、活泼风趣，今天读来仍不失为上乘之作。

1919年，彭家煌从湖南省立一师毕业后曾到北京女子师范大学附属补习学校教书，1923年10月，考入上海国语专修学校进修，一年后转入中华书局工作，1925年又转到商务印书馆编译所工作，先后任《教育杂志》《儿童世界》助理编辑，此时他开始了文学创作。凭着对租界化上海的感悟，他写出了第一篇小说《Dismeryer先生》，讲述了一个失业落魄的外侨德国人寄居在华界与中国人之间的故事。他认真地一遍又一遍地斟酌，修改了多次，直到满意为止。往哪投稿呢？他想到了商务印书馆主办的《小说

彭家煌《怂恿》封面

月报》，这是近水楼台的事情，一天，他壮着胆子趁没人时把小说稿放在了《小说月报》主编郑振铎的办公桌上，没想到第二天，郑振铎什么也没说将稿子退还给了他。难道写的不好吗？他又重新看了一遍，自我感觉挺好，于是将稿子寄给了北京的《晨报副刊》，1926 年 2 月，《晨报副刊》刊登了这篇小说。郑振铎看到报上登的小说后对彭家煌说："很对不起，你这篇东西写得很好，当时你送来时，我实在是没顾得上看。"没过多久，郑振铎介绍彭家煌加入了文学研究会。

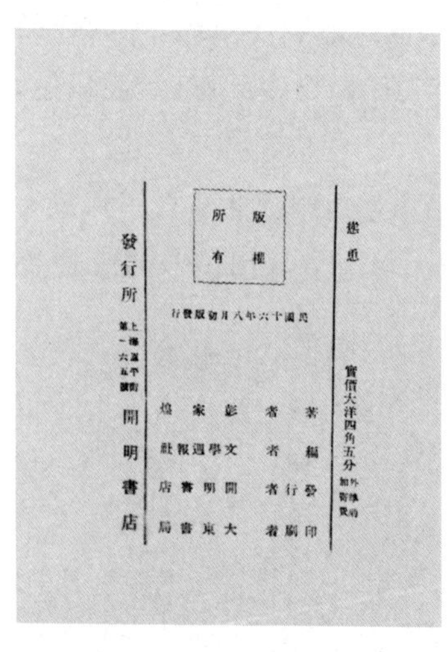

慫恿

實價大洋四角五分（外埠酌加寄費）

著者 彭家煌

編者 文學週報社

發行者 開明書店

印刷者 大東書局

民國十六年八月初版發行

版權所有

發行所 上海[illegible]第一六五號 開明書店

彭家煌《怂恿》版权页

说实在的，把彭家煌归类于"乡土作家"总觉得有些牵强，因为在其创作的近 50 篇小说中绝大部分是写都市题材的，只有 9 篇是写乡土题材的，他的都市小说艺术性思想性一点不亚于他的乡土小说，而且在数量上占绝对优势，那为什么要把他归到乡土小说作家群中呢？这是因为茅盾、鲁迅等文学主将当时的历史定位。20 世纪 20 年代初，鲁迅以"改造国民性"思想为立意，写出了多篇表现浙江农村题材的小说，并结集为《呐喊》《彷徨》，一时间在读者与作家中产生了广泛的影响。许多寄居在京沪两地的作家，纷纷效仿鲁迅用深情的笔触，带着鲜明的地方色彩去表现故乡农村的故事，到 20 年代中期，表现农村题材的小说创作形成了一股潮流，此时刚刚跨入文坛的彭家煌也将笔端伸向了湖南家乡农村。1927年初，他写出了反映湖南农村宗族之间矛盾的小说《怂恿》，作品在轻松活泼的氛围中批判了封建传统思想，带有浓郁的乡土色彩。立即引起文坛的极大关注，被称为描写农村题材的优秀之作。茅盾十分欣赏这篇小说，他后来在编选《中国新文学大系·小说一集》写导言时，把彭家煌放在描写农村生活的作家里加以介绍，称《怂恿》具有“已经很圆熟的独特风格”，是“那个时期最好的农民小说之一”。接着1935年鲁迅又在《中国新文学大系·小说二集》序言中对反映农村题材的小说冠以“乡土文学”的名称，此后就有了定义为“乡土文学”的作家群体，彭家煌自然成为这个群体的一员，一直延续至今。

1927年8月，彭家煌的第一部短篇小说集《怂恿》作为《文学周报社丛书》之一种，由上海开明书店初版发行，共收小说8篇，其中都市题材5篇，乡土题材3篇。由此正式踏上文坛。

北漂“愤青”的愿望

——胡也频的处女作小说集《圣徒》

左联五烈士中的胡也频文学生命才六年时间，十分短暂，但他这六年是文学作品高产的六年，共发表作品 170 多篇，出版小说、诗歌、戏剧 16 部，由此看出他是一个勤奋的作家，在文学史上留下了抹不去的重彩。他的第一部短篇小说集《圣徒》是 1927 年 9 月由刚成立的上海新月书店出版的。

胡也频本是个北漂的“愤青”，1922 年春，19 岁的胡也频从福州老家出来经过两年的漂泊来到了北京，本想报考北京大学，但未能考取，后给一家公寓老板干杂活得以栖身。此时北京正处在“五四”文学革命的高潮时期，国外各种新思潮新思想涌进来，冲击着国人的精神世界。胡也频是个愤世嫉俗，思想激进的热血青年，厌恶黑暗的社会和不平等的制度，他很快与住在公寓里的进步大学生交往起来，从他们那借来好多书看，慢慢地接受了无政府主义思想，参加进步学生组织的相关活动，立志要做一个为自由而战斗、为真理而

胡也频《圣徒》封面

牺牲的战士，同时他还看了许多新文学方面书刊，尤其对外国文学作品发生了浓厚兴趣，看书看得经常废寝忘食，通宵达旦。就这样，胡也频度过了非常充实的两年。

1924年秋，胡也频开始尝试小说创作，年底，他参与帮助编辑《京报》副刊的《民众文艺周刊》为他提供了发表作品的平台，时有小说、诗文发表，这给他以极大的快乐感和成就感，终于找到了自己发展的方向。他编辑周刊，发表作品的报酬只是每期二百份单张的《民众文艺周刊》，然而他并不在乎这些，而是津津乐道地与同伴把这些单张的周刊装进写好的信封里，寄赠到各地。那时只要有人愿意看他们编的周刊，就是最大的乐趣了。这时他正处在热恋北漂女青年丁玲的阶段，谁都知道交女朋友需要花钱，可胡也频没钱，那点微薄的干杂活的钱还不够自己花的呢。于是胡也频拼命地写稿投往京城的各报刊，可转一圈下来没人理会这个刚起步的文学青年，最后只好刊登在自己编辑的《民众文艺周刊》上，一分钱稿费都没有。但他一点不气馁，仍不停地写不停地投寄。1925年初，胡也频结识了蒙打蒙撞给他们周刊投稿的沈从文，相同的命运很快使他们成了知己，他们共同努力，相互帮村，胡也频一直梦想着像北大新潮社那样既办刊物又出丛书，他常与沈从文商量办刊之事，那时在北京办一个类似《语丝》规模的刊物，每期印1000册，

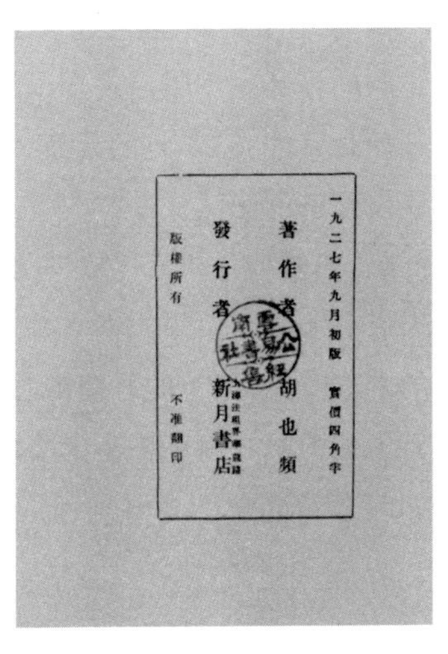

一九二七年九月初版　實價四角半
著作者　胡也頻
發行者　新月書店
版權所有　不准翻印

胡也频《圣徒》版权页

需要十二三块钱就足矣了，可他们连这钱也凑不出来。胡也频组织一帮穷苦的北漂文学青年，成立了个“无须社”，经常在一起聚会畅想办刊之事，可那不过是过过嘴瘾罢了，因为根本就没有钱。

1926 年春夏，随着沈从文成为《晨报副刊》的主要撰稿人，胡也频的作品也不断出现在《晨报副刊》和《现代评论》上，从下半年开始每月能有 20 元的稿费收入，总算结束了吃了上顿没下顿靠亲友接济的生活。1927 年 7 月初，沈从文接到徐志摩从上海写来的信，告知他与胡适等人筹办的新月书店在上海开业了，还说如果有书稿可寄过来出版。胡也频没想到这么快就能圆了他出书的梦，他怀着兴奋的心情精心地筛选出近年发表的 11 个短篇，编就了他的第一部短篇小说集《圣徒》，与沈从文集的小说集《蜜柑》一起寄了过去，9 月，便由闻一多统一设计封面出版了。

南中国文坛上的新星

——欧阳山的处女作长篇小说《玫瑰残了》

反映广东大革命时期的长篇小说《三家巷》作为“建国后十七年”的红色经典，让欧阳山的名字家喻户晓。在60多年的创作生涯中，这位南国热土养育成长起来的作家，以其千万字的作品为读者献上了丰厚的精神食粮，成为最受读者喜爱的作家之一。

欧阳山《玫瑰残了》封面（毛口本）

欧阳山的学历并不高，高中未毕业，只有在中山大学预科旁听过半年课程的经历。但他勤奋好学，在上初中时就打下了一定的文学基础，1924年8月，还是广州市立师范学校初中二年级学生的欧阳山，就在上海的《学生杂志》11卷11期上发表了处女作短篇小说《那一夜》，从而增强了他从事文学创作的信心。1924年暑假后，欧阳山跳级进入高中一年级，曾到北京投考北京大学，因无钱支付学费和生活费，只得返回广州半工半读继续读高中，由于他英语和法语自学得很好，所以在广州最大的电影院明珠映画院找了份助理翻译的工作，就是放映外国电影时对着银幕做现场翻译，并兼做影院宣传册的文字编辑工作，这对他日后从事文学活动有着很大的益处。

1925 年轰轰烈烈的大革命运动正值高潮时期，广州作为此次革命的策源地，到处都散发着浓浓的革命气息，欧阳山所在的学校也不例外，欧阳山很快成为学生运动的积极分子，他担任学生会出版部的干事，负责出版和宣传工作，筹办夜校扫盲普及文化教育，走上街头宣传革命形势进行爱国募捐活动，参加学校的宣传队到广东的乡镇农村宣传发动群众，并在校内参加组织了“择师学潮”运动，其结果是：1926 年 1 月，校方以“操行不良，难期造就”的罪名开除欧阳山学籍，这让欧阳山感到极大的悲愤。但是他并未气馁，而是以更大的勇气一面参加革命工作，一面坚持文学创作。受“五四”文学风潮的影响，他约本校的冯穆韩及外校的赵慕鸿等十几个青年朋友，成立了社团“广州文学会”，并于 1926 年 4 月创办了《广州文学》周刊，自己任主编。在该刊上，欧阳山开始连载他的第一部长篇小说《玫瑰残了》，署名“罗西”，小说以书信体的形式层层展开叙事情节，讲述了曾经很有抱负但性格内向的大学生男青年 V 在多角恋爱关系中既不敢大胆地给予，又不敢坦荡地放弃，内心过度的敏感与脆弱弄得性格扭曲变形，以至无

[illegible]：玫瑰殘了
定價：實洋五角
9,1927，初版
1——2000冊

欧阳山《玫瑰残了》版权页

法面对自己造成的爱情漩涡，最终走向绝望。小说连载后引起读者强烈的反响，当时的广州，文学类的书刊寥寥无几，所以《广州文学》周刊格外受青年读者的欢迎。

1926 年 5 月间，正在全身心创作《玫瑰残了》的欧阳山给广东大学(中山大学前称)任文科学长的郭沫若写信，诉说自己被学校开除的前后经历，并随信寄去了刊有长篇小说《玫瑰残了》的几期《广州文学》周刊，郭沫若立即约见了欧阳山，欧阳山向郭沫若表达了想继续求学的愿望，郭沫若马上介绍他到广东大学预科旁听课程。欧阳山又谈起了《玫瑰残了》的整体构思，因为郭沫若翻译过歌德的《少年维特之烦恼》，他在《玫瑰残了》的男主人公身上看到了维特的影子，认为这篇小说应该出书让更多的读者看到，随后他给好友、上海光华书局的老板沈松泉写信热情地推荐这部小说，7 月，郭沫若随军参加北伐，临行前嘱咐欧阳山等小说写完后尽快寄到上海，将近年底，欧阳山把小说稿寄给了沈松泉。

第二年因国民党在上海发动的“四·一二”事变，使出书事宜搁置下来，直到 1927 年 9 月，上海光华书局才以“广州文学会丛书”的名义出版了欧阳山的长篇小说《玫瑰残了》，署名“罗西”，实际上这时“广州文学会”与《广州文学》周刊已随着大革命运动的失败而不复存在了。这是欧阳山出版的第一部作品，是他早期至情文学理论的重要作品，就这样一颗文坛新星在广州这片土地上升起。由于这部小说与欧阳山后来的创作风格完全不同，再加上现在很难见到这部小说，所以很少有人提及它了。

不该被人遗忘的小说家

——陶晶孙的第一本小说戏剧集《音乐会小曲》

陶晶孙是创造社的元老，也是中国作家左翼联盟的发起人之一。由于他在 20 世纪 30 年代以后主要从事医学研究与教学工作，加之背负“汉奸文人”罪名，一直很少有人提及他，他作品的原版本已很难见到，尤其是 1927 年 10 月创造社出版部出版的他的第一本小说戏剧集《音乐会小曲》基本上找不到了。这本创作集都是以作者在日本的留学生活为题材的，真实地反映了中国留学生在日本留学期间的困苦与不满，他作品以浪漫、清新、奇特的风格很受读者欢迎，初版印数 3000 册，在当时非常畅销。

陶晶孙《音乐会小曲》封面

1906 年，10 岁的陶晶孙就随父亲东渡日本开始了“小留学生”的生活，在东京读完小学、中学和高中后考入九州帝国大学医学部，恰好与郭沫若同班，对文学的共同爱好使他们结为挚友，后来他们还成为连襟，郭沫若娶了姐姐佐藤富子，陶晶孙娶了妹妹佐藤操。1919

年，国内爆发的“五四”新文化运动，得到了在日本的中国留学生的积极响应，7 月，郭沫若在九州帝国大学发起成立救国社团“夏社”，组织在日的中国留学生投身到新文化运动中，郭沫若、郁达夫、张资平、成仿吾、陶晶孙等文学青年聚集在一起，以写作的形式积极参与新文化运动，他们最大的愿望是想办一个同人刊物发表自己的作品，但与国内多家出版社联系都被婉言谢绝。陶晶孙是个有心人，他想既然出版社不愿印刊物不如自己动手，1920 年初在他的倡议下，他们把自己往来的书信和新创作的诗歌、散文、小说等汇集起来，刻蜡板油印装订成册，于是，一本简易的同人刊物就诞生了，他们给这本小杂志取名为《Green》，中文译名“格林”，意思是绿色，象征着生命、希望。这本同人刊物共出了两期，每期上都留有一些空白页可随意地写下自己的读后感，然后互相传阅。第一期有郭沫若、成仿吾等人的诗，还有成仿吾的小说《一个流浪人的新年》，陶晶孙用日语创作的小说处女作《相信运命》刊在第二期上，这个同人小刊物后来被他们在上海出版的《创造》季刊所取代。在郭沫若的建议下，陶晶孙将日语小说译成中文改名为《木犀》，这篇小说讲述了一个女教师与比她小 10 岁的男学生之间生死相恋的故事。发表在 1922 年出版的《创造》季刊第三期上。随后陶晶孙又写了《音乐会小曲》《剪春萝》《水葬》《温泉》等多篇小说和《黑衣

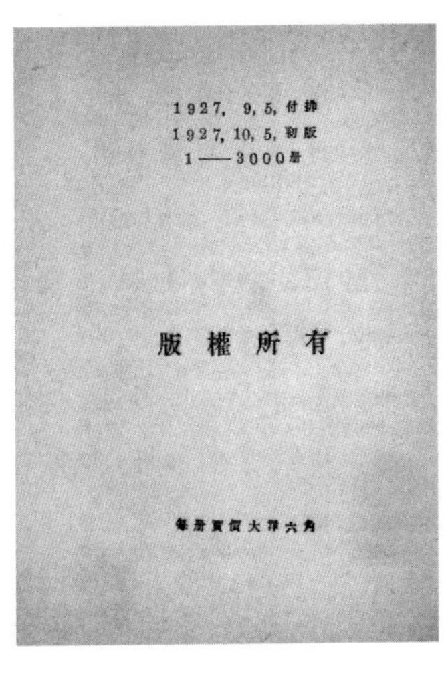

1927, 9, 5, 付排
1927, 10, 5, 初版
1——3000册

版權所有

每册實價大洋六角

陶晶孙《音乐会小曲》版权页

人》《尼庵》等戏剧，在国内的《创造》等文学刊物上发表。1927 年初，陶晶孙从日本回到上海，积极投入左翼文学运动中，他把自己几年来发表的小说与剧本整理出来 19 篇集成一个集子，以《音乐会小曲》为书名交给创造社出版部，10 月就出版了。后来他的《木犀》和《音乐会小曲》被选入《中国新文学大系·小说三集》。

但凡了解文学史的人，都知道抗战时期陶晶孙"落水"出任伪职的情况，虽然他抗战结束后赴台湾从事医学工作，20 世纪 50 年代初病逝于日本，但他一直不被文学界所待见，背了半个世纪"汉奸文人"的罪名，殃及家属和后人。直到 20 世纪 90 年代初，当时历史的见证人夏衍出来证明抗战时期陶晶孙受中共上海地下党负责人潘汉年的委派，隐蔽下来从事收集情报工作，才洗清了陶晶孙这半个世纪的不白之冤。

新闺秀派女作家的佳作

——凌叔华的处女作小说集《花之寺》

凌叔华是20世纪20年代活跃在京城文学圈的美才女之一，她出身京城的名门望族，父亲凌福彭曾做过清政府的直隶布政使，辛亥革命后曾任北洋政界参政院参政。她不仅容貌秀美，谈吐举止优雅，且擅长绘画与文学，尤其在文学方面，有着极好的天赋，她的短篇小说从构思到文笔都显出与众不同，擅长细腻地描写年青女性的心理活动过程，落笔适可而止，恰到好处，比冰心、庐隐等“闺秀派”作家的作品又增添了新的特点，所以后来学者们把她归到“新闺秀派”作家行列。凌叔华的第一部小说集《花之寺》，1928年1月被编入《现代文艺丛书》第四种，由上海新月书店出版。

凌淑华《花之寺》封面(毛口本)

凌叔华步入文坛是幸运的，除了自己的天赋和努力外，她还得到了知名作家的提携与帮助。1922年暑假，凌叔华考入燕京大学预科，第二年升入本科动物学系，后转入英文系。此时一直想当作家的她，悄悄地给当时兼任燕大文学系主任的知名作家周作人写了封信，希望他能收自己做一名课外学生并指点习作，使自己将来能成为女作家，对人类有所贡献。周作人虽不认识这位冒昧的女学生，但他敏锐地感觉到这是个很有才气的女子，于是便复信答应了她。凌叔华欣喜万分，立即将自己的几篇习作寄给周作人，周作人觉得写得很不错，挑选了其中一篇交给《晨报副刊》编辑孙伏园，1924 年 1 月 13 日《晨报副刊》刊登了凌叔华的短篇小说《女儿身世太凄凉》，这是她发表的第一篇作品，这年在周作人的指导下，凌叔华又有两篇小说发表在《晨报副刊》上。

1924 年 5 月初，亚洲第一位诺贝尔文学奖得主、印度诗人泰戈尔访华来到北京，凌叔华作为燕京大学的学生代表参加了接待活动，由此结识了以后在她生活中占有举足轻重位置的两个人，一个是担任泰戈尔翻译的北大英文系教授、知名浪漫诗人徐志摩，另一个是负责此次接待工作的北大英文系主任、知名作家、后来成为她丈夫的陈西滢。徐、陈俩人是留英同学、好朋友，他们都是新月社成员，一个风流倜傥，一个沉稳敦厚，在泰戈尔访问活动期间，他们一睹了凌叔华多姿的风采，都对她产生了好感并开始了友情交往，将她拉进了新月社。关于他们三人彼此之间关系，文学史上各种版本众说纷纭，这里就不再赘叙了。1925 年 1 月，刚创刊不久的《现代评论》刊登了由陈西滢编发凌叔华的短篇小说《酒后》，一下就引起

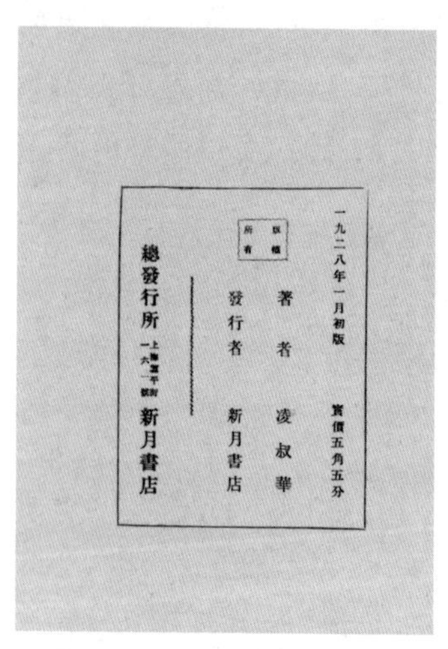
一九二八年一月初版　實價五角五分
版權所有
著者　凌叔華
發行者　新月書店
總發行所　上海望平街一六一號　新月書店

凌叔华《花之寺》版权页

了文坛的广泛关注，这就是她的成名作，这篇小说确立了她在文坛的位置。1927年7月，徐志摩与胡适等人在上海开办了新月书店，他没有忘记给凌叔华出作品集，在他的敦促下，这时已是凌叔华丈夫的陈西滢亲自编选了妻子的小说12篇，并写了个《编者小言》，一起寄给上海的徐志摩，徐志摩岂肯等闲视之，跃跃欲试地为《花之寺》写了篇序，可书印出来并未收他的序，这篇序被节录后成了新月书店的广告词"作者是有幽默的，最恬静最耐寻味的幽默，一种七弦琴的余韵，一种素兰在黄昏人青时微透的清芬"。1928年3月由徐志摩主编的《新月》杂志创刊，凌叔华的小说又开始在该刊登载。《花之寺》为凌叔华赢得了荣誉，鲁迅赞扬她写出了"世态的一角"，写出了"高门巨族的精魂"。成为那一时期文坛一道独特的风景线。

被称为“美丽的谎言”的散文名著

——苏雪林的处女作散文集《绿天》

苏雪林是“五四”后出现在文坛的一位著名女作家，她活了102岁，其文学成就为世人所瞩目，童年时期就以能诗会画被人称为“神童”；在安徽省立第一女子师范学校读书时，因学习始终名列第一而被称为“才女”；在北京女子高等师范学院国文系读书时，因主编《益世报·妇女周刊》，以写作优雅的古诗词和说理透彻的杂文随感而闻名，与冯沅君、黄卢隐、程俊英并称为女高师的四大金刚；以成名作代表作《绿天》《棘心》步入文坛后，与冰心、凌叔华、冯沅君和丁玲并列为“五四”后文坛五大女作家；在武汉大学执教期间，又与凌叔华、袁昌英并称“珞珈三剑客”；晚年在台湾执教杏坛，著作等身，学术成果累累，被学界称之为“学林人瑞”。然而苏雪林在事业上的成功却是缘由于她那无爱的婚姻，也是在无爱婚姻中，一度短暂的幸福时光催生了她的处女作散文集《绿天》。

苏雪林《绿天》封面

早在苏雪林16岁那年，就被在上海当寓公的祖父做主许配给了商人的儿子张宝龄，到苏雪林29岁结婚前，她与张宝龄从未见过面，只有一些书信往来。张宝龄毕业于美国麻省理工学院，回国后在上海造船厂当工程师，1925年9月与刚从法国留学归来的苏雪林完婚，结婚那天是他们第一次见面，尴尬场面可想而知。他们之间一个热情奔放，一个冷酷死板，相互之间缺少心灵沟通，根本没有共同语言，哪还能奢谈什么爱情。1926年春，新婚不久的苏雪林，经原北京女高师国文系主任陈钟凡介绍，到苏州景海女子师范学校任国文主任，并在东吴大学兼教古典诗词，这年9月，张宝龄也来到苏州东吴大学任理工科系主任，学校安排他们夫妇与一对美国夫妇合住在苏州天赐庄一栋小洋楼里，苏雪林和张宝龄在无爱的婚姻中开始了新婚后的磨合。苏雪林以她炙热的感情逐渐融化着生性孤冷的张宝龄，使他慢慢地变得开朗起来。他们非常喜欢这里风景秀美、气候宜人的环境，张宝龄还出钱买下了附近的一块地准备建造新居，大有长住下去的意愿。在教学之余，他们一起烹饪美食，一起在天赐庄的园圃里种菜、养花、喂鱼，晚上在房间里苏雪林吟诗作画，张宝龄精心设计即将开建的船型新居，他们日子过得甜甜蜜蜜，完全沉浸在两人世界的幸福生活之中。

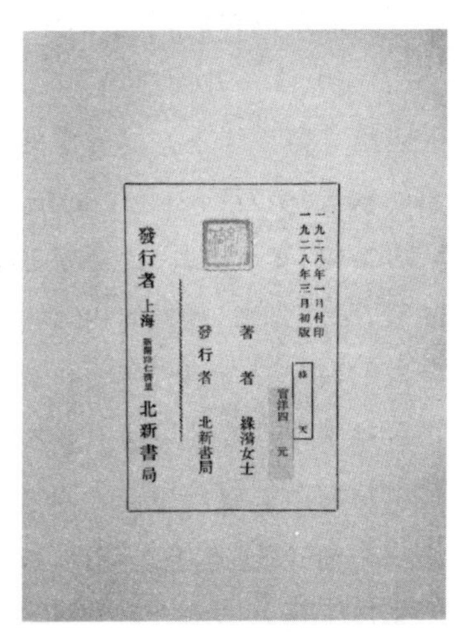
一九二八年一月付印
一九二八年三月初版
綠天
實洋四元
著者 綠漪女士
發行者 北新書局
發行者 上海 北新書局

苏雪林《绿天》版权页

面对如此和谐的天时、地利、人和，苏雪林的心情格外好，她萌动着强烈的创作欲望，她要把他们美满的爱情生活记录下来留作纪念，她想让更多的人知道他们生活得多么的幸福。她一篇一篇地写起来，以优美的笔触描写着他们二人琴瑟和鸣，息息相通的感情生活。可能是她会作画的缘故，她文章中对色彩的描写很有感觉，对景物的勾画完全超出了画家手中的画笔，比如《绿天》一文中对绿色的描写“春风带了新绿来，阳光又抱着树枝接吻，老树的心，也温柔了。……它又拼命使自己叶儿茂盛，苍翠的颜色，好像一层层的绿波，我们的屋子便完全沉浸在空翠之中。在树下仰头一望，那一片明净如雨后湖光的秋天，也几乎看不见了。呀，天也给它们涂绿了。绿天深处，我们真个在绿天深处！”；再如《我们的秋天》中对绚丽色彩的描写“夕阳愈向下坠了，愈加鲜红了，变成半轮，变成一片，终于突然的沉了，当将沉未沉之前，浅青色的雾，四面合来，近处的树，远处的平芜，模糊融成一片深绿，被胭脂似的斜阳一蒸，碧中泛金，清中晕紫，苍茫绚丽，不可描拟，真真不可描拟”，这样的美文有谁不为之倾倒呢？！有谁不向往他们这样浓情而又温馨的生活呢？！然而好景不长，由于二人性格不和，志趣不同，时常发生争吵，彼此越来越难以容忍对方，他们蜜一般的生活很快就结束了。1927 年暑假，张宝龄离开苏州返回了上海造船厂，此时，苏雪林的创作已近尾声，她岂能割舍已全身心投入的创作，她仍义无反顾地继续编织着“美丽的谎言”。

1928 年 3 月，上海北新书局初版了署名“绿漪女士”的散文集《绿天》，这就是苏雪林的第一本文学创作处女作，共收散文 6 篇，其中《绿天》《收获》《小猫》是三篇独立的散文，《鸽儿的通信》由 14 篇通信组成，《我们的秋天》由七篇相对独立的散文构成，《小小银翅蝴蝶的故事》由 6 节故事演绎而成，全书约 4 万余字。书的封面设计清丽雅致，半圆的绿天，泛绿的湖水形成了水天一色的质感，书中六幅司徒乔与叶灵凤的插图为其增添了更绚丽的色彩。《绿天》后来再版了十几次，但它的初版本已很难见到了。

告别忧郁闪耀的《红纱灯》

——冯乃超的处女作诗集《红纱灯》

冯乃超出生在日本横滨的华侨富商家庭，八岁时曾随母亲回老家广东南海县乡村读了两年私塾，后因辛亥革命前夕时局动荡不定，他们又返回了日本。1924 年，23 岁的冯乃超考入京都帝国大学文学部，在校期间，他开始接触中国的新文化运动和西方文学，阅读了大量的文学书籍，开始创作诗歌。1925 年，他转入东京帝国大学文学部，在这里结交了朱镜我、郑伯奇等一些爱好文学的校友，参加了进步学生组织的马克思主义读书会和艺术研究会，阅读了不少马列主义文论，并继续探索新诗的写作。

冯乃超《红纱灯》封面

受法国象征派的影响，1926 年冯乃超开始在创造社的刊物《创造月刊》上发表具有象征派色彩的诗，他的诗亲切自然，意境深远，在忧郁孤寂的梦幻中寻觅着仙乡，浪漫地抒发出一种轻柔的旋律，不像中国象征派诗歌第一人李金发的诗那样晦涩难懂。虽然冯乃超诗的基调充满了哀怨伤感，但当时还是像一股新鲜的轻风让读者大开眼界，倾倒了许多年轻人。1928 年 4 月，创造社出版了冯乃超的诗集《红纱灯》，收诗歌 43 首，封面设计非常现代，被列为《创造社丛书》第 20 种。冯乃超在序言中写到：“你们会见到小鸟停在树梢震落他的羽毛，你们也知道昆虫会脱掉他的旧壳；这是我的过去。我的诗集，也是一片羽毛，一个蝉蜕。”他表示从此要告别朦胧伤感闪闪耀耀的红纱灯。《红纱灯》是冯乃超的第一部作品集，也是他惟一的一本诗集。这部诗集在中国现代诗歌史上占有重要的地位。

1927 年 10 月，冯乃超放弃未完成的学业回国到上海，他一改缠绵轻柔的诗人形象，成为后期创造社倡导革命文学的主将，诗歌是不写了，他的兴趣点转向文艺理论批评与小说创作。由于受“左倾”思潮的影响，创造社与刚成立的太阳社为了扫清革命文学道路上的障碍，一起错误地把矛头指向鲁迅。1928 年 1 月，冯乃超首当其冲，在《文化批判》杂志创刊号上发表《艺术与社会生活》一文，向鲁迅发起猛烈进攻。说鲁迅“常从阴暗的酒家的楼头，醉眼陶然地眺望窗外的人生。……常追怀过去的昔日，追悼没落的封建情绪”，与此同时，成仿吾、李初梨、钱杏邨等人纷纷撰文响应，形成了一个批判鲁迅的小高潮。鲁迅面对群起而攻之的态势，先后写了《醉眼中的朦胧》《文艺与革命》《我的态度气量和年纪》等文章予以反

創造社叢書
第二十種
紅紗燈
馮乃超著
上海
創造社出版部
1928

冯乃超《红纱灯》扉页

击。这就是中国现代文学史上有名的关于“革命文学”的论争。论争持续了大半年，后来在共产党的干预下创造社、太阳社很快认识到了自己错误的做法，他们就此收兵，向鲁迅道歉，鲁迅也宽宏大度，不计前嫌。

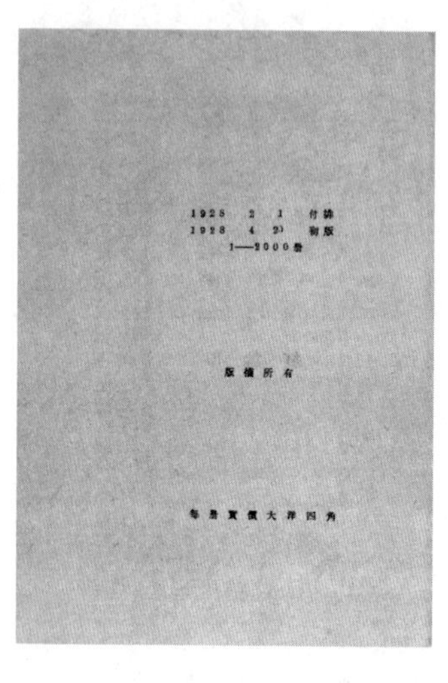

1928 2 1 付排
1928 4 20 初版
1—2000册

版權所有

每册實價大洋四角

冯乃超《红纱灯》版权页

冯乃超十分后悔自己对鲁迅错误的批评，他很想登门向鲁迅当面承认自己的错误，但他又怕自己冒然登门挨一顿骂太尴尬，思来想去，还是找到与鲁迅关系很好的柔石，柔石热情地对他说：“没事的，鲁迅不会怪罪你的，我带你去见他。”于是冯乃超怀着忐忑不安的心情跟着柔石来到鲁迅家，冯乃超很不好意思地自报了家门，这是他第一次见鲁迅，没想到鲁迅非常热情地接待了他们，与他们谈文学、谈翻译，对论争的事情只字未提，鲁迅这种宽宏与平易的态度使冯乃超紧张的神经放松下来，他们的谈话是在轻松愉快中进行的。后来冯乃超又两次登门与鲁迅商谈筹备成立中国左翼作家联盟的事宜。经过了这些事，冯乃超对鲁迅更加敬仰了。

青年文学票友玩出的处女作

——老舍的长篇小说《老张的哲学》

2003年11月25日，在英国伦敦圣詹姆斯花园31号这所普通住宅前，举行了一个隆重而简朴的挂牌仪式，由英国遗产委员会正式为这幢房子镶挂上纪念蓝牌。蓝牌上分别用白色中文和汉语拼音写着“老舍，1899－1966，中国作家，1925－1928生活于此”。这是英国遗产委员会自成立100多年来第一次为中国文化名人的故居镶挂蓝牌。

1924年至1929年间，老舍受聘于伦敦大学东方学院任中文讲师，五年的时间里，老舍在伦敦住过四个地方，圣詹姆斯花园31号是他的第二处住所，在这里生活了三年，就是在这里使他的人生道路有了重大的转折，从此开始了几十年的文学创作生涯。

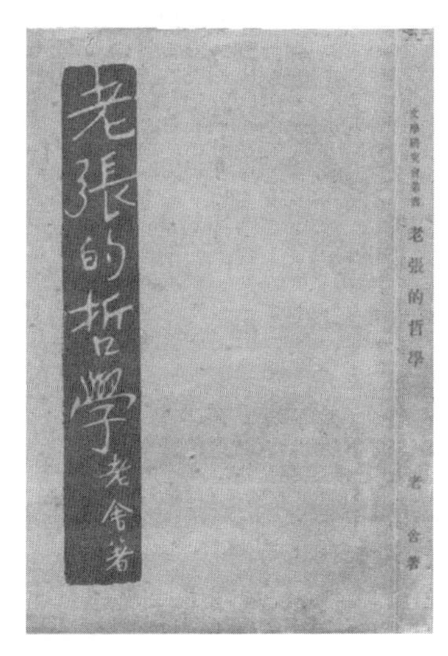

老舍《老张的哲学》封面

1925年初，老舍结识了汉学家埃杰顿，埃杰顿希望老舍能教他中文，他教老舍英文，老舍很高兴地同意了，为了方便，他们合租了离伦敦大学不远的圣詹姆斯花园 31 号寓所。老舍每天除了授课外，大部分时间都在东方学院图书馆里度过，为了更好地学习英文，也为了排解寂寞，他阅读了大量英国著名作家的小说，越看越喜欢，其中狄更斯作品的幽默给他留下了深刻的印象。离开祖国快一年了，老舍开始想家了，他这个“想家”自然是想他生活的北京城，一个个熟知的各色人物，一幅幅亲历的生活画面，如同拉洋片似的在他眼前掠过，他很想把这些熟悉的人物和场景记录下来，他萌生了采用小说的形式来寄托对家乡思念的想法，因为他自信自己是个文学青年，有一定的写作才能，但怎么写呢，当时也没有教你如何写小说的书可参考，在国内倒是看了不少中国古代章回体小说，现在又看了不少外国小说，还是新看的小说对他有很大影响。老舍喃喃自语：“嗨，随便写着玩吧，管他像样不像样的，反正我又不想发表。”他开始在三便士一本的作文簿上写起来，晚上想起一点就写一点，闲时就多写点，忙时就放到一边，只当写着玩，这样沥沥拉拉写了一年，终于完成了近 14 万字的处女作长篇小说《老张的哲学》，写完后就放置在抽屉里了。一天，在伦敦的友人许地山来老舍寓所聊天，老舍拿出小说给许地山念了几段，许地山听了以后一个劲地笑，老舍说：“你老笑什么呀？”许地山还是掩饰不住笑的答道：“你这写的很有意思，你应该把书稿

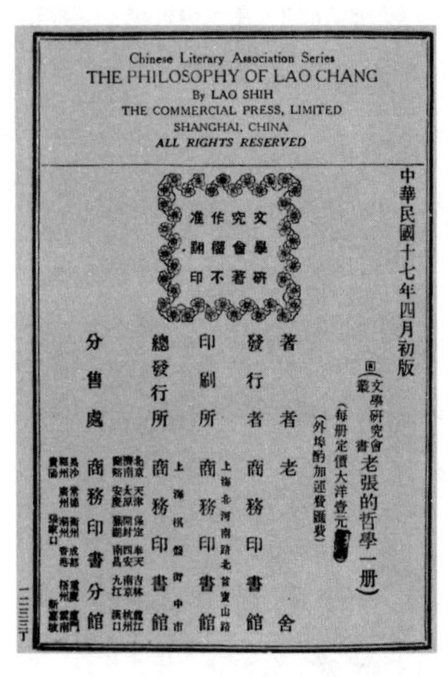

Chinese Literary Association Series
THE PHILOSOPHY OF LAO CHANG
By LAO SHIH
THE COMMERCIAL PRESS, LIMITED
SHANGHAI, CHINA
ALL RIGHTS RESERVED

中華民國十七年四月初版

（文學研究會叢書）老張的哲學一冊

（每冊定價大洋壹元）

（外埠酌加運費匯費）

文學研究會著作權不准翻印

著者　老舍

發行者　商務印書館

印刷所　商務印書館　上海北河南路北首寶山路

總發行所　商務印書館　上海棋盤街中市

分售處　商務印書分館

老舍《老张的哲学》版权页

寄给在上海编《小说月报》的郑振铎。”老舍说:“我只是写着玩的,就没打算发表。”许地山执拗地说:“写得这么好的东西干嘛不发表呀,还是寄去试试吧。”老舍爽快地回应:“那就试试吧。”他根本没把这当回儿事,到邮局草草地把书稿寄了出去,也没挂号,没想到几个月后,1926 年 8 月长篇小说《老张的哲学》在《小说月报》上开始连载,作者署名“舒庆春”,老舍怎么也没想到,自己这写着玩的东西居然发表了,兴奋之余,给郑振铎写了封信表示感谢,并要求把作者名字改成“老舍”。这样第二期连载时作者名就改为“老舍”,这是他第一次使用“老舍”的笔名。小说以一个叫老张的小学校长兼杂货铺老板为主线,描写了他经商为钱、当兵为钱、办学堂也为钱的市侩哲学思想,同时用两对青年恋爱经历做附线,讲述了北平城市平民在嘻闹生活中的悲剧故事。生动的情节,流畅的白话,轻松的文笔,初步显示了老舍京味十足,讽刺幽默的独特的艺术个性,一时轰动了整个文坛,此后,27 岁的老舍开始了写作生活。

1928 年 4 月,长篇小说《老张的哲学》被编入“文学研究会丛书”由上海商务印书馆正式出版,这是老舍的第一部著作版本,这一版本现在已很少见到了。

一个职业革命者的文学之路

——洪灵菲的处女作长篇小说《流亡》

洪灵菲是个职业革命家，1924 年就参加了共产党。1927 年 4 月，蒋介石叛变革命，破坏国共合作，在上海等地疯狂地屠杀共产党人，当时在广州国民党海外部工作的洪灵菲等共产党员，被迫流亡到新加坡、泰国等地。

洪灵菲《流亡》封面

面对国民党背信弃义，滥杀无辜的卑劣行为，洪灵菲义愤填膺，他始终关注着国内的动向。当听说武汉的国民政府仍坚持孙中山的三大政策时，他与好友戴平万立即决定到武汉投身于革命洪流之中，8 月初乘船抵上海，就听说武汉也发生大屠杀，实行白色恐怖，他们心里顿时凉了一截。后来从报纸上看到周恩来、贺龙领导的南昌起义部队占领了广东汕头的消息，他们又买了船票直奔汕头，到汕头才发现起义部队已撤离了汕头，他们只好怏怏地返回上海，上海共产党组织已转入地下斗争。在与党组织失去联系的情况下，洪灵菲与戴平万决定尝试文学创作，靠卖文为生，洪灵菲一直就有种创作的冲动，想把自己这段流亡的生活写下来。

他们在四川北路租了一间很小的房子，屋里除了两张床外，还能放下一张小书桌和两把椅子，他们俩人便一人把书桌的一头，开始了每天埋头写作的生活。这种生活是非常艰苦的，没有一点收入，仅靠少得可怜的积蓄，又要交房租又要吃饭，不得不算计着过日子。在他们住房的附近，有一个广东人开的小饭铺，每天他们在那吃最便宜的煲仔饭，因都是广东老乡，老板对他们很关照。就这样，他们除了吃饭基本上不出门，成天把自己关在家里写作，洪灵菲全身心地投入到创作之中，他都来不及构思一下小说的结构，也来不及推敲文中的一些词句，只是文思如泉涌，他与爱人秦孟芳从相识到相恋、广州"四·一五"大屠杀以及流亡海外的生活等情景犹如电影般地在脑海里闪过，那只笔在纸上不停地写着，一个半月的时间，写完了这部十几万字的小说。他长舒了口气，在第一页上写下了小说的名字"流亡"和作者的名字"洪灵菲"。这是一部自传体的长篇小说，讲述了一对革命恋人在1927年广州"四·一五"反革命政变后的坎坷经历，揭露了国民党反动政府在广州实行大屠杀的罪行，主人公沈之菲从一个小资产阶级革命青年在经受血与火的考验之后，成为一个坚定的无产阶级革命者。小说最后提出面对凶残的敌人，只有革命才是惟一的出

洪灵菲《流亡》扉页

路，这对当时革命处于低潮时，鼓舞民众的斗志起到了非常积极的作用。

小说是写完了，但出版却成了问题，在当时的环境中出版以革命斗争为内容的小说是十分艰难的，洪灵菲想起了创造社出版部，他把小说送到了创造社出版部，一个半月过去了，戴平万的两个短篇小说都登出来了，可他的长篇仍杳无音信，去问过两次，人家还没顾得上看呢，洪灵菲心急如焚，但也很无奈。一天，洪灵菲和戴平万照例到小饭铺吃煲仔饭，正好遇到了当年他们在广东大学上学时的老师郁达夫，此时郁达夫已是很有名气的大作家了。

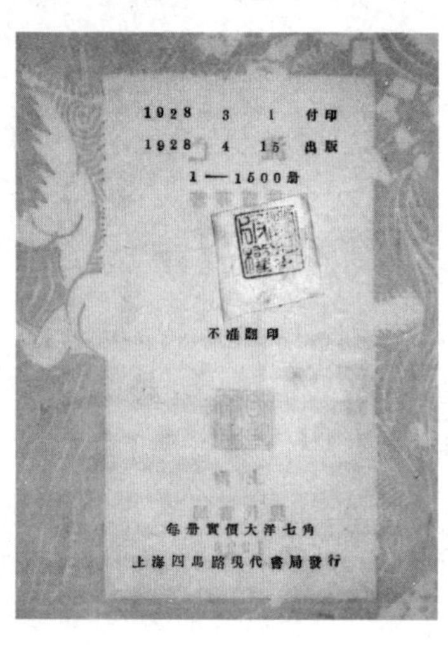
1928 3 1 付印
1928 4 15 出版
1—1500册
不准翻印
每册實價大洋七角
上海四馬路現代書局發行

洪灵菲《流亡》版权页

一阵寒暄之后，郁达夫请客，要了好几个菜，一边吃一边聊，郁达夫十分关心地询问了他们的近况，当听到洪灵菲的小说还没出版时，他详细问了小说的内容，然后对洪灵菲说："你把小说原稿取回来，我帮你推荐到现代书局去。"洪灵菲听了喜出望外。过了几天，郁达夫拿着小说稿找到现代书局的发行部主任卢芳，卢芳觉得小说写得很好，讲的又是当前的情况，一定好销，答应立即出版，稿费每千字 4 元，版权归现代书局。这样，洪灵菲的第一本处女作长篇小说《流亡》，1928 年 4 月由上海现代书局出版了，小说出版后果然很畅销，洪灵菲一下就拿了四五百元的稿费，俨然成了一个"有钱人"。但小说因宣传赤色革命，很快就被国名党当局查禁了。

此后，他一发而不可收，在两年多的时间里写下了 100 多万字的小说，在现代文学史上留下了重重的一笔，后来他参加了文学社团太阳社，接上了组织关系，中国作家左翼联盟成立时被选为七常委之一。

由激情诗人转向沉郁乡土小说家

——魏金枝的处女作短篇小说集《七封书信的自传》

魏金枝原名魏义荣，出身于贫苦农民家庭，1917年秋，他借用邻村地主少爷魏金枝的高小毕业文凭考入了免收学费的浙江省第一师范学校，此后他只好假戏真做，一直沿用“魏金枝”这个名字。

魏金枝《七封书信的自传》封面(毛口本)

浙江一师的校长经亨颐是位开明人士，他提倡白话文，主张学科制，从1919年开始，经亨颐大刀阔斧地实行教育改革，其中最重要的就是废文言教白话，他四处招揽人才，先后引进了陈望道、刘大白、李次九等有先进观念、懂白话、会拼音的国文教师，加上已经在校任教的夏丏尊，这四人被称为浙江一师的“四大金刚”。他们制订《国文教授法大纲》，选编新教材，没有白话课文，他们便从《新青年》《新潮》《每周评论》等进步杂志中选取好的白话文章做教材篇目，课堂变成了师生共同探讨社会人生等问题的研讨会。浙江一师还推行学生自治，学生走出学校，参加社会上各种进步学生运动，使得校内的民主和自由的空气格外活跃。

这一切都对在校读书的魏金枝产生了极大的影响，在“五四”运动精神的引领下，魏金枝如饥似渴地阅读新文化书刊，在各种新思潮中他最崇尚无政府主义。他和同学们走出校园积极参加抵制日货、推销新文化书籍等学生运动中去，在这激情燃烧的年代里，魏金枝开始了诗歌创作，在校刊上发表作品，并结交了本校柔石、汪静之、潘漠华等志趣相投的同学。1921 年 10 月，由潘漠华倡议，他们共同发起成立了进步学生文学社团——晨光社，创办《晨光》周刊登载社员的作品，杭州各校爱好诗歌的学生 20 多人也积极加入进来，他们还聘请浙江一师教师朱自清、叶圣陶、刘延陵做顾问，指导社员们的创作。魏金枝以激昂奋进的情绪写出了许多才情喷薄的诗歌，如他在《死》一诗中写道：“我知道了！ / 他只为将死的使命给我，/ 使我长跪在他底面前；/ 我那能活活地跪着出丑，/ 恨不得拿我的生命给他，/ 立刻死在他的面前。”这首诗表现了他同恶势力斗争到底的决心。他的诗作大部分都投给了上海《民国日报》的《觉悟》副刊。1922 年 4 月，在上海工作的应修人联系浙江一师的汪静之、潘漠华、冯雪峰等四人在杭州西湖边成立了文学史上著名的文学社团——湖畔诗社，不久编选出版四人合集的《湖畔》诗集，第二年又编选出版了诗集《春的歌声》，在当时产生很大影响，对新诗的创作起到了有力的推动作用，得到了文学界的肯定。

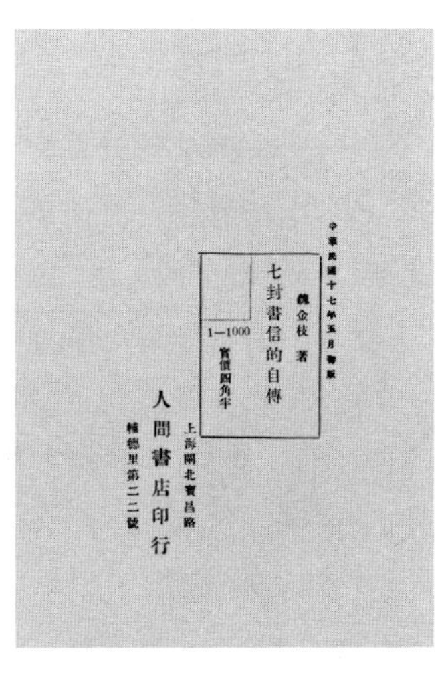
中華民國十七年五月出版
七封書信的自傳
魏金枝 著
1—1000
實價四角半
上海閘北寶昌路
幡德里第二二號
人間書店印行

魏金枝《七封书信的自传》版权页

一直致力于诗歌创作的魏金枝未被邀请参加湖畔诗社，对他来讲不能不是个心结。

1922年暑假，他从浙江一师毕业后，一直奔走于沪杭两地谋职为生，生活的压力使他更加感受到现实的黑暗，他激昂的诗情逐渐转变为沉郁的思索，1924年他开始尝试创作小说了，写出了《七封书信的自传》《沉郁的乡思》等小说。但他的诗情仍未泯灭，这年底，他找到汪静之主动提出想加入湖畔诗社，于是他成了湖畔诗社的一员，与他同时入社的还有应修人介绍的谢旦如。魏金枝把自己的诗作集成一个集子，以《过客》为名准备作为湖畔诗社的第三本诗集出版，但因生活拮据筹措不到印刷费而夭折。倒是谢旦如有办法，他的诗集《苜蓿花》在1925年3月自费印刷出版了，这对魏金枝确是一个不小的打击。他默默地把精力转向小说创作中去。1927年初，魏金枝又将诗作归拢在一起交给了浙江一师的同学、时任上海书店经理的徐白民，不想又碰上了蒋介石发动的“四·一二”大屠杀，徐白民身陷囹圄，诗稿下落不明。这不得不让魏金枝断了出诗集的梦想，专心致志地写起小说来。1928年5月，魏金枝第一部处女作小说集《七封书信的自传》终于由上海人间书店出版了，书中收了他1924年至1925年创作的《七封书信的自传》《裴君遗函》《祭日致辞》《沉郁的乡思》《留下镇上的黄昏》《小狗的问题》六篇小说，冯雪峰为其作序，共印了1000册。该书中的作品被鲁迅称之为“描写着乡下的沉滞的氛围气”的“优秀之作”。这为他后来成为著名的乡土小说家奠定了坚实的基础。现在这本处女作的初版本更显得珍贵了，2012年在网上的拍卖价格是4000元。

一鸣惊人登上文坛的诗人

——杨骚的第一部诗剧《迷雏》

杨骚是左联时期很有成就的诗人，同时还是中国诗歌会的发起人之一。他那由早期浪漫悲情转向后期现实主义的诗风，给读者留下了深刻的印象。

杨骚从1921年在日本东京留学期间发表诗作到1928年步入文坛的七年时间里，不过是个文学青年，读读文学作品，在报刊上发些诗作，面对女诗人白薇疾风暴雨倾泻般的恋情，他四处漂泊流荡，居无定所，从东京逃到杭州，又从杭州逃回老家漳州，最后到新加坡当了一名小学老师。1927年10月底，他从新加坡坐船来到上海寻找离别两年多的白薇，又开始了他们那种柏拉图式的恋情生活。

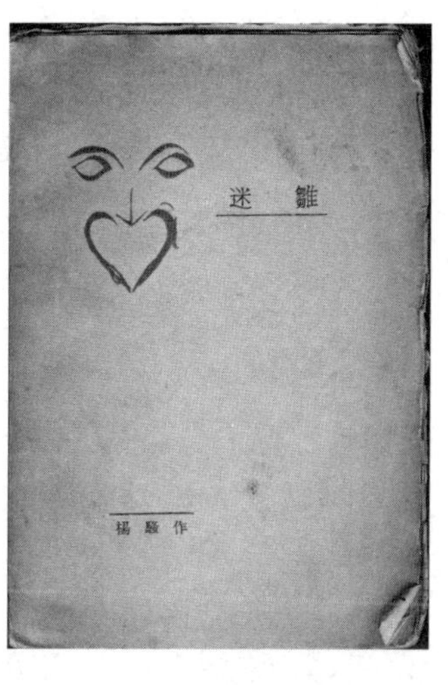

杨骚《迷雏》封面

相互之间情思的牵动使他们进入到诗歌创作的最佳状态，俩人都埋头写起来。1924年他们在东京时都曾创作过处女作诗剧，而白薇的《琳丽》已于1925年由上海商务印书馆出版，杨骚的《心曲》稿件却还压在箱底有待修改。杨骚很不服气，他顾不及去修改三年前创作的诗剧，在强烈的创作欲望促使下投入到新的构思与创作之中，几天时间便写出了以他在新加坡生活为题材的独幕诗剧《Yellow!》，他继续一篇一篇地写，心里默默地念着“一定要超过她”，就这样两个来月时间，他写出了5个诗剧。

这期间，杨骚结识了漳州同乡林和清（林语堂三哥），1928年1月，林和清带杨骚拜访了鲁迅先生，从此杨骚和鲁迅的交往频繁起来，杨骚把自己作品拿给鲁迅看，还带着白薇去见了鲁迅先生，鲁迅非常喜欢这两个有才华的青年，对他们大生提携之意，凭借他与上海北新书局的关系，1928年3月1日，杨骚的独幕诗剧《Yellow!》刊发在《北新》杂志2卷8期上，此后杨骚和白薇的作品常出现在北新书局办的《北新》《语丝》《奔流》等杂志上。3月间，杨骚又完成了表现三角恋爱的三幕诗剧《迷雏》，鲁迅和北新书局老板李小峰都认为这部诗剧写得好，很有新意，篇幅长可以出版单行本，于是立马排印，1928年6月，《迷雏》由上海北新书局出版，以创作时间排列，《迷雏》是杨骚创作的第七个剧本，但从出版时间来看，《迷雏》幸运地成了杨骚出版的第一部作品。

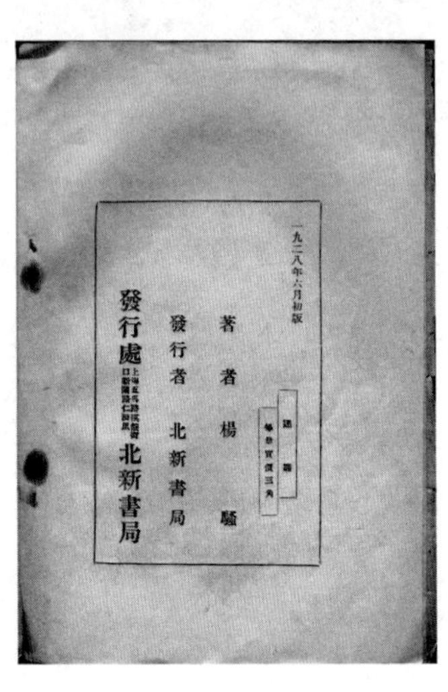
一九二八年六月初版

迷雛

每册實價三角

著者 楊騷

發行者 北新書局

發行處 北新書局

杨骚《迷雏》版权页

《迷雏》出版后受到读者的欢迎，给予杨骚不小的鼓励，他把近来写好的独幕剧本编成一个集子，再把在新加坡期间创作的诗作加以整理也编成一个集子，又在鲁迅指导下翻译了日本作家谷崎润一郎的长篇小说《痴人之爱》，这年 11 月，上海北新书局出版了杨骚的剧本集《他的天使》，收了 5 个独幕剧，上海开明书店出版了杨骚的诗集《受难者的短曲》，收诗作 20 首，12 月，北新书局又出版了杨骚的译著《痴人之爱》，这下杨骚可丰收了，短短半年时间出了四本书，堂而皇之地登上了文坛，真可谓是不鸣则已一鸣惊人，成了名副其实的诗人作家。他真正意义上的处女作《心曲》到 1929 年 6 月才由北新书局出版。

执意不悔的改革者

——洪深的第一本剧本集《洪深剧本创作集》

洪深同田汉、欧阳予倩一起并称为“中国现代话剧的奠基人”，洪深在20世纪20年代的中国戏剧舞台上竭力地推行现代话剧艺术，他身体力行自编自导自演现代话剧，统一了“话剧”用词，建立了严格的导演和舞台监督制度，规范了话剧舞台的表演形式。然而他所做的这些是以失败和痛苦为代价的，但他最终是成功了。

洪深《洪深剧本创作集》封面

1922年4月，获得美国哈佛大学戏剧硕士学位的洪深从美国回到上海，他先在南洋兄弟烟草公司上海总公司找到份英文秘书的工作以维持生计。那时中国的戏剧舞台上的话剧不叫“话剧”，自1907年留日学生引入中国后一般都叫“文明戏”或“新剧”，也称“幕表戏”，就是没有剧本，只有一份“幕表”介绍剧情，排列演员出场顺序，在舞台上演员表演很随意，台词也是现编的，更别说什么导演、舞台监督、立体布景、灯光等等现代手段了，而且受“女子不能登台表演”这一传统习俗的影响，女角色都由男演员男扮女装，所有这一切只能说是话剧的初级阶段，距离现代话剧的要求还相差很远。洪深踌躇满志，决心要把现代最先进的话剧艺术引进来，以改变中国话剧的面貌，他在寻找着机会。

秋天，洪深在从青岛探亲回上海的火车上听人讲述了驻守在长辛店的军阀部队活埋士兵的事情，使他情感上受到极大震撼，回到上海后好几天心情都平静不下来，这件事情触发了他的创作灵感，这年冬天，洪深倾注心力写出了他回国后的第一个剧本9幕话剧《赵阎王》，剧情是普通忠厚的农民赵大，到军阀部队当兵后开始堕落，做尽坏事，为盗取一袋银子而活埋了重伤的战友，后又打伤克扣军饷的营长携款逃走，最后被追兵击毙。这一主题具有鲜明的社会批判意义，在表现手法上借鉴了美国剧作家奥尼尔的剧作《琼斯皇》的形式，采用倒叙、幻象等现代艺术手法，把主人公崩溃迷乱的精神世界外部化，通过大量的心里独白与幻境表现了主人公成长的历史。

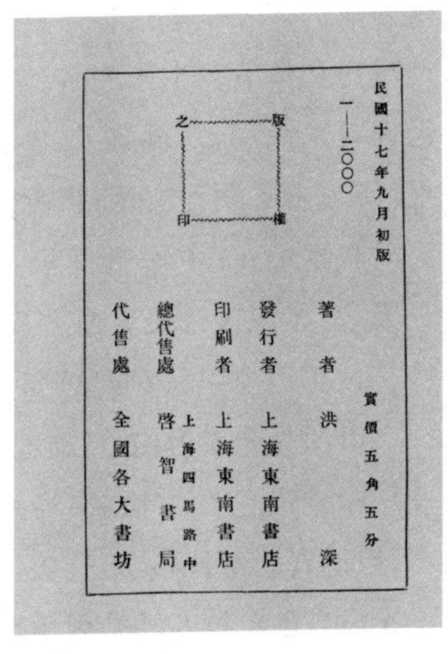

民國十七年九月初版
一——二〇〇〇
版權之印
實價五角五分
著者 洪深
發行者 上海東南書店
印刷者 上海東南書店
總代售處 啓智書局 上海四馬路中
代售處 全國各大書坊

洪深《洪深剧本创作集》版权页

1923年1月剧本在《东方杂志》刊出，为了实现戏剧改革的梦想，洪深决定自己亲自导演这部剧，没有合作伙伴这是他意料之中的，所以该剧只有四个角色，而且都是男的，因为洪深特别厌恶男扮女装。洪深找到上海笑舞台剧院的三位演文明戏的演员，他自己主演主人公赵大，并自己出钱，经过一番排练准备工作后，

1923年2月6日，洪深自编自导自演的新型话剧《赵阎王》在上海笑舞台首次亮相，这天来了不少观众，可剧演到一半，观众就纷纷退场了，最后剩下寥寥的几个观众到头也没看明白是怎么回事，因为他们接受不了这种西方现代主义的表现形式，他们所关注的是对白和情节。本来想连续演三天，可这怎么演得下去呢，剧院经理对洪深说，别再演了，再演会砸场子的。隔了一天的上海《晶报》便登出了剧评文章，指责洪深是神经病，当时很有名望的剧评家冯叔鸾也在《中华新报》上连续撰文明着提洪深的名字叽骂了十天，留英回来并研究西方戏剧的袁昌英也撰文批评洪深有摹仿抄袭侵犯奥尼尔《琼斯皇》知识产权之嫌。

洪深为此大为伤心，难道自己为祖国戏剧事业的繁荣所付出的一片赤诚就换来如此结果吗！这一跤跌得够惨的，对洪深的打击不小，但他真的不甘心，不气馁，经过一段时间的思考与反省，他悟出了光靠自己单枪匹马是做不成事的，而且改革戏剧不能急于求成，要适应国情、循序渐进。于是，1923年9月，洪深参加了应云卫等人组织的上海戏剧协社，与同仁们一起投入到戏剧改革的热潮中。

1928年，已在戏剧改革中颇有建树的洪深回过头来总结了自己所走过的路，他在《属于一个时代的戏剧》的文章中写到"《贫民惨剧》与《赵阎王》都是我阅历人生，观察人生，受了人生的刺激，直接从人生里滚出来的，不是趋时的作品"。在编自己第一本剧本集的时候，特意挑选了最能代表他戏剧道路的两个剧本《贫民惨剧》(1916年)和《赵阎王》(1922年)，并将论文《属于一个时代的戏剧》作为剧本集的自序，1928年9月，上海东南书店出版了洪深的第一部创作集《洪深剧本创作集》。

苦痛孤独中倔强的女性

——丁玲的第一部短篇小说集《在黑暗中》

1922年2月下旬，18岁的丁玲高中还未毕业，就离开家乡湖南常德随朋友来到上海，先后进入共产党人办的平民女子学校和上海大学学习，结交了许多共产党员的朋友，两年后又转赴北京求学。此时的丁玲还是一个思想不成熟，充满幻想并渴望自由的率真女孩，她又想学习绘画，又想出国留学，又想当电影演员，又想做家庭教师……总之想法多多，但由于种种原因，最终一事无成。

丁玲《在黑暗中》封面

在北京期间，丁玲与胡也频更换了多个住处，沈从文一直和他们同住，胡也频与沈从文靠微薄的稿费维持生计，丁玲仅靠母亲每月寄来的20元钱过着拮据的生活，丁玲在朋友圈里很有人缘，她衣着朴素，不涂脂粉，没有青年女性那种矫揉造作，留着齐耳的短发“童花头”，不胖不瘦，圆圆的脸庞上一双明亮的大眼睛透着青春的稚气。她给朋友们的感觉是亲切自然，爽快洒脱，朋友们聚在一起聊天时，她总是拿本书静静地坐在那边看边听，偶尔慢慢地说几句话，大家都对她印象非常好。

1927年，上海爆发了“四·一二”大屠杀事件，轰轰烈烈的大革命运动失败了，许多丁玲很敬重的共产党员朋友牺牲了，还有一些朋友仍在白色恐怖的环境中坚持斗争，这一事件深深震动了丁玲，她的心实在难以平静下来。胡也频和沈从文整日埋头写作，不闻政事，丁玲想到南方去找那些共产党员朋友，可他们又都杳无音信，不知在何方，她痛恨北京这些远离政治的文人，她想了很多很多，内心的苦痛与孤独又无处宣泄，在这种情况下，这年的秋天她开始创作小说。在北京沙滩的汉花园公寓住所里，丁玲常常坐在一个小小的书桌前不停地写着，有次一位朋友来访，看见书桌上的稿纸，顺手拿起来看看，丁玲红着脸轻轻的喊着“唉，唉，这可不行!”赶紧上去把稿纸抢过来，放进自己的抽屉，朋友调侃式地说:“这莫非是想做第二个冰心的人写的。”丁玲仍红着脸小声辩解:“没有的事，文章自然是你们男子做的事，女人哪里有份。”她继续写着小说，通过主人公女电影演员的经历，将自己的苦痛和非常想冲破旧的狭小圈子孤独的心情历历在纸间。第一篇处女作小说《梦珂》终于完成了，她以“丁玲”为笔名，将小说稿寄给了上海的《小说月报》。该刊物原来为鸳鸯蝴蝶派所把持，1921年经茅盾改造后成为文学研究会的会刊，在后任主编郑振铎等人的努力下，《小说月报》的地位不断飙升，成为文学界很有影响的刊物。此时因郑振铎赴欧洲考察，他委托叶圣陶代为主编。叶圣陶在整理来稿中看到了陌生的名字“丁玲”写的《梦珂》，读后感觉很有新意，尤其心理描写十分到位，他非常欣赏这篇小说，立即将它登载在当年12月10日出版的《小说月报》18卷12号上，而且放在第一篇。丁玲拿到刊物后，怎么也不敢相信自己的眼睛，她欣喜地跳了起来。

第一篇小说《梦珂》的发表给予了丁玲巨大的动力，她很快又完成了第二篇小说《莎菲女士的日记》，同样被叶圣陶刊发在1928年2月10日出版的《小说月报》19卷2号上，也是第一篇，这篇小说以日记体的形式，通过大胆袒露女性精神世界和细腻的描写，表现了女主人公在苦痛彷徨中挣扎的倔强性格。她始终没有泯灭理想的追求，这在"五四"后青年女性的心态中很有代表性，具有很强的社会意识，这篇小说在当时产生极大反响，成为人们谈论的话题，虽毁誉参半，丁玲也因此成名。随后，叶圣陶又先后在《小说月报》1928年5月号和7月号刊发了丁玲的《暑假中》《阿毛姑娘》两篇小说。也都是发在刊物的第一篇，由此可见编者对这几篇小说的重视程度。此时丁玲和胡也频也来到了上海，专程拜望了久闻大名但一直未曾谋面的叶圣陶，以谢知遇之恩。七月的一个周末，叶圣陶特意请丁玲与胡也频到家里吃饭，事先叶圣陶夫妇一起商定了菜谱，由叶圣陶夫人亲自做菜，丁玲身穿一件湖色的连衣裙，充满了青春的活力，光鲜亮丽地出现在叶圣陶家中，她还带给叶圣陶的儿子两件小玩具，大家坐在一起欢谈畅饮，其乐融融。

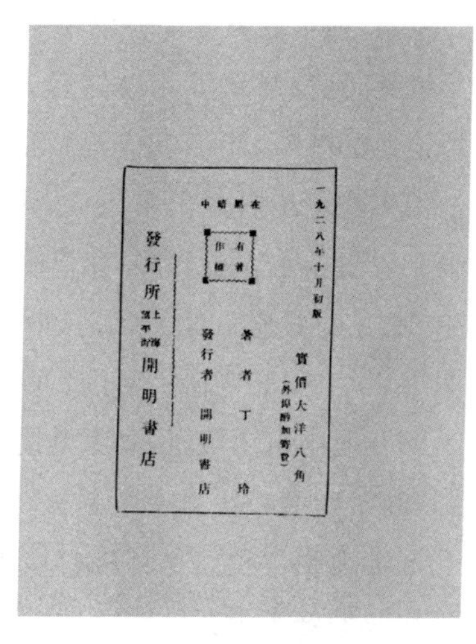

一九二八年十月初版

實價大洋八角（外埠酌加寄費）

在黑暗中

有著作權

著者 丁玲

發行者 開明書店

發行所 上海望平街 開明書店

丁玲《在黑暗中》版权页

叶圣陶很看中丁玲的文学才气，没过几天，他便给丁玲写了封信，建议她可将已发表的四篇小说合起来出本小说集，如果丁玲愿意，他可联系上海开明书店。丁玲做梦也没想到她还能出版小说集，她反复看了几遍信后方才相信这是真的，这简直是天上掉馅饼的好事，能不答应吗！很快经叶圣陶出面，上海开明书店的编辑找丁玲联系出书事宜，书叫什么名字呢？丁玲想，我这几篇小说里的主人公，都是在黑暗中追求光明的女性，就叫《在黑暗中》吧。于是她又写了后记《最后一页》，连同四篇小说交给了开明书店。1928 年 10 月，丁玲的第一部短篇小说集《在黑暗中》由上海开明书店出版了，画家刘既漂为此书精心设计了封面。一时间，叶圣陶潜心扶植文学新人的佳话传遍了文坛，朋友们与丁玲开玩笑地说："我们是背棍打旗的出身，你是一出台就挂头牌，运气比我们好多了。"

早期话剧运动的先行者

——欧阳予倩的处女作剧本《潘金莲》

戏剧大师欧阳予倩一生与戏剧艺术结缘，涉足话剧、京剧、电影等领域，他不仅是个著作等身的剧作家，创作了许多剧本与戏剧理论专著；还是个享有名气的表演艺术家，尤其是在京剧中扮演青衣花旦角色，在 20 世纪 20 年代的京剧舞台上与梅兰芳有“北梅南欧”之称。

欧阳予倩是早期留日学生戏剧社团“春柳社”的骨干成员，1911 年从日本留学归国后，在上海、江苏、湖南等地继续组织剧社，积极宣传并编演新剧和文明戏（1928 年后统称“话剧”），那时演戏不像现在要有剧本、导演、演员还要背台词，只是有个提纲挈领式的幕表，主要标明这部戏的场次、先后出场的角色和大致的情节，具体的台词需要演员视剧情发展而自由发挥，故称为“幕表戏”。当时妇女是禁止登台演戏的，欧阳予倩长相英俊，身材苗条，所以在剧中常扮演女性角色，从 1914 年开始，欧阳予倩拜师学

欧阳于倩《潘金莲》封面

习京剧青衣花旦，并编演一些京剧折子戏，因悟性高，几年后便在上海京剧界有了一定的名气，成为花旦名角。

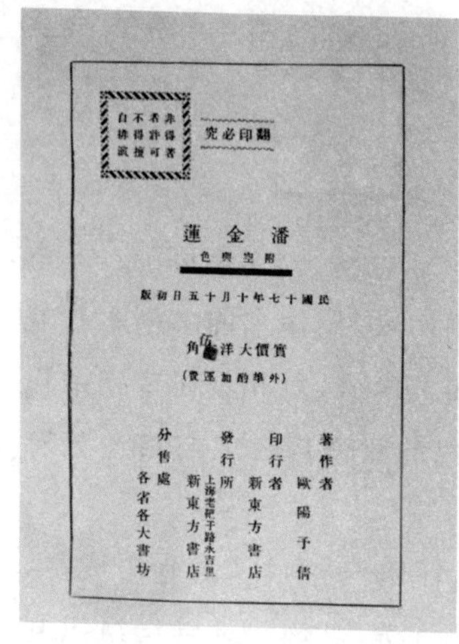
非得著者許可不得擅自排演

翻印必究

潘金蓮

附空與色

民國十七年十月十五日初版

實價大洋伍角

（外埠酌加運費）

著作者 歐陽予倩

印行者 新東方書店

發行所 上海老靶子路永吉里 新東方書店

分售處 各省各大書坊

欧阳于倩《潘金莲》版权页

进入20年代后，在“五四”文学革命的推动下，戏剧运动出现了蓬勃发展的局面，1922年，欧阳予倩参加了应云卫等人组织的上海戏剧协社，他写出了《泼妇》《回家以后》等反映封建礼教下女性生存状态的独幕话剧，并请刚从美国留学回来的洪深导演这两部剧，洪深最反感男扮女装扭捏作态的演戏，为了改变这一传统的演法，他打破妇女不能登台演戏的陋习，把两个剧排在同一天演出，第一个剧是男女同台合演，第二个剧是男扮女装演出，结果观众看男女合演感觉很自然，再接着看男扮女装就觉得很别扭了，在一阵阵的哄笑声中，戏剧协社的男扮女装戏就此结束了。

1925年间，在反对封建礼教，追求个性解放的社会呼声中，欧阳予倩有感于妇女受压迫的境遇，想借此写一个戏揭露控诉这一黑暗的现实，他想起了京剧舞台上的潘金莲形象，潘金莲虽然在《水浒》与《金瓶梅》中是淫妇、祸水，但她仍是个在封建势力压迫下的被侮辱与被损害的普通妇女，出于对潘金莲的同情，他改编创作了五幕话剧《潘金莲》，塑造了一个大胆追求爱情，追求个性自由的全新潘金莲形象。1927年12月，“南国社”在上海艺术大学举行的“艺术鱼龙会”上首次演出该剧，京剧和话剧演员同台演出，欧阳予倩扮演潘金莲，周信芳扮演武松，舞台上演员边演边想台词，有唱有说很是热闹。1928 年初，《潘金莲》在上海天蟾舞台剧场公演，生动的剧情与精彩的演出引起轰动，产生很大影响，报界评论该剧“使新旧剧之精华熔合一炉”，为“沟通旧剧话剧之先河”。

由于《潘金莲》仍是个幕表式的剧本，朋友们劝欧阳予倩将其加工成完整的剧本发表，欧阳予倩很快完成了对剧本的加工修改，1928 年 6 月，刚创刊不久的《新月》杂志 1 卷 4 期上刊登了五幕话剧《潘金莲》，接着 10 月，上海新东方书店出版了话剧《潘金莲》的单行本，这是欧阳予倩发表出版的第一部作品。

弃武从文入文海

——阳翰笙的处女作小说《女囚》

阳翰笙是在党的安排下进入文学圈的，长期以来一直担负着文艺界党的领导和组织工作，但他更重要的身份是作家，这个身份是他进入文学圈后才取得的，那他又是怎样进入文学圈的呢？

阳翰笙《女囚》封面

阳翰笙是个资深的共产党员，1925 年初在上海大学社会学系读书时就入了党，后来担任了上海大学党支部书记、中共上海闸北区部委书记。他白天读书，晚上从事工人运动，显示出过人的才干。1926 年 1 月，阳翰笙奉党的指示到广州黄埔军校政治部任秘书，直接在政治部主任周恩来领导下工作，后又任入伍生部党支部书记兼政治教官。在广州期间他结识了郭沫若，共同的理想使他们成为亲密的朋友。1927 年 4 月间，阳翰笙受党委派先后到北伐军第六军和第四军政治部任秘书，8 月初他同郭沫若、李一氓等一起参加了南昌起义部队，阳翰笙被派到叶挺指挥的 24 师任党代表，在南征途中，阳翰笙参加了几次大的战斗，经历了生与死的考验，又被任命为起义军总政治部秘书长，政治部主任是郭沫若。10月，起义部队被打散，阳翰笙因突发疟疾，被就地安排在广东海丰县一渔民家养病，11月才在党的安排下到上海与周恩来、郭沫若会合。

为了加强上海文学界党的领导力量，应郭沫若的要求，周恩来亲自批准阳翰笙和李一氓进入创造社健全党的组织，加强党的力量，从此阳翰笙不得不放弃从军梦成为文学圈的一分子。1928年初，郭沫若流亡日本，把创造社的事情都交给阳翰笙、李一氓、潘汉年三人负责，此时正巧碰上创造社和太阳社以年轻的共产党员为主，同鲁迅、茅盾之间展开了关于革命文学的大论战，面对这种情况，阳翰笙和李一氓显得有些束手无策，因为他们初入文学圈，既不了解文学界的情况，对文学理论也很陌生，所以不便发表言论，但他们同为热血青年，思想感情还是站在创造社和太阳社一边的，1928年4月，阳翰笙和李一氓在自己编辑的《流沙》半月刊杂志第三期上刊登了一篇署名心光的文章《鲁迅在上海》，说鲁迅“看见旁人的努力他就妒忌，他只是露出满口黄牙在那里冷笑”。这种对鲁迅进行恶意攻击的文章在当时起了推波助澜的作用，后来周恩来委托江苏省委宣传部长李富春对他们这种错误做法进行了严厉的批评。

1928　10，　15，　付排
1928，　11，　15，　出版
1——1500册

每册實價二角五分

阳翰笙《女囚》版权页

在此期间，阳翰笙开始以自己亲身经历的事件写起了小说，一个月的时间就写出了中篇小说《女囚》，以日记体的形式讲述了一个女共产党员在牢狱中英勇不屈的故事，他拿给当时编辑《创造月刊》的冯乃超看，冯乃超认为写得很好，1928 年 7 月，阳翰笙的处女作中篇小说《女囚》以“华汉”的笔名刊登在《创造月刊》1 卷 12 期上。小说发表后被上海新宇宙书店看中，这个书店是几个留苏的托派学生创办的，他们思想较为激进，在当时白色恐怖笼罩的上海他们什么书都敢出，这样题材的小说正是他们梦寐以求的。1928 年 11 月，阳翰笙的处女作中篇小说《女囚》以“华汉”的笔名由上海新宇宙书店出版单行本，印数 1500 册，不久上海国民党当局查封了书店，《女囚》也被查禁了。

以“土匪”自居的《语丝》派急先锋

——林语堂的处女作杂文集《剪拂集》

林语堂出生在福建一个基督教家庭，父亲是个牧师，因家教较为开明的缘故，林语堂从小就梦想着要当发明家，成年后不惜花费 30 年精力和 12 万美金血本终于研制成功了世界上最先进的中文打字机。上中学时，因酷爱数理化，结果文科没考好，屈居第二名。其实，林语堂的兴趣是多方面的，他在上海圣约翰大学读书期间，可是尽情地展示了自己的才华，在读二年级时，别的同学都在紧张复习准备期末考试时，他居然到河边去钓鱼，最后还考个第二名；他用英文创作了一篇描写爱情的短篇小说，获得学校英文小说比赛金奖；他以 5 分钟时间跑完一英里路程创下圣约翰大学记录；以他为领队的学校辩论队，在比赛中获得第二名，此外他还是学校划船队的队长，足球、网球、棒球等体育运动样样不落，打棒球中他投掷的上弯球和下坠球很少有人接得住，是有名的掷垒高手。体育运动练就了他强壮的体魄，他还代表中国参加

林语堂《剪拂集》封面

了 1915 年在上海举办的第二届远东运动会。

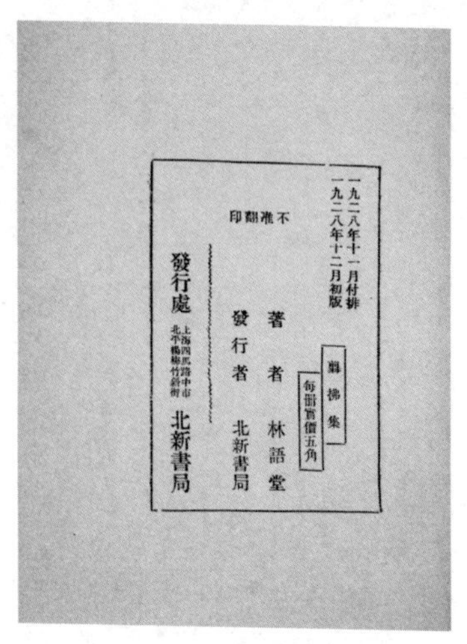

一九二八年十一月付排
一九二八年十二月初版

翦拂集
每册實價五角

不准翻印

著者 林語堂

發行者 北新書局

發行處 上海四馬路中市 北平[illegible] 北新書局

林语堂《剪拂集》版权页

1923 年 5 月，林语堂以美国哈佛大学比较文学硕士、德国莱比锡大学语言学博士身份留洋学成归国。9 月应胡适之邀受聘任北京大学英文系教授并兼职北京女子师范大学，此时的北京正处在新文化运动的浪潮中，受西方文化影响，年青气盛、思想激进的林语堂，抱着革新奋斗的精神，很快地融入其中。1924 年 12 月，《语丝》周刊创刊，这是一份不拘一格的杂志，在这上面想说什么就说什么，想怎么说就怎么说，不受任何文体和题材的限制，充分享受言论自由。这种激进开放、自由无拘的风格正符合林语堂的性格，所以他毫不犹豫地加入了这个行列，成为《语丝》的主要撰稿人之一。每逢星期六下午，《语丝》的主将鲁迅、周作人、钱玄同、刘半农、孙伏园等都要到中山公园的来今雨轩聚会，他们喝茶吃点心，畅所欲言，无所不聊，鲁迅是聚会的中心，他机敏诙谐的说笑，犀利透彻的分析活跃着现场的气氛。林语堂在这里是小字辈，每次他都是虔诚的听聊者，很少说话，他把大家的发言，尤其是鲁迅的话牢牢记在心里。

20 世纪 20 年代的中国是很不太平的，军阀割据、民不聊生、社会黑暗，语丝派举起了唤醒国民，实现民族自救的旗帜，以笔做枪，抨击时政，针砭浊流。在反对北洋政府和与现代评论派的笔战中，林语堂都充当了语丝派急先锋的角色，写了大量有关社会批判和思想批判的笔锋犀利的杂文，充满了战斗气息。现代评论派指责语丝派的凌厉攻势和学生的正义行动是“土匪”行为，林语堂索性以“土匪”自居写了《祝土匪》，文中自豪地宣称：“我们情愿揭竿作乱以土匪自居，也不作专制暴君的徘优；时代需要土匪，惟其有许多要说的话学者不敢说，惟其有许多巳乙上应维持的主张学者不敢维持，所以今日的言论界还得有土匪傻子来说话！”他追随鲁迅，以“痛打落水狗”的气魄在《京报副刊》上刊登自画的漫画“鲁迅先生打叭儿狗图”，鲁迅手持竹竿，猛击落水狗的头，那狗狼狈地在水中挣扎。此画直捣现代评论派的要害。在“五卅”运动、女师大风潮、“首都革命”、“三一八惨案”等事件中，林语堂不仅撰文抨击英、日帝国主义和北洋政府的暴行，支持工人、市民、学生的正义行动，而且还与学生一起举着旗子上街游行示威，一次在与军警发生冲突中，他以当年打棒球练就的投掷垒球的身手用旗杆和石块进行反击，扔石块那叫一个准，指哪打哪，学生们十分诧异这位文质彬彬的教授怎么会有如此的狠劲和准头，他们纷纷为老师提供石块痛击军警与流氓，周围的群众无不拍手称快。1926年5月，林语堂与鲁迅等50多位进步人士上了北洋政府通缉的黑名单，林语堂和鲁迅等人不得不离京转赴厦门大学执教。

1928年12月，林语堂把他1924年至1926年发表的27篇杂文结成一集，以《剪拂集》为名由上海北新书局印刷出版。在序中林语堂开宗明义曰：“文集是文人的韵事。”这是对他那段凌厉畅快、无所忌惮的《语丝》时代最好的总结，后来他就转入了幽默闲适的小品文创作。这本杂文集成为研究林语堂早期杂文最好最直接的凭据了，遗憾的是它存世不多了。

苦恋成就了“雨巷诗人”

——戴望舒的处女作诗集《我底记忆》

戴望舒是中国现代派象征主义诗歌的代表诗人，他以沉郁清新的诗风为中国的新诗发展树起了一座丰碑，他的《雨巷》极富音韵美，成为几代人传吟的名篇，被冠以“雨巷诗人”的美誉。

戴望舒《我底记忆》封面

20 世纪 20 年代中期，戴望舒与施蛰存、杜衡等同是上海震旦大学法文特别班的同学，又是好友，他们一起加入了共产主义青年团，成为学校学生运动的骨干。1927 年上海“四·一二”事变后，在白色恐怖的威逼下，他们不得不放弃学业，疏散回各自家乡隐避，戴望舒和杜衡回到了杭州，施蛰存回到了上海附近的松江县。没过多久，由于杭州形势也愈来愈严峻，戴望舒和杜衡又转移到松江施蛰存家中暂住。施蛰存家的一间小厢楼成了他们的避难所，在这里他们一起读书、写作、翻译，日子过得倒也轻松自在。

戴望舒除翻译了许多法国作家的诗歌、小说、童话等作品外，还孜孜不倦地进行诗歌创作，因他从小就喜欢诗歌，17 岁就开始创作白话诗了，他的诗受新月派闻一多等人格律诗的影响，注重音节韵律，同时借鉴了英法象征主义诗派忧郁的情调，形成了他特有的风格。在松江这个消息闭塞的小地方，戴望舒感到了隐居的寂寞，他到北京两个月求发展未果，但结交了冯雪峰、沈从文、胡也频、冯至等文友，最后又折回松江施蛰存家中。此时，施蛰存的妹妹施绛年渐渐地走入他的感情世界，她比戴望舒小五岁，是上海女子中学高三的学生，性格开朗活泼，戴望舒对她的爱恋愈演愈烈，然而戴望舒因小时候生天花落下了一脸的麻坑，生理上的缺陷使他长期以来一直都有自卑感，生性怯懦内向，自尊心极强，他不敢大胆地表露自己的心愿，只会通过创作诗歌来向施绛年示爱，他经常把自己写好的诗拿给施绛年看，可施绛年每次总是友好地对他说："写得挺好的。"然后嫣然一笑地跑开了，这更让痴情的戴望舒是辗转反侧，彻夜难眠。为了这嫣然一笑，戴望舒不停地写，1928 年他进入了诗歌创作的高峰期，佳作不断，在忧郁哀怨的氛围中牵出他苦苦爱恋的缕缕情思。8 月，他的成名作《雨巷》发表在上海很有影响的《小说月报》杂志上："撑着油纸伞，独自/彷徨在悠长、悠长/又寂寥的雨巷，/我希望逢着/一个丁香一样地/结着愁怨的姑娘……"然而这个结着愁怨的丁香姑娘仍是以嫣然的笑意回避着戴望舒热烈的追求。要知道越是得不到的才

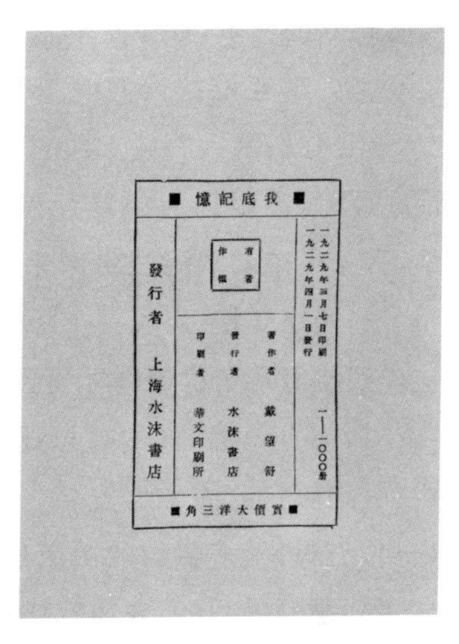

■我底記憶■

有著作權

一九二九年三月七日印刷
一九二九年四月一日發行

一—一〇〇〇册

著作者 戴望舒
發行者 水沫書店
印刷者 華文印刷所

發行者 上海水沫書店

■實價大洋三角■

戴望舒《我底记忆》版权页

越觉得它的珍贵，戴望舒真急了，他找施蛰存帮忙游说他妹妹，施蛰存很为难地说："你们一个是我的亲妹妹，一个是我的亲密朋友，这是你们私人感情方面的事，让我说什么好呢，我真不好管。"恰在此时，戴望舒与施蛰存原在上海震旦大学法文特别班的同学，富家子弟刘呐鸥从台湾来到上海，在四川北路附近的公园坊租了一座小洋楼，雇了一个阿姨料理家务，他让戴望舒搬过来住，这样戴望舒痛苦的恋情才得到了暂时的缓解和转移。

1928 年 9 月，刘呐鸥与戴望舒和施蛰存商量，想出钱办个出版社，出版自己的文学作品。三人一拍即合，刘呐鸥立马掏钱在四川北路租了个临街的铺面房，挂出了"第一线书店"的招牌，书店主要是经售北新、开明等书局的出版物，自己出版的只有一本小小的《无轨列车》半月刊杂志，但杂志出到第六期，便被当局以宣传"赤化"为由禁止出版，书店也被勒令停业。他们并不甘心就此罢休，这回长了记性，到四川北路街里面的公益坊租了一个石库门的两层住宅房子，又挂出了"水沫书店"的招牌，这回不开店了，主要出版图书。刘呐鸥当老板，不管具体事，只等着收钱，施蛰存因在松江中学任教，只能周末过来帮帮忙，整个书店由戴望舒一人管理。

1929 年 1 月，水沫书店开张的当月，出版了《水沫丛书》第一种施蛰存的短篇小说集《追》。接着戴望舒开始编辑自己的诗集，他把自己 1922 年以来创作的诗歌进行了一番筛选，在编选过程中，戴望舒重温了自己苦恋情感的心路历程，对施绛年的思念更加强烈，他选出 26 篇，分为三辑：《旧锦囊》12 篇；《雨巷》6 篇；《我底记忆》8 篇。1929 年 4 月 1 日，戴望舒的第一本诗集《我底记忆》由水沫书店出版，书的扉页印有法文"A Jeanne"(给绛年)，还有两行古罗马诗人提布卢斯的拉丁文诗句，戴望舒译为："愿我在最后的时间将来的时候看见你，愿我在垂死的时候用我的虚弱的手把握着你。"这下他终于把自己对施绛年的感情公开了，他约施绛年面谈，希望她能接受自己的感情，否则就以身殉情，在这种情况下，施绛年勉强接受了他的感情。虽然后来他们姻缘未成，但戴望舒由此诗名大振。

一个狂热无政府主义者的转变

——巴金的文学处女作中篇小说《灭亡》

巴金是一代文学大师，他的作品始终站在时代的前列，影响了几代读者。然而巴金在青少年时代曾经是个充满激情，励志社会革命的无政府主义者，是什么原因让他走上了文学道路，他的第一部文学处女作小说《灭亡》又是在什么情况下写出的呢？

巴金《灭亡》封面

1920年，16岁的巴金开始接触了西方克鲁泡特金等人有关无政府主义的著作，对无政府主义反对独裁，建立互助自治和谐社会的思想有了深入的了解，开始有了立志献身社会革命明确信仰。但面对黑暗的现实，他一直处于冥冥的挣扎中，始终找不到出路。1927年1月，为了进一步研修无政府主义理论，更好地投入社会革命，巴金踏上了去法国留学的航程。来到巴黎后，巴金租住在拉丁区一座古老破旧公寓顶层的一间小屋，白天在房间里读书，晚上到夜校学习法语。每当夜深人静的时候，在充满煤气和洋葱味的昏暗小屋里，听着圣母院悲哀的钟声，望着窗外黑洞洞的建筑，思念着远方的祖国，他感到更多的是孤独与郁闷，他在一个练习簿上开始陆陆续续记叙一些见闻与感受。

1927 年 4 月，当时轰动世界的萨珂与凡宰特事件也传遍了巴黎的大街小巷。萨珂与凡宰特是旅美的意大利无政府主义者，因为反对波士顿警察杀害革命党，被美国政府嫁祸于抢劫杀人罪被捕入狱并判了死刑，抗议风暴由美国波及到全世界。巴金读过凡宰特的自传，了解他的为人，所以毫不犹豫地投入到巴黎的抗议救援活动中，他怀着崇敬的心情给凡宰特写信，倾诉自己的悲哀和希望。巴金很快收到了凡宰特从狱中寄来的一包书和一封四大张两面书写的英文长信。信的开头亲切地称呼巴金“亲爱的同志”，感谢他的同情和信任，说来信给了自己以莫大的安慰，还劝勉巴金要快乐起来，不要灰心，要忠实地生活，爱人，帮助人。巴金给凡宰特写了回信，寄去自己的照片，并在练习簿上写下了此时的感受。最终萨珂与凡宰特还是被处以极刑，凡宰特在临刑前又给巴金写了第二封回信。巴金愤怒了，他不断地写文章控诉美国政府的暴行，宣传无政府主义，并着手翻译克鲁泡特金的《人生哲学：其起源及其发展》和其他关于无政府主义的论文。他积极参加无政府主义的政治活动，在撰写的

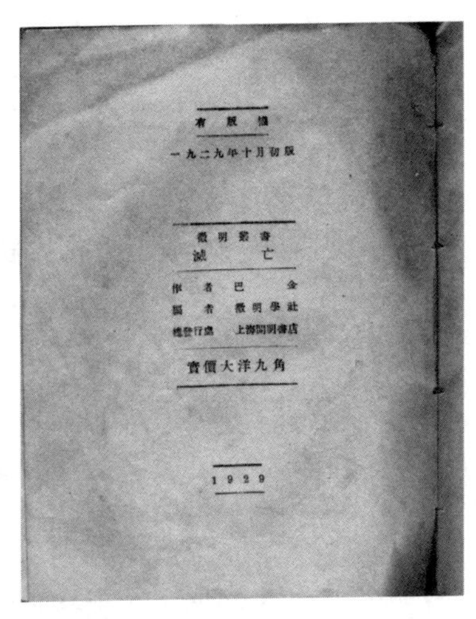
有版權

一九二九年十月初版

微明叢書
滅亡

作者 巴金
編者 微明學社
總發行處 上海開明書店

實價大洋九角

1929

巴金《灭亡》版权页

文章中一再强调“我是一个无政府主义者”,“无政府主义是我的生命”,对无政府主义的宣传到了狂热的程度。

1927年的夏天,巴金因肺病复发,在朋友帮助下到巴黎以东一百多公里的沙多—吉里小城休养,在这里,他继续写杂感、短论,翻译克鲁泡特金的作品。大哥从成都的来信触动着巴金的心,信中总是殷切地希望巴金早日学成归国,可以兴家立业,但这不是巴金所要的,那个衰落的封建家庭已经成为他心中的阴影,他要开拓新的天地,所以大哥充满爱心的话语只能让他的痛苦更加纠结,于是他下决心要把自己在练习簿上记叙的见闻和感受好好整理一下,写出一部小说来给大哥看,让大哥了解自己的想法。他开始认真地构思,认真地写起来。

1928年4月,巴金翻译的克鲁泡特金《人生哲学:其起源及其发展》一书脱稿,他全身心地投入到小说创作中,经过反复的修改整理,8月,终于完成了文学处女作中篇小说《灭亡》。巴金并没打算发表,他想在国内找家出版社,用自己翻译的稿费自费印二三百本送给大哥和朋友看。在法国的朋友胡愈之热情地介绍巴金与上海开明书店门市部经理周索非取得了联系,巴金在书稿上第一次署上了“巴金”的笔名,寄出并附信说明了意愿。周索非看到小说稿后,觉得写得非常好,便把小说稿转交给了当时正代郑振铎主编《小说月报》的叶圣陶,叶圣陶十分欣赏这部不知名作者写的小说,立即签发(有说是郑振铎)。从1929年1月至4月署名“巴金”的中篇小说《灭亡》分四期在《小说月报》上连载。接着周索非又将《灭亡》编入他主编的《微明丛书》中,这年10月由上海开明书店初版了《灭亡》单行本。

在《灭亡》的序中,巴金称凡宰特为他的先生。虽然作品的背景是中国，反映的也是巴金在国内经历过的或者感受过的现实，但作品背后，我们看到巴金因凡宰特事件而产生出来的悲愤与不安。他是借杜大心这个艺术形象在发泄，他有话要说，有热情要燃烧。由此可见，凡宰特致巴金的信是促使巴金走上文学道路的重要因素。

文学路上的独行客

——梁遇春的处女作散文集《春醪集》

散文家梁遇春这个名字别说现在的读者，就是当今的文学史学界也没有多少人记得，梁遇春是20世纪二三十年代很有才气的散文写手，他主要从事英国文学的翻译，兼写作散文，他的散文受英国随笔的影响很大，加上他有很高的悟性和才气，所以另辟蹊径、随性而发、奇谈怪想、诙谐幽默成为他散文的主要风格，在当时的文坛可谓是独树一帜了。遗憾的是他的写作寿命太短了，1932年因患急性猩红热猝然去世，年仅26岁。

梁遇春《春醪集》封面(毛口本)

1922年，16岁的梁遇春考入北大预科，两年后入北大英文系学习，因学英文的缘故，他阅读了大量的英国社科及文学类书籍，但他最钟爱的是英国作家短小精悍的随笔，这类书成了他的枕边书。他有个最大的特点就是赖床睡懒觉，一生恐怕有一半时间是在床上度过的，躺在床上看书是他最大的乐趣，躲在被窝里做美梦是他最大的幸福，这么看很难相信他是个有妻儿家室的人，倒像个无牵无挂的单身汉。他还为自己编织了冠冕堂皇的理由“我天天总是在可能的范围之内，尽量地滞在床上——那是我们的神庙——看着射在被上的日光，暗笑四围人们无谓的匆忙，回味前夜的痴梦——那是比做梦还有意思的事——细想迟起的好处，惟我独尊地躺着，东倒西倾的小房立刻变做一座快乐的皇宫”。“世上最懒惰不过的人们是那般黎明即起，老早把事做好，坐着呆呆地打呵欠的人们。”

在学校期间，他开始翻译英国诗歌、随笔、小说等文学作品，并模仿英式随笔写些散文，他写的散文没有什么重大深刻的社会政治题材，都是些谈生死、论失恋、说醉酒做梦、侃流浪及猫狗之类的身边琐事，从这些琐事出发，以独特的思维和潇洒的文笔即兴抒发幽默浪漫的情怀，读来让人感到很新鲜，很好玩。他的人生经历平淡无奇，上学工作、结婚生子，成天生活在书本里，而他从书本感觉到的经验比他实际生活中的经验更来得深刻，这就是他的独到之处，能写出一手漂亮文章。他在文学圈里行走不入流不入派，他并非语丝派成员，而他的第一篇处女作散文《讲课》就发表于 1926 年 11 月的《语丝》周刊上，此后又发表数篇散文；他没有加入新月社，却在《新月》杂志上开辟的“海外出版界”专栏发表 13 篇散文；他也没有像其他文学青年那样对鲁迅顶礼膜拜，他的好

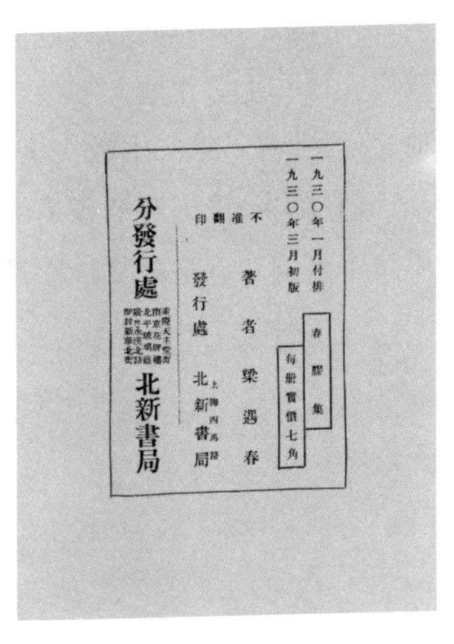
一九三〇年一月付排
一九三〇年三月初版
春醪集
每册實價七角
不准翻印
著者 梁遇春
發行處 北新書局（上海四馬路）
分發行處 北新書局

梁遇春《春醪集》版权页

友废名与鲁迅交往甚密，可他从未随废名去见过鲁迅，而是与鲁迅各行其道，不受其影响；1928 年秋，他随北大英文系教授温源宁到上海暨南大学供职，也没参与文学界的派性之争和轰轰烈烈的左翼文学运动，他只是文学界中独往独来的过客，是划过夜空瞬间即逝的一颗流星。

1930 年初，梁遇春又回到北大，因有口吃的毛病，不能讲课，就到图书馆管理英文图书，这年 3 月，他的第一本散文集《春醪集》由上海北新书局出版，这是他自己亲自编定的，共收了 14 篇散文。他一生写作散文不过 50 篇，在他去世后，朋友们为了纪念他，又为他集了第二本散文集《泪与笑》，1934 年由开明书店出版。

《春醪集》民国时期没有再版，加之梁遇春的作品又很少，所以这本书的初版本更显得珍贵，现在网上的拍卖价格为 8000 元。

醉心于都市文学的创作

——刘呐鸥的短篇小说集《都市风景线》

说起刘呐鸥，了解文学史的人自然会想到20世纪30年代风靡上海的海派文学中的一枝独秀——新感觉派小说，他可是个神奇的人物，仅凭着一年时间里创作的十来篇小说，就开创了文学史上一个很有影响的小说流派，仅凭着在上海三四年的经历，就以敏锐的笔锋描绘了十里洋场的东方大都会中青年男女爱情与生活的图景，这真让人有些不可思议。

刘呐鸥《都市风景线》封面(毛口本)

刘呐鸥是个台湾富商子弟，在日本东京上的中学和大学，是个有灵气有才华有一定进步思想的文学青年，1926年秋到上海震旦大学法文特别班攻读法文，对上海发生了浓厚的兴趣。1927年5月，因祖母病危返回台湾，后到日本东京呆了三个多月，于年底再回到上海定居，决心干番大事业，此次他是有备而来，从日本带了许多文学类的新书，想在上海好好玩把文学。他在北四川路公园坊租了一座小洋房，雇了一个阿姨为他做饭打理家务，把上海震旦大学法文特别班的同学戴望舒和施蛰存叫来同住，刘呐鸥知道戴与施都是较为活跃的文学青年，对上海文学界情况比较了解，所以要在上海闯出一片天地还得依靠他们。刘呐鸥向他们介绍日本文坛的新动向及各个新锐文学流派，他格外偏好日本新感觉派作家横光利一、川端康成等人描写都市生活的小说，并主张文学创作应按这种思路用现代人眼光去观察大都市人的现代生活，用主观感受去描写客观的载体，他的主张得到了施蛰存等人的认可。

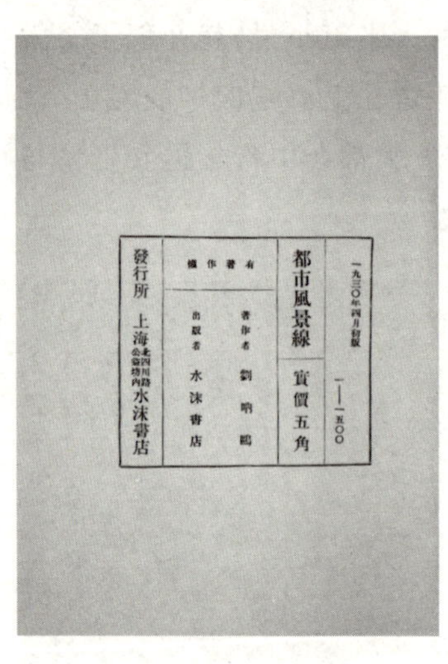

一九三〇年四月初版
一——一五〇〇
都市風景線
實價五角
有著作權
著作者 劉吶鷗
出版者 水沫書店
發行所 上海北四川路公益坊內水沫書店

刘呐鸥《都市风景线》版权页

几个具有进步思想有志向的文学青年聚在一起开始了新的生活，每天写作、译书，闲暇之际，他们出入游泳池、咖啡馆、舞厅、电影院，享受着都市现代人的生活，当然多数时候都是刘呐鸥买单，因为这个阔少不差这点钱。为了让同伴们更好地了解日本新感觉派作家的创作，刘呐鸥翻译了横光利一等作家的七篇小说，仅此还不够，他与戴望舒、施蛰存商量，愿意拿出几千块钱来办个杂志并开个书店，这样可以更广泛地传播新的文学思想和新的创作方法，此提议得到了大家的一致赞同，戴望舒、施蛰存立即分头办理登记注册和租赁门市等相关事宜。当时上海正是左翼文学兴起的时候，他们的朋友左翼作家冯雪峰曾劝他们融入左翼文学阵营，但这几个年轻人不愿在创作上受到政治倾向的束缚，希望能有较为自由的创作空间，所以他们还是打算自己另起炉灶。

1928年9月底，由刘呐鸥起名的“第一线书店”正式挂牌营业，书店里卖的只有一书一刊，书是刘呐鸥翻译日本作家横光利一等人的小说合集《色青文化》，刊是《无轨列车》半月刊创刊号，这也是刘呐鸥起名的，意为刊物的方向和内容没有一定之轨。《无轨列车》创刊号刊登了刘呐鸥、戴望舒、施蛰存、徐霞村等人创作的小说、诗歌及译作，另外还刊登了冯雪峰的文艺理论文章《革命与知识阶级》，两个多月后，刊物和书店便被当局禁止查封。几个年轻人岂肯就此罢休，没过一个月，1929年1月，他们又在较为隐蔽的石库门住宅区里挂出了“水沫书店”的牌子，这次不卖书了，改作出版书了，他们不仅给自己的作品出书，还为胡也频、柔石等左翼作家出书，并在鲁迅的指导下出版《马克思主义文艺论丛》，他们又重新编了一本杂志《新文艺》月刊，于1929年9月创刊，刘呐鸥继续在上面发表颇具新感觉派特色的小说，

1930年4月，刘呐鸥把自己一年多时间创作的八篇小说集成一个集子，以《都市风景线》为名由水沫书店出版，这是他的第一部小说创作集，也是惟一的一部，但这部小说集的意义非同一般，它标志着中国现代文学史一个新的流派——“新感觉派”的诞生。所以这部小说集在文学史上占有举足轻重的位置。后来《新文艺》月刊迫于政治压力于1930年4月停刊，水沫书店在经历1931年“一·二八”淞沪战争后也歇业了，刘呐鸥的文学梦也破灭了，他的兴趣转向了电影方面。

“鬼才作家”出道时的试笔

——穆时英的处女作长篇小说《交流》

穆时英是20世纪30年代中国文坛出现的难得的人才，他之所以被称为“鬼才作家”是因其年少多产，创作题材广泛且又风格独特，他以《南北极》等表现统治阶级与下层劳动人民两极对立的小说闯入文坛，一度成为普罗文学的生力军，被左翼文坛作为主要的争取对象；接着他又以《公墓》等具有现代意识流的小说成为“现代派”最重要的小说家；随后，他又突然以《上海狐步舞》等描写光怪陆离的都市生活的小说一举成为“新感觉派的圣手”；真正在上海文坛热闹了十个春秋。

穆时英《交流》封面

1929年在上海光华大学读预科的穆时英就爱好文学，并开始写小说，那时他刚满17岁，敢写敢投，但就是屡投不中，一般报刊都对这无名的毛头小子不屑一顾。穆时英在校学习成绩不是很好，尤其在国文系读书时，古典文学与文言文的成绩极差，经常考试不及格，其实他人很聪明，无论什么一学就会，只不过此时的心思都用在写小说上了。

1930年初的一天，一个青年冒着刺骨的寒风来到位于四川北路公益坊的水沫书店，这青年就是穆时英。水沫书店是新感觉派鼻祖作家刘呐鸥出资开办的，由朋友施蛰存、戴望舒帮助经营，他们合办的《新文艺》杂志编辑部也设在这里。店里只有戴望舒一人，穆时英直抒来意，说自己有篇小说想请《新文艺》杂志的主编施蛰存指导一下，看能否在杂志上发表。望着这个脸上充满稚气的陌生小伙子，戴望舒抱歉地告诉他，施蛰存外出办事去了，可把小说稿留下，等他回来代为转交。当晚，施蛰存看完小说稿后，即刻给这不相识的投稿青年发信约他来面谈。

1930年2月15日，在施蛰存主编的《新文艺》月刊1卷6期上刊登了穆时英的小说《咱们的世界》，这是他发表的第一篇小说，施蛰存在编者按中写道："穆时英先生，一个在读者是生疏的名字，一个能使一般徒然负着虚名的壳子的'老大作家'羞愧的新作家。……这是一位我们可以加以最大的希望的青年作者。"主编的评介对穆时英来说是个极大的鼓励与鞭策，他怎能不兴奋呢，他觉得自己有资格发表作品了。他找到上海芳草书店，于1930年5月自费(向家里要钱)出版了已写成一年的长篇小说《交流》。这是一部描写爱情悲剧的小说，讲述了男女主人公两小无猜，心心相

版權所有
1——2000册
中華民國十九年五月初版
實價銀六角

穆时英《交流》版权页

印，但受父母之命不能共结连理，最后男主人公在女主人公的婚礼上枪杀了新郎，与女主人公双双殉情的故事。

这部小说出版后，由于题材的俗套，并未引起文坛的注意，同时也与以后他写普罗文学、新感觉派小说没什么联系，所以《交流》很快就淡出人们的视野，很少有人再提及，现在要想见到这部小说已是很难的事了。

清华园中的吟唱

——曹葆华的处女作诗集《寄诗魂》

曹葆华是当年清华大学有名的校园诗人，他的诗深受英国浪漫主义诗派的影响，同时注重新诗格律化的探索，诗风热情明朗，委婉动听，很得诗坛前辈与诗友的赞赏，1930年12月，他自费出版了第一部诗集《寄诗魂》，由北平震东印书馆印刷发行，诗集的扉页上印有"献给子沅、念生两兄"一行字，"子沅"和"念生"为何许人？此书又为何献给他二人？这里引出一段诗情友谊的故事。

诗集中提到的"子沅""念生"就是曹葆华清华的校友朱湘与罗念生，他们比曹葆华高几届，当时都已是很有名气的诗人了，曹葆华在《寄诗魂》自序中道出了他写诗与出书的经过，可以看到朱湘与罗念生对诗集的问世所起的作用。

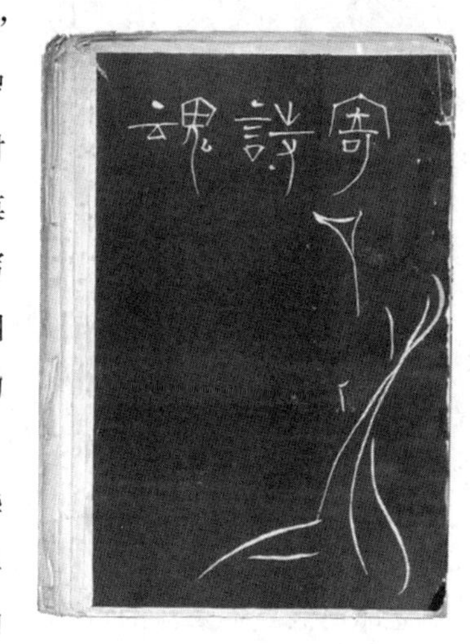

曹葆华《寄诗魂》封面

1927年9月，曹葆华入清华大学外文系读书，从1928年下半年开始在北平《新晨报副刊》和《清华周刊》上发表诗作，此时他不过是兴趣所致，抒发情怀试试笔而已，并未想当什么诗人。转眼到了 1929 年秋天，曹葆华已发表了不少诗作，但进入大学三年级后学习到了关键时刻，压力越来越大，他想放弃这闲情逸致时的诗歌创作，专心完成学业，可性情浪漫的他又难以割舍这种抒发情怀的方式，他为此事而举棋不定。

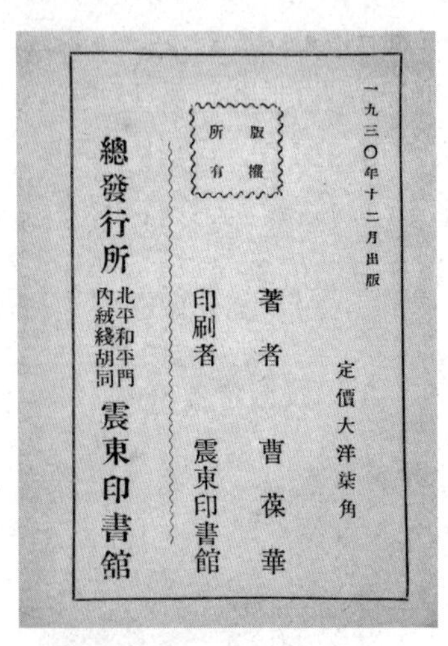
一九三〇年十二月出版
定價大洋柒角
版權所有
著者 曹葆華
印刷者 震東印書館
總發行所 北平和平門內絨綫胡同 震東印書館

曹葆华《寄诗魂》版权页

有一天，他突然收到一封来自安徽大学的信，打开一看真让他惊诧，原来此信是清华学长、著名诗人朱子沅（朱湘）写来的。朱湘是曹葆华仰慕已久，未曾谋面的大诗人，曹葆华入清华时，朱湘已毕业赴美留学，这年暑假朱湘回国受聘于安徽大学任英文系主任，他可是个十足的“诗痴”，对诗歌酷爱有加，回国后首先关注的是国内诗歌发展的状况。在《清华周刊》上发现青年学生曹葆华的诗作很有特点，有很大的发展潜力，于是给曹葆华写信，信中说，在近期的《清华周刊》上读到曹葆华的两首诗作，觉得不同凡响，希望能把写的诗全都寄给他看看。曹葆华看完信愣了半天神儿，没想到这位功成名就的大诗人，还关注他这个无名的学生，虽然朱湘只比他大两岁，可作诗却是他的前辈，恭敬不如从命，曹葆华立即把他半年来写的诗作及附上一封诉说自己犹豫不决的苦衷的信一并寄给了朱湘。没多久朱湘复信对他的诗歌给予极高的评价，说他将来希望很大，称其“用一种委婉缠绵的音节把意境表达了出来，这实在是一个诗人将要兴起了的吉兆”。朱湘还把曹葆华的诗推荐给新月派的其他诗人，闻一多和徐志摩致信曹葆华，拿他的诗同郭沫若的诗类比，朱湘的同学罗念生在即将赴美留学前，给曹葆华写了封很长的信，称读长诗《寄诗魂》“好像在迷梦中忽听了均天的神乐，一连读了三遍，觉全诗的意境很高，气魄很雄健”。并以恳切的言词鼓励曹葆华继续努力，写出更多的好诗来。曹葆华突然意识到自己的诗写得还不坏，在几位前辈诗人的鼓励和评说下，曹葆华的诗情得到了极大地激发，他的诗作又不断地出现在《新月》与《诗刊》杂志上。

1930 年，在清华校园里，曹葆华已是小有名气的“诗人”了，这年底，他把两年来写得较为得意的 37 首诗作汇成一集，以《寄诗魂》为名自费出版，以谢朱湘和罗念生两位学长的热情勉励。

历史学家的文学情缘

——孙毓棠的处女作诗集《梦乡曲》

孙毓棠是著名的历史学家，年轻时执着诗歌与戏剧，并以长篇史诗《宝马》著称文坛，是 20 世纪 30 年代后期新月派诗歌的代表诗人，对新诗歌的发展做出了很大贡献。

孙毓棠《梦乡曲》封面

孙毓棠认为“一个史学家应该是半个文学家”。他一直把客串文学作为自己钻研史学之外的一种休闲，他的文学情缘开始于南开中学。1925 年，孙毓棠考入南开中学，南开活跃的校风感染了他，有着浪漫性格的他对诗歌产生了浓厚的兴趣，在校期间，结识了高他一班的曹禺，在他带动下进入了南开新剧团，与同学们一起登台演出话剧。1929 年暑假，孙毓棠顺利升入南开大学文科。就在这年，清华学为了扩大自身实力，一方面向社会招聘有名望教授学者来校任各校予优厚的待遇；另一方面推行转学生考试制度，以此吸引投奔了……由此，南开的一些有着多年教学经验的教师转校……在南开校园引起了不小的震动，不少学生跃跃欲试准备投考清华大学，孙毓棠也私下鼓动曹禺一起报考清华大学，这让南开校长张伯苓十分恼火，设置种种障碍阻止师生离校。

1930年暑假，孙毓棠和曹禺顶着“考不上清华就不能回南开”的压力来到北平，准备背水一战报考清华大学，他们住进了孙毓棠外祖父家，这是个落魄的官宦人家，外祖父是北平中山公园的董事，四合院虽然破旧，但非常安静，他们俩人连门都不出，成天窝在屋里复习功课，最终孙毓棠考取了清华大学历史系，曹禺被清华大学外国文学系二年级录取，同时南开还有六名学生也被清华录取。此时的清华大学，在闻一多、朱自清、俞平伯、陈铨等知名教授的影响下，显示出浓郁的校园文化氛围，课余时间，孙毓棠仍是一头扎进他所钟爱诗歌创作，新结识了曹葆华、林庚等诗友，曹禺当选为清华戏剧社社长，登台演戏的事自然也要拉上孙毓棠。

孙毓棠《梦乡曲》版权页1

1931年4月，入学刚半年多的孙毓棠就在《清华周刊》上发表了长诗《梦乡曲》，该诗分序曲、正曲、尾曲三部分，长230行，以但丁《神曲》的梦幻形式，描述了诗人在白衣丽人的引领下进入梦乡仙境游历的过程，影射了人间的罪恶，情节浪漫曲折，语言优美凝练。老师与同学都称赞诗写得好，曹葆华来鼓动他将《梦乡曲》印成书出版，孙毓棠觉得虽然自己在报刊上陆续发表了些诗作，不

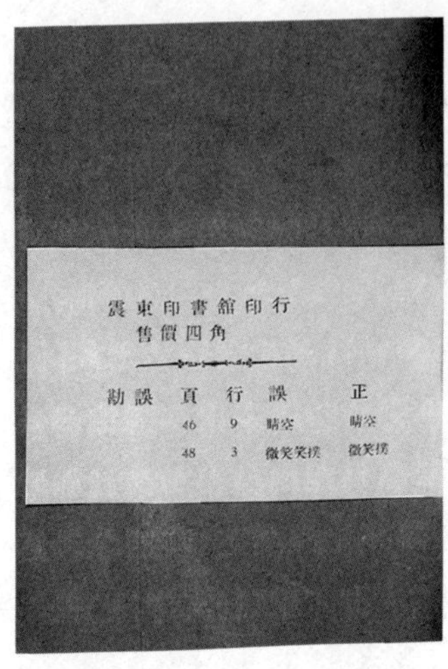

震東印書館印行
售價四角

勘誤

頁	行	誤	正
46	9	睛空	晴空
48	3	微笑笑撲	微笑撲

孙毓棠《梦乡曲》版权页 2

过是兴趣所致，根本就没想过出书的事，曹葆华劝道，你的诗写得那么好，将它印成书对你的创作是个更好的鞭策，我送你的诗集《寄诗魂》，不就是我去年底自费印的第一本诗集吗，现在自费出书只需几十块钱就够了。

在曹葆华的介绍下，1931 年 10 月，孙毓棠的长诗《梦乡曲》自费由北平震东印书馆印制成书出版，这就是孙毓棠步入文坛的第一部作品集，现在很难看到了。

不达目的不罢休的小说家

——沙汀的处女作短篇小说集《法律外的航线》

沙汀原名叫杨子青。1922年，进入成都省立第一师范学校学习后，阅读了大量新文学书刊与有关科学社会主义方面的书籍，对文学与社会科学发生了浓厚的兴趣。1927年春，他在成都加入了中国共产党，并受党委派回到家乡安县从事党的工作。后因1928年2月，成都发生了国民党迫害进步师生的“二·一六”惨案，杨子青的入党介绍人周尚明牺牲了，至此他失掉了党的组织关系。

为了寻找党，1929年夏末，杨子青来到了党领导下的左翼文化中心上海，寄居在安县同乡、从事左翼戏剧活动的共产党员萧崇素家里，并通过萧崇素认识了周扬、周立波、任白戈等左翼文化界人士，初到上海的杨子青本来想报考中国共产党创办的上海大学，但在任白戈的劝说下，他放弃了报考计划，开始坚持自学。每天把自己关在闸北的一个破亭子间里读起书来，他

沙汀《法律外的航线》封面

读得多是左翼推荐的“五四”新文学作品和苏俄与欧洲的经典文学作品，其中他最喜欢契可夫的小说。

这期间，任白戈等四川同乡常来找杨子青商量筹办书店，翻译出版革命理论及社会科学书籍的事情，杨子青很赞成此事，因为他的志向就是社会科学，他积极参与筹备书店的各项工作，为了给书店筹集经费，他主动带头认股1000元，而且先拿出现金500元，其余以后凑齐。一帮四川人筹办的书店很快就开张了，他们起名叫“辛垦书店”，干得热火朝天，1930年初，第一批编译的书出版了。后来四川同乡、曾任中共上海沪东文化支部书记的杨伯恺，又从四川募集到了两万元经费，这样，杨伯恺出任书店经理，杨子青、任白戈负责编辑工作。慢慢杨子青发现，由于自己英文和理论水平的差距，不太适合搞社会科学理论研究，他还是比较钟情于文学。

1931年4月，杨子青试写了第一篇小说《俄国煤油》，讲述了一个四川乡下知识青年困居在上海的感受。写完后他觉得不满意，又写了第二篇小说《风波》，描写了四川乡下农民的生活，还是不满意，但不肯就此罢手，为此事他一直心情很纠结郁闷。初夏的一天，杨子青陪着妻子黄玉颀去医院看病回来，走在北四川路上，突然在人群中看到了阔别多年的省立一师的同班同学、好友汤道耕(艾芜)，他们彼此都惊呆了。在杨子青家中，贫困潦倒的汤道耕向他们讲述了自己在云南、缅甸、马来西亚、新加坡富有异域浪漫传奇色彩的漂泊流浪生活，听得着了迷的杨子青一拍桌子说道：“太棒了，这么传奇的经历不写出来太可惜了，你一定要把它写成小说。”虽然话是说给汤道耕听的，实际上也是杨子青在为自己从事文学创作而确立信心。就这样，身无分文，居无定所的汤道耕住进了杨子青家，他们在一起读书，讨论创作的问题，很快汤道耕也写出了第一篇小说《太原船上》。但他们对文学创作的选材及人物描写还是有些迷茫，于是他们想起了请教鲁迅先生，1931 年底，由汤道耕执笔，他们给鲁迅写了封信，鲁迅很快回复了著名的《关于小说题材的通信》，两个年轻人得寸进尺，又由杨子青执笔并附上《俄国煤油》和《太原船上》两篇小说再次向鲁迅先生请教，结果鲁迅对《太原船上》大加赞赏，认为写得朴实亲切，对《俄国煤油》则下了“顾影自怜，有废名气”的评语，这怎能不让杨子青感到郁闷呢，辛垦书店经理杨伯恺希望杨子青继续研究社会科学理论，但已下定决心的杨子青倔强地回答：“我不搞理论研究，我要写小说！”鲁迅先生的指点敦促他义无反顾地开始了新的创作。

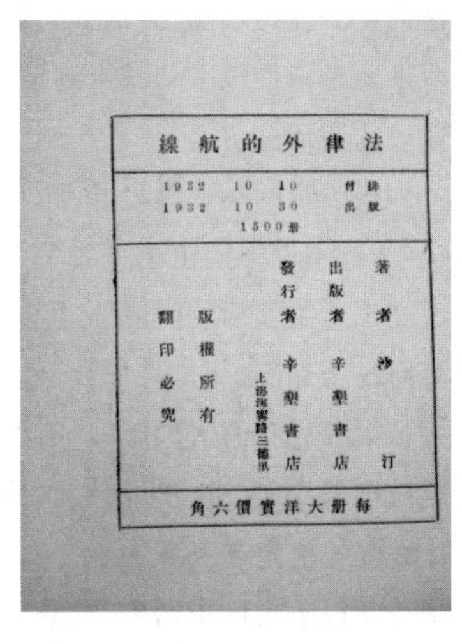
法律外的航線

排付 1932 10 10
出版 1932 10 30
1500册

著者 沙汀
出版者 辛墾書店
發行者 辛墾書店 上海海寧路三德里

版權所有 翻印必究

每册大洋實價六角

沙汀《法律外的航线》版权页

1932 年的夏天，杨子青与黄玉颀在杭州西湖小住数月，在那里又写出了六七篇小说，加上先前写的共有 12 篇小说，回到了上海后他还是没有勇气把自己的小说拿出来发表。此时好友艾芜已发表了多篇小说，并加入了“左联”，这更增加了杨子青心理上的压力，艾芜常来找他，鼓励他把作品拿出来发表，但杨子青仍是信心不足。一天，杨子青与任白戈到杨伯恺家商量辛垦书店的出版计划，他们都很关心扬子青的创作，任白戈提出能否由辛垦书店给杨子青出本小说集，因为他清楚辛垦书店只出版马列译著和革命理论方面的书籍，从不出版文学作品，依杨子青的倔脾气，他是绝对不会主动提的。杨伯恺也同意任白戈的建议，但又补充一句："是否先发表一部分，这样书的销路会更好一些。"杨子青一听这话，火气腾然升起，二话不说甩门而去，搞得杨伯恺尴尬万分。后来还是杨伯恺主动派人到杨子青家要稿子，才平息了这次不很愉快的谈话。

杨子青的小说集发排了，艾芜比杨子青还高兴，他帮杨子青从12篇小说中挑出了两篇写得较好的《码头上》和《野火》，准备送交丁玲主编的《北斗》杂志发表，因《北斗》遭查禁，他又转交给了周扬主编的《文学月报》。另外，艾芜又通过"左联"的朋友帮忙找了幅《码头》的木刻版画，用作杨子青小说集的封面。杨子青选定最近创作的一篇小说《法律外的航线》做小说集的书名，笔名用什么呢？他想起家乡淘金工人沙里淘金的情景，就叫"沙丁"吧，艾芜觉得不太像个名字，建议把"丁"字改成"汀"。于是1932年10月30日，"沙汀"著的短篇小说集《法律外的航线》，由辛垦书店出版发行，共收12篇小说，印数1500册，与此同时，以"沙汀"为笔名的短篇小说《码头上》也刊登在1932年11月的《文学月报》上，茅盾称赞《法律外的航线》"无论如何，这是一本好书！"

平淡精细的散文佳作

——缪崇群的处女作散文集《晞露集》

缪崇群是个很有创作个性的散文作家，遗憾的是年仅 38 岁便过早地离开了人世，在挚友巴金长篇小说《寒夜》里的男主人公汪文宣身上可以看到缪崇群的身影。他一直在散文创作的园地里默默地耕耘着，远离喧闹的文坛，他不喜欢一鸣惊人，不喜欢震惊文坛，而是以沉静心态去观察品味人生，形成了自己平淡而精细的创作风格，并拥有相当的读者。

1928 年秋，缪崇群结束了三年留日学习生活返回北平的家中。生性多愁善感的他因为喜爱文学，开始写起了散文，由于投稿的缘故，他结识了孔德学校教员、《华北日报副刊》主编杨晦，杨晦非常喜欢这个沉默寡言且富有才华的文弱青年，鼓励他多写多投，缪崇群的散文陆续刊登在《北新》《语丝》等较有名气的文学刊物上。

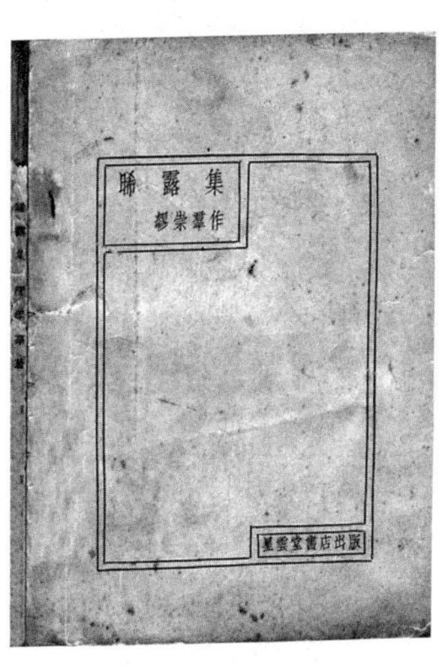

缪崇群《晞露集》封面

1930 年 10 月，在杨晦的介绍下，缪崇群到南京刚创刊不久的

《文艺月刊》社工作，这是国民党中宣部组织的“中国文艺社”创办的一个文学杂志，主编是王平陵，宗旨是倡导“民族主义文艺运动”以对抗共产党领导的中国左翼作家联盟与左翼文艺运动。缪崇群虽然置身在这个政治漩涡中，但他从不掺和政治方面的事情，他为人平和内敛，喜欢一人独处，只是埋头做好自身的工作，闲暇时坐在那里看书或静静地沉思，潜心创作散文，还翻译日本作家的散文作品。他以自己独特的视角去体味生活和人生，自然显得比较狭窄，虽然笔调缠绵带着幽幽的哀怨，但有一种阴柔的美感，体味感悟精细到了极致，是一般人所不能及的。他这种自我哀怨、平淡精细的风格，很受一些读者的欢迎。

一九三三年二月初版
1—1000

版權所有

實價三角

缪崇群《晞露集》版权页

1932 年初，缪崇群认识了来南京看朋友的巴金，俩人一见如故成为无话不谈的好朋友，此后，巴金常有作品在《文艺月刊》上发表。1932 年 6 月，缪崇群因不满《文艺月刊》的编辑方针辞去工作返回北平。杨晦希望他参加筹备《沉钟》杂志复刊的工作，但缪崇群还是想安静地待一段时间。《沉钟》复刊后，非常缺散文的稿件，缪崇群的散文为该刊增添了亮点。这年年底，缪崇群把自己发表过的写自己少年时代和旅日时期的生活感悟的散文整理出了 11 篇，编成一个集子，冠以“晞露”的名字，寓意该书是在沐浴雨露滋润下生长的小苗，杨晦特意为该书写了序。

1933年2月，缪崇群的第一部散文集《晞露集》自费由北平星云堂书店出版，他那孤寂感伤、精致细婉的文风立即引起文坛的注意，被评论界称为“悲哀与忧伤的歌手”。后来他又出版了五本散文集，文风逐步转向爱国主义，更多地关注在日本帝国主义侵略下受苦受难的劳动人民。

开启“新一代”诗风

——卞之琳的处女作诗集《三秋草》

卞之琳是20世纪30年代出现在中国诗坛的诗人，他上承新月诗派，下启九叶诗派，在新诗发展史上占有重要的地位。他以新颖别致的诗风步入诗坛，善于运用象征派及现代派的技巧，并融入中国古典诗歌的神韵，在诗歌创作上追求在客观表现中提取凝练的诗思，在深刻的内涵中创造智慧的美，为中国新诗做出了独特贡献。

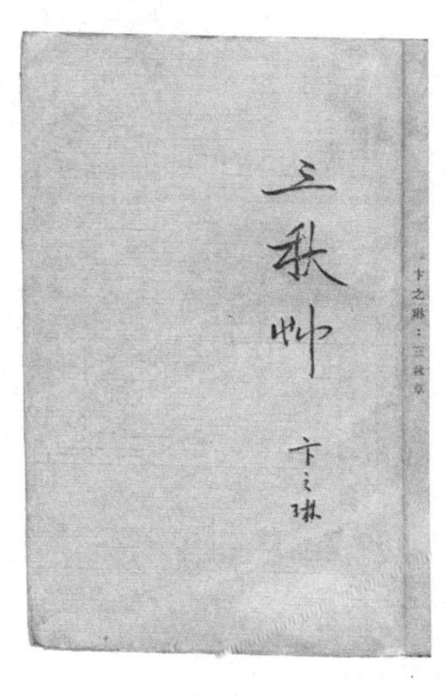

卞之琳《三秋草》封面

卞之琳从小就喜欢诗歌，六七岁时，开始读《千家诗》和词章一类的书籍，学着写些旧体诗。上初中时，受“五四”新文化运动影响，对新诗产生了浓厚的兴趣，喜欢冰心、郭沫若、闻一多、徐志摩等人的诗歌，并在老师的推荐下，读了大量鲁迅等新文学作家的作品。1929年秋，卞之琳考入北京大学英文系，第一年选修法文，热衷于波德莱尔、魏尔伦等法国象征主义诗歌。1930年秋冬之际，卞之琳开始悄悄地写起诗来，发表的第一首诗《夜心里的街心》刊登在 1931 年 1 月 10 日的《华北日报·副刊》上，这以后他时有诗作在报纸上发表。

1931 年 2 月，徐志摩应聘到北大英文系任教，那时徐志摩已是新月派著名诗人了，卞之琳早就对他仰慕已久，现在这位大诗人就在自己眼前，他能不感到兴奋吗！一天，徐志摩给学生上英国诗歌课，课间休息时，卞之琳迫不及待地拿着事先已抄录好的几首诗找到徐志摩，低声地说：“徐老师，我写了几首小诗，不知写得怎样，想请您赐教一下。”徐志摩一边谦虚地答道：“好啊，我很愿意拜读。”一边接过诗稿，读完之后连连称道：“好诗，好诗，有新意！”他对卞之琳说，要选几首登在他们新创刊的《诗刊》上。过了一段时间，徐志摩又找卞之琳要了他新近创作的 20 多首诗，利用回上海探亲的机会，拿给好友小说家沈从文看。他们对卞之琳的诗大加赞赏，觉得应该把他推上诗坛，沈从文给素不相识且名不见经传的卞之琳写了封信，在对其诗表示赞赏的同时，还告知他和徐志摩都认为可以印一本诗集。也不管卞之琳同意与否，沈从文为这本小诗集起名叫《群鸦集》(因集中《群鸦》一诗得名)，还写了篇《〈群鸦集〉附记》刊登在 1931 年 5 月的《创作月刊》上，热情地向读者推荐：“弃绝一切新旧词藻摈除一切新旧形式，把诗仍然安置到最先一时期文学革命的主张上，自由的而且用口语写诗，写得居然极好，如今却有卞

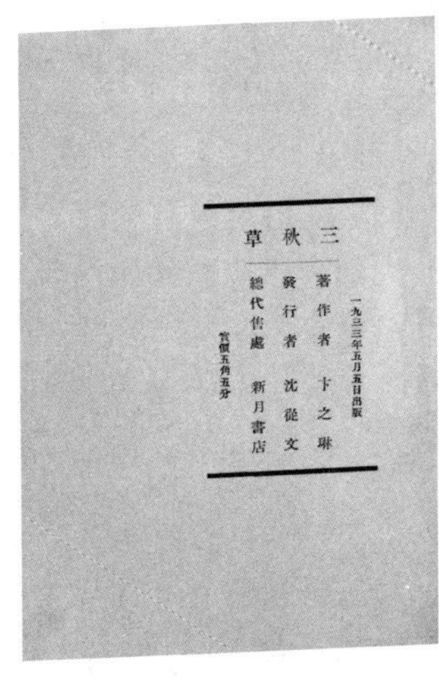
三秋草

著作者　卞之琳
發行者　沈從文
總代售處　新月書店

一九三三年五月五日出版

實價五角五分

卞之琳《三秋草》版权页

之琳君这本新诗。”卞之琳是看了这篇文章后，才得知自己还未出版的诗集已有了名字。写诗不到一年就要出集子，他在感到惊讶的同时，觉得自己太幸运了。徐志摩与上海新月书店谈妥秋天出书，并答应为该书作序。可是屋漏偏遭连阴雨，“九·一八”事变的国耻创伤还未抚平，1931 年 11 月 19 日徐志摩又遇空难逝世，《群鸦集》的出版是无望了。卞之琳并未因此而气馁，仍继续不遗余力地创作诗歌，不断地在《新月》《诗刊》等杂志上发表诗作，他相信总有一天自己的诗集会出版的。

1933 年初，卞之琳收到一笔稿费，他利用放春假的机会到青岛大学去看望在那里任教的沈从文先生。因《群鸦集》未能出版的事，沈从文一直难以释怀，在问及卞之琳的创作情况后，他随手从抽屉里拿出了 30 元钱交给了卞之琳说：“这钱你拿去在北平自印一本诗集。”可别小看这 30 块钱，再添点就可以自费印书了。回到北平后，卞之琳将自己在 1932 年秋天三个月中写的 18 首诗集成一册，定名为《三秋草》，在朋友的帮助下送到印刷局印刷装订，这样卞之琳的第一部诗集《三秋草》终于在他毕业前的 1933 年 5 月 5 日自费印刷出版了，共印了 300 册，沈从文做发行人，由新月书店代售，定价 5 角 5 分。书虽然比较薄，但印得很好，也拿得出手，朋友们都很喜欢，这年他 23 岁。《三秋草》的出版，引起了诗坛的关注，朱自清称其为“一本波俏的小书”，表现的是“你和我都熟悉”的“平常”“味道”。如《中南海》一诗中“听市声远了，/像江潮环抱在孤山的脚下，/隐隐的，/比不上，满地的虫声像雨声，/更比不上满湖落叶上的雨声像风声——/轻轻的，轻轻的，芦叶上涌来了秋风！”

1933年文坛上的新人

——臧克家的处女作诗集《烙印》

在济南山东省立第一师范学校上学期间，臧克家就开始练习写作白话诗，1930年，他报考名师云集的国立青岛大学，入学考试中，他数学交了白卷，国文试卷出了两道题：一是“你为什么报考青岛大学?”还有就是作一篇杂感，两题任选一个，臧克家两题全答了，杂感只写了三句“人生永远追逐着幻光，但谁把幻光看作幻光，谁便沉入无底的苦海”。反映了他在亲身遭遇大革命失败后的悲痛和消沉的心情。考完试，臧克家因为数学交了白卷，自以

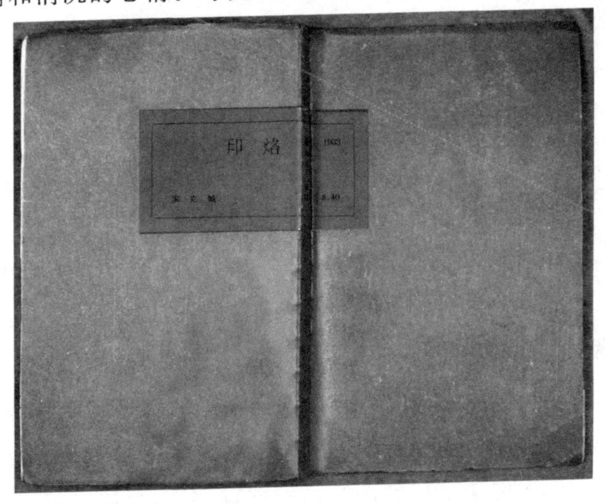

臧克家《烙印》封面

为没有了希望，自然非常沮丧。可不出一个月，竟意外地收到了国立青岛大学录取通知书，当他到注册科报到的时候，一位姓庄的职员一看到他的名字，便笑着对他说："你的国文卷子得了九十八分，头一名！闻一多先生看卷子极严格，五分十分的很多，得个六十分就不容易了。"听了这话，不但替臧克家解决了数学吃"鸭蛋"还被录取的疑问，还同时让臧克家知道了，自己那三句"杂感"一定是打动了闻先生的心！

但臧克家入学时报考的是梁实秋先生任主任的英文系。因为他记忆力不太好，学语言比较吃力，便想转系读中文，而中文系主任、文学院长则正是闻一多先生。在当时的青岛大学，学生可以转院或转系，那是首任校长杨振声的一贯主张。当时，想转到中文系的人有很多，可全都没有成功。臧克家便想去找"伯乐"闻一多先生试试。当闻一多听到臧克家自报姓名时，便从写字台上仰起脸来向他注视了一眼，高兴地说："你来吧！"从此，臧克家如愿以偿，成为了闻一多先生门下的一名"诗的学徒"。而闻一多则以诗人特有的敏锐眼光，仅从三句《杂感》，就发现了这位青年身上潜伏的才气。可以这样说，正是闻一多的慧眼识才，才改变了臧克家一生的命运。

从此，他学习功课之外，日夜苦吟，每当他写出了自己认为值得一看的诗，就跑去向闻一多先生请教。闻先生总是拿起"红锡包"香烟，两人一边吸烟，一边喝着茶，一边谈诗，"室内充满了诗的空气"。除了这种思想上的交流之外，闻一多还把臧克家的《难民》和《老马》推荐给《新月》月刊发表，稿费高达八行诗四块大洋！1932年闻一多回清华任教后写信给臧克家说："得一知己，可以无憾，在青岛得到你一个人已经够了。"

1933年，臧克家准备出版处女作诗集《烙印》，但因名不见经传，书店的老板不愿出版。闻一多联络王统照等人，替他出资印行《烙印》。闻先生负责写序言出20块大洋，王统照先生任发行人出20块大洋，王笑房出20块大洋，请卞之琳在北平印刷出版。1933年7月，臧克家的第一部诗集——《烙印》面世了，共收22首诗歌，印了400册，由李广田和邓广铭设计的封面，采用了黑红的经典配色。在诗集中，那被雇主无情辞退的老长工，苦苦候客的洋车夫，黑矿井里的采煤工，寒夜里的老乞丐，遭遇灾荒的流民，这些社会最底层的劳苦大众，都成了作者笔下描写并同情的对象。《烙印》不但给新诗坛带来一部现实主义的佳作，还成为臧克家一生诗歌创作的方向与标杆，奠定了臧克家在中国现代诗歌史上的杰出地位。

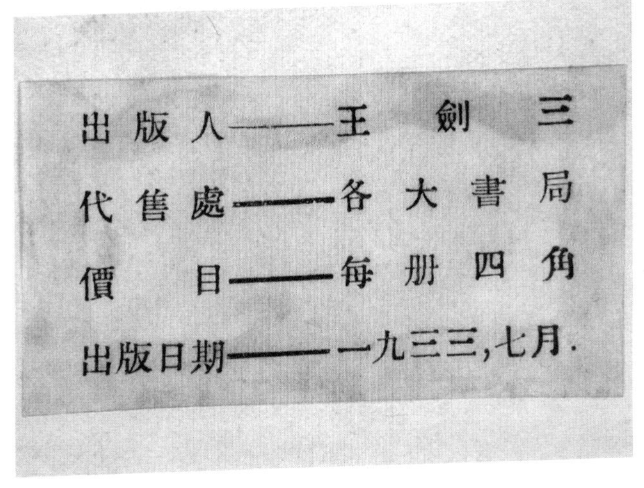
出版人——王　劍　三
代售處——各大書局
價　目——每冊四角
出版日期——一九三三，七月．

臧克家《烙印》版权页

《烙印》一出现，立即引起文化界的强烈反响，许多著名作家纷纷为它撰写评论文章，臧克家别具一格的诗风被誉为“《烙印》体”或“臧克家体”，作者被誉为“1933 年文坛上的新人”。茅盾甚至认为：在当时的青年诗人中，“《烙印》的作者也许是最优秀中间的一个了”。那一年，臧克家仅 28 岁。

1995 年 9 月，在中国书店举办的“本世纪稀见书刊资料拍卖会”上，薄薄一册、定价 4 角的 1933 年版臧克家的诗集《烙印》，竟拍出了 770 元的高价。

由理科转入文坛的现代诗人

——林庚的处女作诗集《夜》

1930年快放暑假前的一天，一个学生敲开了清华大学国文系代主任朱自清办公室的门，他开门见山地对朱自清说："朱老师，你好，我是物理系二年级学生林庚，我想转到国文系来念书，希望您能同意。"朱自清望着这个个头不高，一脸清秀文质彬彬的小伙子问道："你在物理系学得好好的，为什么要转到国文系来呢？""我非常喜欢古典诗词，我体会到文学的力量是神奇的，因为它能使人与人之间产生出一种在一般朋友间不可能有的丰富的感情来。"林庚兴奋地回答。短短的几句话，让朱自清看到了这个年轻人在文学方面的悟性，于是在详细询问情况之后痛快地答应了他的请求。暑假开学后，林庚就成了国文系的学生。

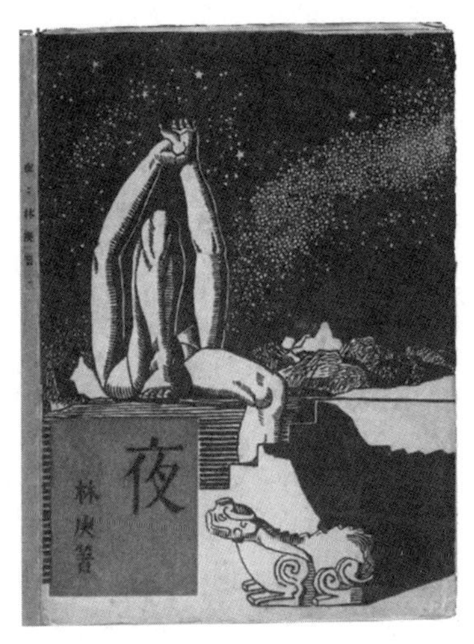

林庚《夜》封面

人们不禁要问，放着好好的物理系不念，偏要去念国文系，是不是脑袋进水了。其实，林庚在中学时一直偏爱理科，考入清华大学物理系是他已久的夙愿。入学后，他常去学校图书馆看书，一次偶尔翻到一本《子恺漫画》，丰子恺以古典诗词作画，简单几笔勾勒出生动的画面，形象地再现了古典诗词深厚的意境。尤其读到郑振铎《子恺漫画》序中的话“他的一幅漫画《人散后，一钩新月天如水》，立刻引起我的注意。虽然是疏朗的几笔墨痕，画着一道卷上的芦帘，一个放在廊边的小桌，桌上是一把壶，几个杯，天上是一钩新月，我的情思却被他带到一个诗的仙境，我的心上感到一种说不出的美感，这时所得的印象，较之我读那首《千秋岁》（谢无逸作，咏夏景）为尤深”。林庚被深深地打动了，真是不可思议，文学有如此神奇的力量，后来他找古典诗词来读，结果就着了迷，这就是他转系的原因。

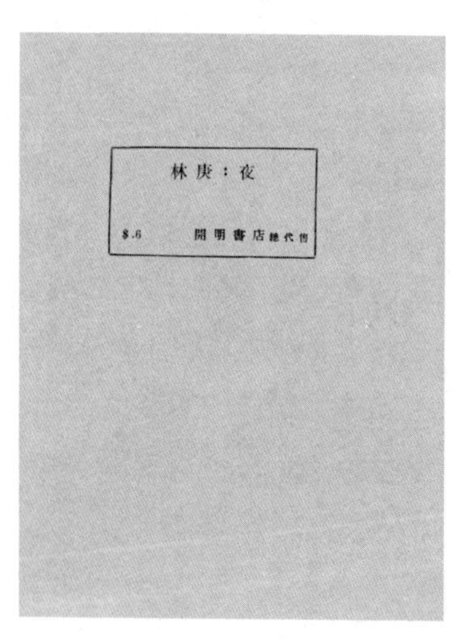
林庚：夜

$.6　開明書店總代售

林庚《夜》版权页

转到国文系后，林庚参加了系里的“中国文学会”，与同学们一起赏诗吟诗，开始林庚只是喜欢古典诗词，并没打算写诗，一次他上俞平伯先生的《词选》课，课间作业是练习填词，他生平第一次填了首《菩萨蛮》，居然受到了俞先生和同学们的赞誉，林庚自我感觉也挺好。没过多久，他在听朱自清先生《历代诗选》课上，按要求写了首五言绝句，受到朱先生的表扬。这些无疑对他是个莫大的鼓励，他开始创作旧体诗，后来又转为写新诗，在系里办的杂志《文学月刊》上不断地发表诗作，后又向《现代》杂志投稿，因他的诗书卷气很浓并富有校园生活的情趣，同学们都非常喜欢，他的诗名在系里越来越大。

可以说林庚是幸运的，他第一本诗集的出版得到了清华大学国文系几位老师的相助。1933年4、5月间，林庚打算集中精力在暑假毕业前自费出版自己的处女作诗集《夜》，因此无暇顾及写毕业论文，他找到系主任朱自清，向他讲述了想以出版诗集替代毕业论文的心愿。一向严肃认真的朱自清非常看重这个学生的诗才，犹豫片刻，破例答应了林庚的请求，但要求必须找个论文指导老师；林庚想起了教外国文学的叶公超教授，他曾选修过叶老师《英美现代诗》的课，叶老师自然很痛快地答应做他的论文指导老师；林庚得知教古典文学的闻一多教授是学美术的，对书籍装帧很在行，又是自己仰慕已久大诗人，于是他又请闻一多为自己的诗集《夜》设计封面，闻一多以美国著名版画家肯特近年创作的一幅名为"星光"的版画作为封面基本构图，在画的下方加入了一段石梯，右侧一只中国古代传说中的天禄石雕及其延伸的影子，凸显了夜间天地和谐的景象；最后他又找到自己敬仰的老师俞平伯教授为他的诗集作序，俞平伯欣然提笔作序，称他的诗是"异军突起"。1933年8月，林庚的处女作诗集《夜》在老师们的关爱下终于问世了，集中收录了他1931年至1933年创作的自由体新诗43首，由开明书店总代售。从此，林庚一生都在诗坛上辛勤地耕耘着。随着年代的推移，他的处女作诗集《夜》更显得珍贵了。

甘走寂寞清贫之路的富家子弟

——靳以的第一部短篇小说集《圣型》

1924年15岁的章靳以进入天津南开中学读书，学校开明的风气感染着他，在老师的引导下，他如饥似渴地阅读了大量的新文学书刊。由于作文写得好，有一定的文字能力，老师让他在学校文学社团办的杂志《绿竹》编辑部做编辑与发行工作，他也时不时在杂志上写些小稿。由此对文学的兴趣越来越浓。

靳以是家里的的长子，父亲常年在东北沈阳、哈尔滨经营五金行生意，曾任沈阳交通银行行长，在天津置办了两个大四合院和一幢二层小楼的家产，是个阔绰的家庭。父亲望子成龙心切，对长子靳以要求非常严格，并为他设计好了人生道路。靳以人长得很帅气，着装很讲究，经常是西服革履，留着油光铮亮的三七开小分头，一副富家子弟的派头，谁见了都会说他将来准是个经商挣大钱的人才。1927年靳以高中毕业后，在父亲的要求下，考入复旦大学商学院国际贸易专业。虽然学了这个专业，但靳以对贸

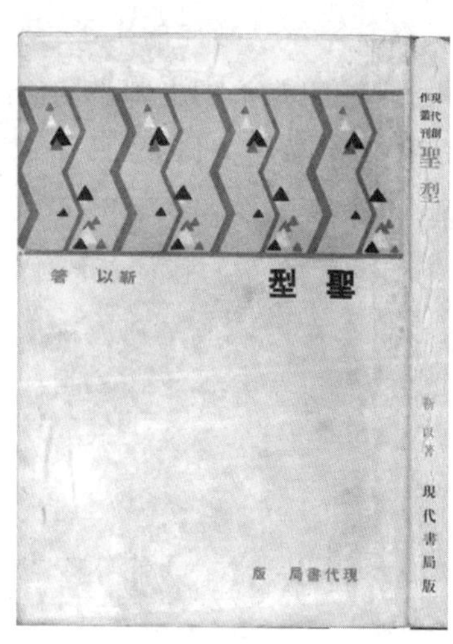

靳以《圣型》封面

易金钱一点兴趣都没有，他关注更多的是文学，大学二年级时，他开始尝试写诗，自认为是个诗人，但他写诗又不愿意让人看见，所以当诗情来时，他总是在深夜躲在被窝里偷偷地写，写完了藏在枕头下，第二天再悄悄地拿出来看，就这样写呀写的，有一天，他突然萌生了投搞的意念，把自己刚写好的一首较满意的诗歌《明天呵，明天……》，署上“章依”的笔名，寄给了《语丝》杂志，没想到没过多久，他的这首诗居然在《语丝》杂志第四卷 46 期（1928 年 11 月 26 日）上刊出了，兴奋的心情难以言表，他似乎感觉到了自己的潜力所在，接着他又写了几首诗寄出，也都发表了，就这样他文学创作的热情被点燃起来。他不停地写着诗歌，但黑暗不合理的社会现实，使他感到自己的感情倾吐已不是短短的诗歌所能容纳的了，他又做出了大胆的选择：抛开诗人头衔，进行小说创作。

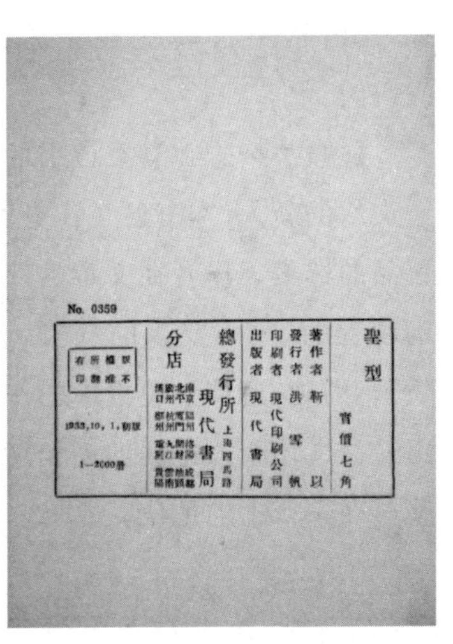
No. 0359
聖型
實價七角
著作者 靳以
發行者 洪雪帆
印刷者 現代印刷公司
出版者 現代書局
總發行所 現代書局 上海四馬路
分店 南京 北平 廣州 漢口 福州 廈門 杭州 鄭州 洛陽 開封 九江 重慶
1933,10,1,初版
1—2000冊
版權所有 不准翻印

靳以《圣型》版权页

1930 年 3 月，他的处女作短篇小说《偕奔》发表在《小说月报》上，正式开始使用“靳以”的笔名。1933 年 8 月，靳以在《现代》杂志第四期上发表了短篇小说成名作《圣型》，主要情节叙述了在北国城市哈尔滨，主人公“我”邂逅一位白俄女子玛丽安娜，虽然国籍、经历都不同，但同是“天涯沦落人”的命运使他们一起相处了几天。小说充满了异国风情，在读者中引起了极大的反响。靳以将这篇小说和近几年写的 8 个短篇小说，编成一个集子，以《圣型》为书名交给现代书局，于1933年10月初版，钱君匋为该书设计了封面，黄色的几何图形设计使这部作品集更具现代气息。这是靳以的第一部短篇小说集。作者的作品由手写体转变成铅字体，再由铅字体转变成正式出版物，你想年轻的靳以能不高兴吗?!

《现代》杂志在刊登该书的广告中介绍“……著者是近年出现于文坛的新人，本书便是作者四五年来陆续在各杂志上所发表的作品的选集。作者在文章的气质上，是以个人的浓重的情感来打动读者的，……罗曼的气氛，异域的题材，可说是作者文章的特质”。的确，这部小说集中的作品都是作者创作的精华所在，反映出这位文坛新人蓬勃的创作潜力，也就是这第一部作品集奠定了靳以在文坛上的地位。

文学爱侣的结晶

——萧军、萧红的处女作创作集《跋涉》

萧军和萧红是风靡20世纪30年代的一对情侣作家，他们在一起生活了六年，共同度过了相识相爱，追求理想，开创人生道路新起点的美好时光，虽然他们没有留下一儿半女，但留下了见证他们爱情的作品集《跋涉》，这部作品集也是他们初登文坛的纪念，遗憾的是作者自己也未留存。直到1946年，萧军重返哈尔滨时在书市买到了一本《跋涉》，睹物思人，感慨不已，后来他在书的扉页上写道："此书于1946年我再返哈尔滨时，偶于故书市中购得。珠分钗折，人间地下，一帧宛在，伤问如之。"

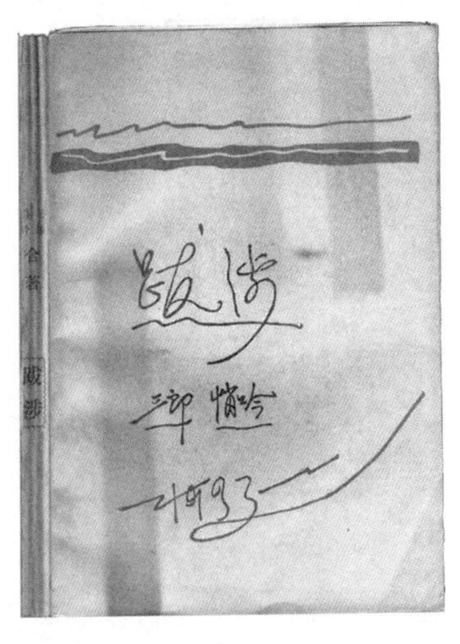

萧军、萧红《跋涉》封面(毛凵本)

1933年哈尔滨初秋的一个晚上，商市街一间闪着昏暗灯光的半地下小屋里，萧红依偎在萧军身旁，手里拿着一份长春出版的《大同报》，上面刚创刊的副刊《夜哨》登有萧红以"俏吟女士"笔名发表的小说《两个青蛙》，喜欢遐想的萧红对萧军说："三郎(萧军笔名)，我从五月到现在三个多月已在报上发表十来篇作品了，要是咱俩能出本合集该多好呀，可惜有哪家书店愿意给咱们这不知名的年轻人出书呢。”萧军摆出个大男人架势迎合道：“好啊，没关系，亲爱的，他们不给出，咱们自己出。”萧红笑着调侃：“出书要很多钱呢，你连洋车夫的五毛钱车费都付不起，到哪找钱去呀。”萧军答道：“咱们说做就做，明天我就去打听出书要多少钱，再找朋友想想办法。”

—1933．10—
跋涉
三郎　悄吟
——著——
1————1000册
版权所有
实价现洋五角
五画印刷社
—哈尔滨—

萧军、萧红《跋涉》版权页

第二天，萧军找到在《五日画报》社分销处工作的好友舒群询问出书的事情，他是中共地下党交通站的负责人，舒群告诉他自费出书很贵，大约需要五六十块钱。这可不是个小数，在当时够普通百姓家大半年的生活费了。萧军心想，几个月来萧红在写作上有了很大的进步，这让他感到无比的欣慰，出版合集也是他的意愿，因为这是他们相爱的见证，共同奋斗的果实，可经济上的捉襟见肘，每天都在为吃饭发愁，哪有闲钱出书啊，这让他陷入了两难的境地。舒群很理解同情他们的处境，答应帮忙想想办法，他在朋友圈里四处筹钱，穷朋友们都很理解萧军萧红的心愿，但是心有余而力不足，除陈幼宾拿出 10 元钱外，其他人也就凑了个三五块钱，这离出书的钱还差远了。为了扶植文学新人的成长，扩大左翼文化的影响，舒群在请示上级领导后从地下交通站的经费中拿出了 40 元钱，然后他找到《五日画报》社社长王岐山细说原委，王岐山很爽快地应承下来，说剩下的钱由画报社承担。

萧军非常感谢舒群为出书筹资所付出的努力，舒群出于党的纪律也无法说出实情，只能搪塞说是家里拿出的钱，多年后，舒群才对别人说："萧军一直说我帮助了他，其实应该说是'党'帮助了他，我哪来那么多钱?"萧红听到钱筹到可以开机印书的消息，高兴地蹦了起来，与萧军俩人立即开始挑选誊抄各自发表过的小说和散文作品，萧军挑选了六篇，萧红挑选了五篇，为了表达对萧军的爱意，萧红执意把一首情诗《春曲》放了进去，这样也是六篇。萧红给书起名叫《青杏》，以表明他们酸苦的经历，舒群及其他朋友认为还是叫《跋涉》好，能更好地表现作者的人生态度和书的内容。

《跋涉》一书终于开机印刷了，1933 年 9 月初的哈尔滨《国际协报》上刊登了一则广告"三郎、悄吟著之《跋涉》，计短篇小说十余篇，凡百余页。每页上，每字里，我们是可以看到人们'生的斗争'和'血的飞溅'给以我们怎样一条出路的线索。现在印刷中，约九月底全书完成"。好友金剑啸专门为书设计了封面，遗憾的是制版印刷工艺成本太高只能放弃，萧军自己题写了封面字。10 月初，萧军和萧红的小说、散文合集《跋涉》自费由五日印刷社印制完成，印数 1000 册，在商市街的小屋里，萧军和萧红手捧散发着油墨芳香的《跋涉》幸福地拥吻在一起。

《跋涉》自费出版因未经当局审查，属于非法出版物，且内容也是犯忌的，故书出了不久便被查禁销毁，流传下来极少，现堪称是稀有版本了。

革命现实主义的诗作

——蒲风的处女作诗集《茫茫夜》

蒲风作为20世纪30年代初中国诗歌会的骨干，以朴实豪放，富有激情的现实主义诗风对诗歌大众化、通俗化的发展做出了富有意义的探索，在左翼诗坛产生很大影响。

蒲风《茫茫夜》封面

1930年，19岁的蒲风在广东梅县老家加入了中国共产党，这年6月他来到上海，随后考入中国公学文史系，此时他已是个发表过几首诗作的文学青年了。1932年春，蒲风少年时期的同乡好友任钧从日本留学回到上海，任中国左翼作家联盟组织部长，并在“左联”创作委员会诗歌组从事文学活动。在任钧的介绍下，蒲风也加入了“左联”，在创作委员会诗歌组，蒲风结识了穆木天、杨骚等年轻诗人，他们经常聚在一起探讨诗歌的现状与发展，对当前无病呻吟、风花雪夜的颓败诗坛表示不满，主张捉住现实、歌唱新世纪的诗歌大众化运动。志趣相投的一帮热血青年说干就干，1932年9月，穆木天、任钧、杨骚、蒲风等人在“左联”创作委员会诗歌组基础上发起成立了中国诗歌会，宣传倡导革命现实主义的诗歌，推进诗歌大众化。蒲风全身心地投入到中国诗歌会的各项工作中，一直是积极的组织者和参与者，第二年初会刊《新诗歌》创刊后，蒲风担负了大部分组稿、编辑、印刷、发行等工作，还为杂志四处筹募经费，除此之外，他身体力行努力实践中国诗歌会的理论纲领，创作了不少深刻反映农村现实矛盾，歌颂农民惩恶扬善革命精神的诗篇，受到朋友们的称赞。

1933 年 6 月间，中国诗歌会在上海召开有各地分会代表参加的会议，河北分会的王亚平谈起他们在北平也办了个《新诗歌》杂志，只是缺乏稿件，希望得到上海总会方面的支持，蒲风把自己刚完成的长篇叙事诗《茫茫夜》交给了王亚平，《茫茫夜》很快就刊登在河北分会的《新诗歌》杂志上，这首诗通过在茫茫的黑夜中，相隔两地的母子借助风声相互对话的叙事形式，表现农民由无知走向觉醒的转变过程，对追求光明的农民形象鲜明地刻画，使这篇革命现实主义的代表诗作的确对当时萎靡不振的诗坛产生了非同小可的影响。

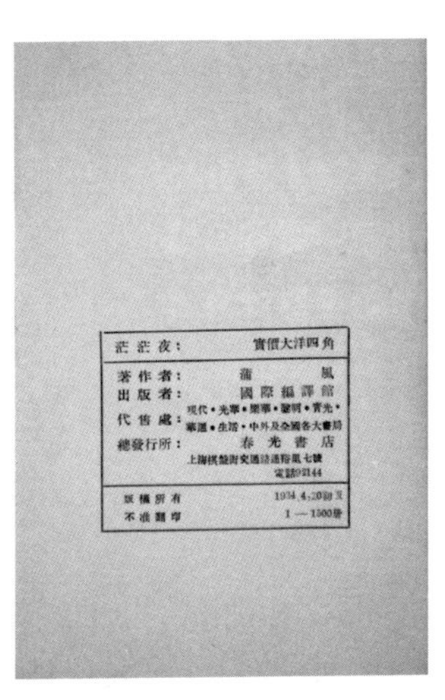
茫茫夜： 實價大洋四角
著作者： 蒲風
出版者： 國際編譯館
代售處： 中外及全國各大書局
總發行所： 春光書店
版權所有 1934.4.20初版
不准翻印 1—1500冊

蒲风《茫茫夜》版权页

1934 年 2 月，蒲风将自己 1927 年以来创作的 25 首诗作编就一个集子，好友任钧亲自为其作序，4 月，蒲风的第一部诗集《茫茫夜》由上海国际编译馆出版，春光书店发行，印数 1500 册。这部诗集是左翼诗坛的代表作品，同时蒲风也确立了在诗坛的地位。

1934 年 5、6 月间，国民党上海市党部成立了“图书杂志审查委员会”，颁布法令，以“宣传共产，危害民国”的罪名围剿查禁进步书刊，蒲风刚出版的诗集《茫茫夜》自然也在查禁之列。所以这本诗集现在存世已经很少了。

皖南农村风俗场景的绘画者

——吴组缃的第一部短篇小说集《西柳集》

吴组缃一生的创作并不多,只有两部短篇小说集,一部长篇小说。但他的创作很有力度,产生的影响也很大,是中国20世纪30年代著名的"乡土小说作家"。鲁迅、茅盾不仅对他的作品给予极高的评价,还把他的短篇小说《一千八百担》译介到国外去。

吴组缃少年时期就酷爱文学,1923年上中学时就开始写作小说,他的处女作短篇小说《不幸的小草》发表在当年的《民国日报》副刊《觉悟》上,具有强烈的反封建色彩。1929年考入清华大学经济系,此时21岁的他已是有妻儿的人了,不久他将妻儿接到北京,在离学校不远的西柳村安了家。清华的校风深深地感染着吴组缃,因喜爱文学,他一直盼望能见到大名鼎鼎的文学系主任著名作家朱自清,但始终没有机会,终于有一天他与朱自清不期而遇了。这是入校半年后的冬季,这天天气晴朗但十分寒冷,上午刚刚期末考完试的吴组缃和同学来到学校大礼堂门前的台阶上晒太阳,这里已聚

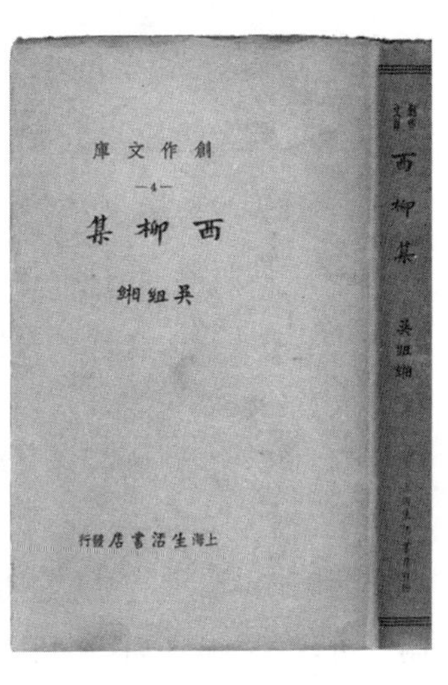

吴组缃《西柳集》封面(精装本)

集了近百名晒太阳的学生，刚考完试的年轻人一身轻松，免不了要做点恶作剧发泄一下，每见有人从这里走过，不知是谁带头喊起了“一二一，左右左”的口令，于是乎大家一起跟着喊了起来。走过此地的人不由自主地合着节拍走起了操练的步伐，最终只有狼狈而逃。学生们正开心地笑闹着。大路上又快步走来一个看似较年轻的男人，矮矮的个子，头戴一顶呢礼帽，身穿一身布长衫，脖子上围着一条淡米色毛围巾，学生们照例一起喊起了“一二一，左右左”，开始此人还不在意，但一会就明白了，慌乱中摘下礼帽向台阶上的学生们频频点头，满面通红地跑开了。旁边的同学告诉吴组缃此人就是文学系主任朱自清。啊！吴组缃怎么也没想到，这个如此年轻的人竟然就是朱自清，他还以为是高年级的同学呢，由此对朱自清的仰慕之情更添一筹。第二年暑假结束前，吴组缃为转入中国文学系来到文学系办公室办转系手续，朱自清坐在办公桌前，桌面四周都堆满了书，更显得他是如此的矮小，但他精神饱满一副严肃认真的样子，这还是第一次这么近距离地接触仰慕已久的大作家，吴组缃心情不免有些忐忑。朱自清非常仔细地看完吴组缃的成绩单，然后很平易淡定地说：“可以，我准许你。”并拿起钢笔在转系手续上签了字，这样吴组缃便成了朱自清门下的弟子。

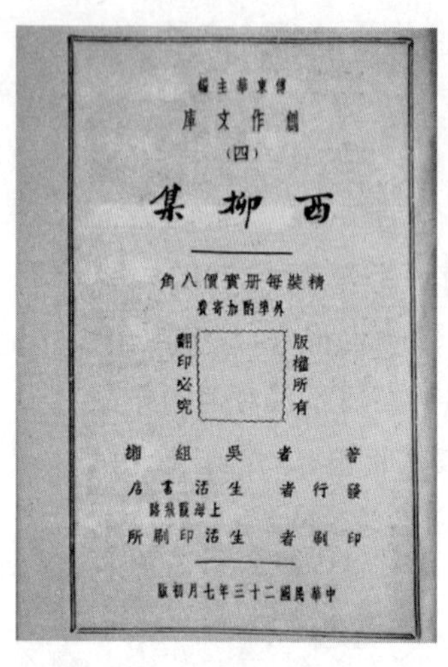
傅東華主編
創作文庫
（四）
西柳集
精裝每冊實價八角
外埠酌加寄費
版權所有
翻印必究
著者　吳組緗
發行者　生活書店
上海福州路
印刷者　生活印刷所
中華民國二十三年七月初版

吴组缃《西柳集》版权页

在清华读书期间，吴组缃小说创作进入到高峰期，他将笔触瞄向自己生活过的皖南农村，创作出了一篇篇具有浓郁乡土气息的小说。1934 年 7 月，上海生活书店出版了他的第一部短篇小说集《西柳集》，共收了 10 篇小说，集中作品展现了广大农民在急剧破产的农村中的生活现状，揭示了社会动荡不安的现实，具有鲜明的反封建色彩。尤其《一千八百担》《樊家铺》这两篇小说，就是揭示这一现实的代表作，当年发表时，产生了很大的影响。《一千八百担》叙述了宋氏家族的地主豪绅为争夺宗祠里的一千八百担积谷，丑态百出。作品从一个家族的崩溃写出了整个农村即将崩溃的现实。《樊家铺》构思巧妙，很有戏剧特色，它通过贫苦村姑线子与母亲之间的感情纠葛及母女自相残杀的悲剧，深挖了人际疏离、道德沦丧的社会根源，两篇作品都很发人深省。

从 20 世纪 40 年代开始，吴组缃主要从事教学工作，并进行古典文学研究，不再创作小说了，他的作品也慢慢被人淡忘。但历史记载着他那不抹去的功绩，这本《西柳集》是最好的见证。

奴隶社的非法出版物

——叶紫的处女作小说集《丰收》

奴隶社是20世纪30年代中期，左翼青年作家叶紫、萧军和萧红为出版自己的作品而在上海成立的一个文学社团，“奴隶”两字是萧军从《国际歌》中选的，他们计划出版一套《奴隶丛书》共10本，并得到鲁迅的鼎力支持。但各自出完一本后，由于“二萧”失和及经费问题就此夭折了。

1933年6月，叶紫在与陈企霞共同主编的《无名文艺》创刊号上发表了处女作小说《丰收》，以农民觉醒抗争的主题在当年集中反映长江三角洲“丰收成灾”这一畸形社会现象的作品中脱颖而出，被茅盾称为“精心结构的佳作”，这年他加入了“左联”。后来他又发了多篇反映农民抗租斗争走上革命道路的小说，很得鲁迅的赏识。

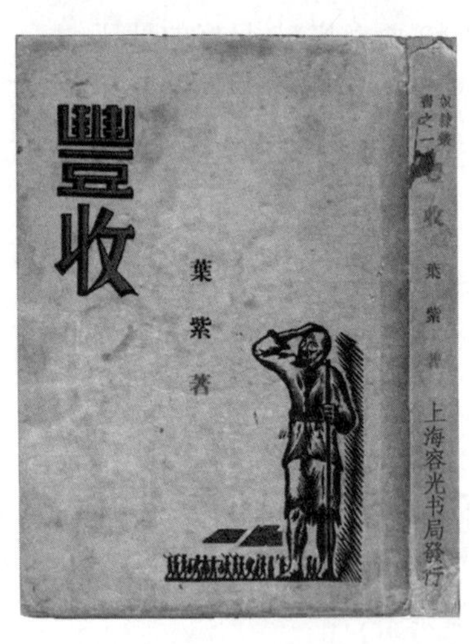

叶紫《丰收》封面

1934年秋，叶紫觉得自己发表的小说可以出本集子了，他把一年多来发表的六篇小说以《丰收》为名合成一集，鲁迅介绍上海美专学生黄新波为他设计封面及插图，黄新波的木刻版画画得很有特点，鲁迅非常看好他，黄新波很快为该书设计了封面并画了 11 幅木刻版画插图，可书的出版却成了问题，因书中的几篇小说都涉及敏感的政治问题，当时又正是当局审查图书出版最严的时期，所以没有哪家书局敢出版这本书，叶紫算了一下自己积攒的稿费决定自费印书。这年底，叶紫通过鲁迅结识了刚到上海的文学青年萧军和萧红，鲁迅委托叶紫多关照二萧，很快他们就成了无话不谈的朋友，叶紫得知他们俩各自创作的长篇小说即将完稿后，便鼓动他们一起自费出丛书，这样可以壮大声势扩大影响，这对于初出茅庐的年轻人来说不失为一个好的建议，萧军和萧红很爽快地答应了。

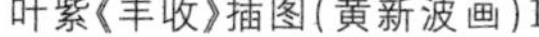

叶紫《丰收》插图(黄新波画)1

叶紫《丰收》插图(黄新波画)2

奴隶社就这样成立了，鲁迅也非常赞同这个名字，他认为："这奴隶，是受压迫者，用来做丛书名，是表示了奴隶的反抗。"萧军和萧红抓紧时间修改各自的小说稿，叶紫继续为出版小说集四处奔跑联系印刷所，几番周折终于通过黎明书店的编辑丁镜心联系到一家叫民光印刷所的，人家还挺好心，答应印刷费和纸钱先交定金，剩下的可以赊账，待书卖出去再还上。于是小说集悄悄地在民光印刷所排版开印了，印刷所告诉叶紫，印出来的书必须得有书局的名字，否则不能在书店里卖，叶紫说："这好办，编造个书局名不就行了，上海现在书局有上百家，他查也查不过来。"1934 年 3 月，由奴隶社出版，容光书局发行的《奴隶丛书》第一本书叶紫的短篇小说集《丰收》印出来了，看版权页上该有的都有了，看不出任何破绽，但这是本不折不扣的非法出版物，没有经过当局的审查，书局又是虚拟的，可它了却了一个进步文学青年的心愿，在那民不聊生的年代让读者看到了希望与光明，鲁迅在为《丰收》作的序中写到"这里的六个短篇，都是太平世界的奇闻，而现在却是极平常的事情。因为极平常，所以和我们更密切，更有大关系"。

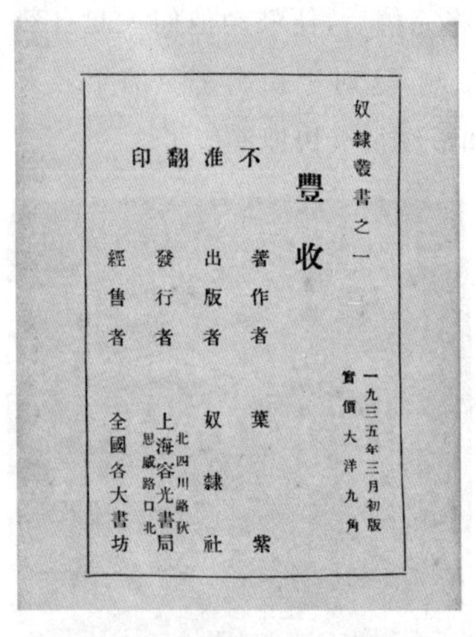
奴隸叢書之一

豐收

一九三五年三月初版
實價大洋九角

不准翻印

著作者 葉紫
出版者 奴隸社
發行者 上海容光書局（北四川路狄思威路口北）
經售者 全國各大書坊

叶紫《丰收》版权页

鲁迅为书的销路积极想办法，很快《丰收》就放到了黎明书店和内山书店的柜台上，随后，萧军和萧红如法炮制，于当年的 8 月、12 月出版了《奴隶丛书》之二《八月的乡村》与之三《生死场》。一年的时间，《丰收》销路不错，叶紫还清了所赊的账目并收回了成本，应读者的要求，1936 年 3 月叶紫再版了《丰收》，仍然热销，叶紫又于 5 月和 9 月二次加印《丰收》，由此可以看到读者对《丰收》的喜爱。时过境迁，现在《丰收》可能很少有人去问津了，但它留下的历史痕迹是永远抹不掉的，它的价值也是无法用金钱去衡量的。

红蓼花开放出的诗人

——王亚平的处女作诗集《都市的冬》

王亚平是中国诗歌会的骨干诗人，他响应中国诗歌会的号召，先后发起组织了中国诗歌会河北分会和青岛分会，积极创办新诗刊物，并且身体力行，发奋诗歌创作，在20世纪30年代为中国诗歌大众化运动的发展做出了贡献。

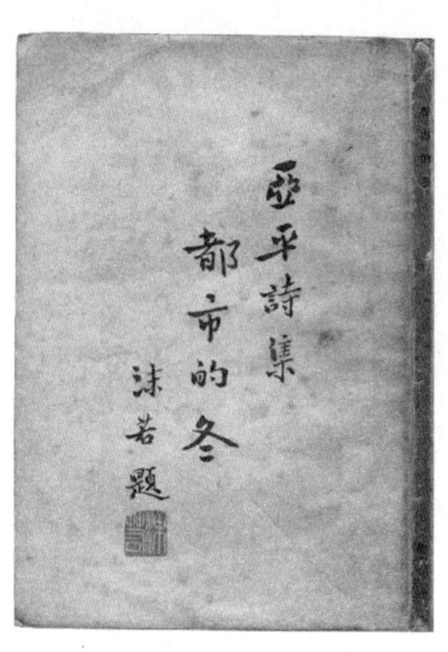

王亚平《都市的冬》封面

王亚平的文学起步于1924年在河北邢台省立第四师范学校学习期间，那时，19岁的王亚平受“五四”新文学的影响，狂热地爱上了诗歌创作，他不停地写并四处投稿，连功课都耽误了，老师和同学说他真有点中魔怔了。然而寄出去的诗作永远是杳无音信，他很不服气，心想，你们不给我刊登我自己刊登，他把自己认为写得不错50首小诗工工整整地抄写下来装订成册配上封皮，并给这小诗集起了个非常好听的名字《红蓼集》，因为时值中秋，学校墙外流淌的古老的牛尾河两岸开满了成片成片的红蓼花，他喜欢这野生无拘束自然生长的植物，开出的花不艳丽娇贵，朴实而富有耐性，很符合自己的个性，他愿做这百花丛中的一员，这就是他诗歌梦的起始。

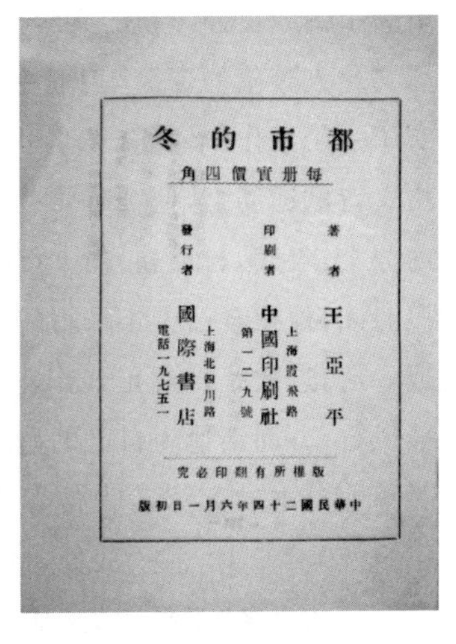
都市的冬

每册實價四角

著者 王亞平

印刷者 中國印刷社 上海霞飛路第一二九號

發行者 國際書店 上海北四川路 電話一九七五一

版權所有翻印必究

中華民國二十四年六月一日初版

王亚平《都市的冬》版权页

1931年“九·一八”事变后，全国各地都开始了抗日救亡的爱国主义运动，声援东北军民英勇抗击日本侵略者。在天津塘沽任小学国文教员的王亚平应邀来往于北平天津两地，与北平诗友袁勃等人一起创办刊物，积极参加抗日救亡运动。1932年9月，上海在“左联”领导下成立中国诗歌会的消息传到了北平，王亚平非常认同中国诗歌会倡导的革命现实主义的诗歌创作主张，他立即找袁勃、曼晴、左琴琳娜等人商量，大家一致表示愿意加入中国诗歌会，并希望能成立中国诗歌会河北分会，以便更广泛地发展联系北方的诗友。大家推举王亚平执笔写信给上海中国诗歌会提出申请，中国诗歌会负责联络工作的蒲风马上复信答应了他们的请求。就这样，中国诗歌会河北分会很快成立起来了，王亚平作为主要负责人把大部分精力投入到制定分会章程，设计诗歌研究大纲，发展会员等会务方面，不到半年时间就有七八十人入会，王亚平仿效上海总会也创办了《新诗歌》杂志，作为分会的会刊，团结了平津一带的诗人。上海总会非常赞赏王亚平的才干，蒲风与王亚平在频繁的通信中关系越来越密切，蒲风代表作长诗《茫茫夜》就刊登在河北分会的《新诗歌》上。

因宣传反帝反封建进步思想，1934 年夏秋之交，当局查封了北平的《新诗歌》杂志，王亚平、袁勃也被列入黑名单，北平是呆不下去了。为了开辟新的文学天地，王亚平与袁勃于这年七月来到了文化人聚集的青岛，王亚平被青岛黄台路小学聘为教务主任，有了一份工作作依托，王亚平把主要精力放在开展大众化的现实主义诗歌运动上，他征得上海总会同意，又成立了中国诗歌会青岛分会，年底，与袁勃、劫夫创办了大型诗歌刊物《诗歌季刊》。这段时间，他把自己十年来写的诗翻出来整理了一下，选出 34 首集成一册，这次是真要正式出本诗集了，他写信给刚到日本不久的蒲风，一方面请他为自己的诗集作序，另一方面想请他帮个忙，能否请在日本的郭沫若为他题写个诗集名，这两件事蒲风都办到了，1935 年 5 月，蒲风从日本寄来了他为诗集作的序和郭沫若亲笔题写的书名"亚平诗集《都市的冬》"，另外还请黄新波、段干青等木刻家为诗集作了几幅木刻插图。1935 年 6 月，上海国际书店正式出版了王亚平的第一部诗集《都市的冬》。

铁流中涌出的文学军魂

——丘东平的第一部小说集《沉郁的梅冷城》

丘东平是20世纪30年代活跃在文坛上的军旅作家。他16岁加入共产党,大革命时期参加过广东海陆丰农民起义,30年代初投身国民革命军第19路军,赴上海参加了“一·二八”淞沪抗战,抗日战争中又参加了新四军,并牺牲在抗日战场上,年仅31岁。他的作品多与军事题材有关,在当时国民党统治区的左翼文坛是独树一帜的。

1932年“一·二八”淞沪战役后,英勇抗击日寇的19路军被调到福建去剿共,时任78师159旅旅长秘书的共产党员丘东平毅然离开部队来到香港,他与同从部队回来的陈灵谷一起,把在“一·二八”淞沪抗战期间他们共同编印的战时周刊《血潮》汇编成册出版。此时,丘东平开始以自己的亲身经历写起小说来。1932年8月,他与陈灵谷创办了《新亚细亚》综合月刊,宣传抗日救国主张,并在创刊

丘东平《沉郁的梅冷城》封面

号上刊登了自己表现广东海陆丰农民运动的处女作小说《梅冷之春》。9 月，丘东平来到上海，在左翼文学圈内为《新亚细亚》第三期月刊组稿，不久《新亚细亚》月刊被香港英当局查禁。丘东平决定留在上海从事文学创作，他又一篇反映海陆丰农民运动的小说《通讯员》得到“左联”负责人周扬的赞赏，1932 年 11 月，刊登在周扬主编的《文学月报》上，这篇小说让丘东平一举成名，他由此加入了“左联”。

初版日期　民國廿四年九月
發行者　韓振業
出版者　天馬書店（上海北江西路海寧路北三六八號）
定價　實售大洋二角正
（奉中宣會圖書雜誌審查委員會頒給審字一九六七審查證）

丘东平《沉郁的梅冷城》版权页

丘东平刚入“左联”就办了件露脸的事，1932 年 11 月，在刊登丘东平小说《通讯员》的《文学月报》1 卷 4 期上，还刊登了署名“芸生”的一首长诗《汉奸的供状》，矛头直指当时左翼文坛论战的对象，所谓的“第三种人”《文化评论》主编，同济大学教授胡秋原，诗中有“你这汉奸——真是混账——当心，你的脑袋一下就会变做剖开的西瓜……”等等辱骂、恐吓之类的语言。当时的文委书记冯雪峰看了很不高兴，认为这违反了我党团结的策略，他找到周扬建议在下期《文学月报》上予以纠正，周扬不同意，于是二人争吵起来。冯又去找鲁迅评理，鲁迅也反对这种过激的做法，写了篇《辱骂和恐吓决不是战斗》，刊登在 1932 年 12 月出版的《文学月报》上，对这种流氓文风进行了批评。这在左翼文化圈内引起了不同反响，只有 22 岁性格率真的“左联”新人丘东平对鲁迅的文章很不以为然，认为这是不讲原则的和稀泥做法，于是写了篇为“芸生”长诗辩护，批评鲁迅的文章，他找阿英、田汉等人征求意见，得到了他们的认同，稍作修改后并愿意一起署名发表该文，丘东平又找到广东同乡，时任《现代文化》杂志编辑的祝秀侠，也得到了同样的支持。1933 年 2 月，《现代文化》1 卷 2 期发表了祝秀侠、田汉、阿英、丘东平四人联名的文章，题为《对鲁迅先生的〈辱骂和恐吓决不是战斗〉有言》，攻击鲁迅带有“极浓厚的右倾机会主义的色影”。这篇文章只有丘东平用了真名，其他三人都用的是化名。鲁迅很反感这篇文章，瞿秋白等人出面批评了这几个左翼青年不利于团结的做法，从此丘东平的名字在左翼文坛人人皆知。

1935 年春，上海天马书店准备编辑出版一套《天马丛书》，由“左联”盟员尹庚主编，尹庚自然没有忘记“左联”中年轻有才华，兢兢业业写作的丘东平，因当时当局书刊审查制度很严格，丘东平挑选了《沉郁的梅冷城》《麻六甲和神甫》《十枝手枪的故事》三篇时间地点很模糊的反映大革命后革命形势的短篇小说，集成一个集子，以《沉郁的梅冷城》为名，1935 年 9 月由天马书店编入《天马丛书》第 19 种出版。

杂文大家的第一部作品集

——聂绀弩的处女作短篇小说集《邂逅》

聂绀弩被称为文坛奇人，一是指他的文才奇特，他的杂文被认为是“继鲁迅之后的杂文第一人”，他的小说被称为20世纪三四十年代“乡土文学的佳作”，他的旧体诗古怪而又美妙，被称为“我国千年传统诗歌里的天外彗星”；二是指他的经历传奇，他早年加入国民党，考入黄埔军校第二期，是周恩来的学生，参加了国共合作的第一次东征，又赴莫斯科中山大学留学，与邓小平、蒋经国等同学，曾任国民党中宣部总干事，中央通讯社副主任，后又加入共产党，参加左翼作家联盟，成为鲁迅的得意门生，到延安与毛泽东闲谈，在新四军军部工作期间，为陈毅和张茜牵线做媒促成姻缘。

聂绀弩《邂逅》封面

聂绀弩的创作起步于20世纪30年代初，1933年7月，聂绀弩与胡风等人从日本回国到上海，即参加了上海反帝大同盟和中国左翼作家联盟的活动，成为“左联”理论研究委员会的成员，与此同时他开始尝试小说创作。1934年3月，国民党汪精卫改组派在上海办的《中华日报》聘请聂绀弩做编辑，聂绀弩利用汪精卫与蒋介石之间有矛盾，该报言论较为自由的缝隙，趁机创办了副刊《动向》，为进步作家在反文化围剿的斗争中又提供了一个重要阵地。鲁迅不断地有杂文在《动向》上发表，聂绀弩也在《动向》上发表了一系列文化批判杂文，他开始与鲁迅有了交往，常向鲁迅请教创作问题。1934 年 4 月间，聂绀弩把写好的一篇小说《金元爹》寄给鲁迅征求意见，这篇小说讲述了老实憨厚，穷得讨不起老婆的贫农金元爹，总盼望命运能时来运转交好运，可最终希望破灭，逼上梁山，走上了革命道路的故事。鲁迅读后感觉前边写得不错，结尾太牵强，缺乏逻辑性，因为按金元爹性格发展趋向不可能很快走上革命道路，鲁迅建议割掉这条“光明的尾巴”，聂绀弩欣然接受了建议。

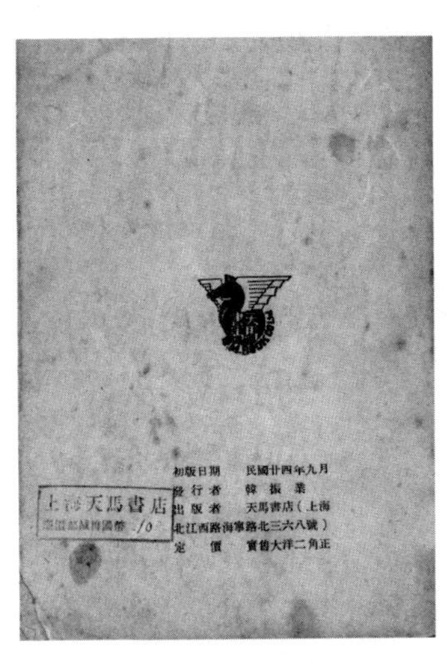
初版日期　民國廿四年九月
發行者　韓振業
出版者　天馬書店（上海北江西路海寧路北三六八號）
定價　實售大洋二角正

上海天馬書店

聂绀弩《邂逅》版权页

1934 年下半年，在国民党当局的白色恐怖文化围剿中，上海天马书店主持编辑工作的“左联”盟员楼适夷、叶以群相继被捕，左翼出版工作陷入了困境。此时，刚被营救出狱的“左联”闸北区支部组织委员、“左联”作家尹庚不顾危险毅然承担了天马书店的编辑工作。1935 年 6 月，尹庚在鲁迅指导下开始主编出版一套《天马丛书》，专门出版左翼进步作家的作品。聂绀弩正好有《邂逅》《走掉》《金元爹》三篇新近创作并经鲁迅提过修改意见的小说，这样他的短篇小说集《邂逅》作为《天马丛书》第 24 种于 1935

年 9 月由天马书店出版，这就是聂绀弩的第一部作品集。《天马丛书》由著名书籍装帧家陈之佛整体设计，共出了 30 种，每本书的封底都印有一个天马书店的标识，这也是陈之佛设计的，马为黑色，像儿童乘坐的木马。在马身上画有两个翅膀，在马身上写有“天马书店”之名，马身的弧形下写有天马书店的英文名。这一标识颇有天马行空的意思，寓意着这套丛书就像天马一样驰行名扬天下。

“擂鼓诗人”的处女作诗集

——田间的诗集《未明集》

田间是中国现代诗坛上一位杰出的诗人，是时代成就了他的才华。他对诗歌界的最大贡献是抗日战争中在延安首创了“街头诗”“枪杆诗”，以鼓舞广大军民奋起抗战，在当时起到了巨大的作用。如他的名篇《义勇军》“在长白山一带的地方，/中国的高粱正在血里生长。/ 大风沙里/ 一个义勇军/ 骑马走过他的家乡，/ 他回来：/ 敌人的头，/ 挂在铁枪上！ /”他的诗就像擂起战鼓的鼓点，枪膛里射出的子弹，简捷明快、热情奔放，使广大抗日军民振奋，让日本侵略者丧胆。所以毛泽东称他为“擂鼓诗人”，闻一多称他为“时代的鼓手”。

田间《未明集》封面

田间原名童天鉴，17 岁以前都生活在家乡安徽无为县农村，父亲是个经营木材生意的小商人，家境还算可以。在田间 6 岁时，父亲请来一位私塾先生为田间启蒙，几年下来，田间熟读诗经、唐诗，并学写改良体新诗，做对子，显示出对诗歌的灵气。有一次，田间在放牛时，因看书着迷，牛跑到别人家的稻田里踩坏了庄稼，父亲让私塾先生惩罚田间，这是要打板子的。私塾先生对田间说，这样吧，我出个对子，你要能对上来，就不打你板子。于是他出了个上联“天鉴(田间原名)放牛牛下田间稻被践”，田间琢磨了好一会，忽然想起他放羊的小伙伴阮仲，马上接出“阮仲牧羊羊进园中菜遭踏”，私塾先生大喜，自然免除了打板子的惩罚。父亲也是个喜欢读书的人，他陆陆续续买了三四千册书刊，线装书、古典小说、现代白话小说，专门在家腾出一间屋子存放这些图书，这无形为田间提供了一个安静的读书场所，在这里他几乎翻遍了所有的书。田间在农村度过了他童年少年时代的生活，傍晚骑着老牛下山让它在池塘边饮水，常与祖母一起提着篮子到园子里摘瓜豆，还和长工一起睡在打谷场的窝棚里，闻着稻谷的清香，这些都成了创作的源泉与素材，他十五六岁就开始写诗了。

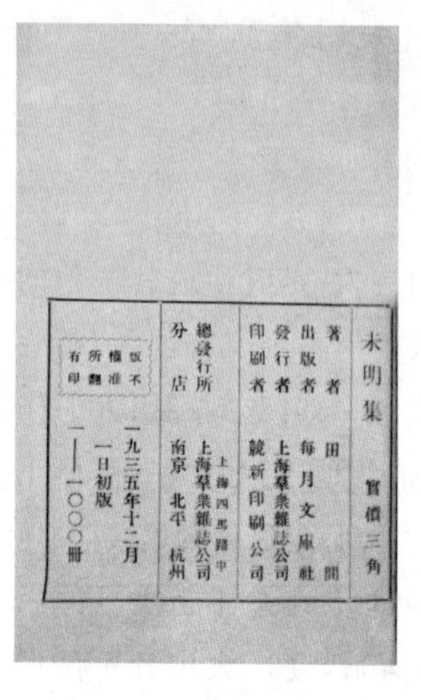

未明集 實價三角

著者 田間

出版者 每月文庫社

發行者 上海雜誌公司

印刷者 競新印刷公司

總發行所 上海雜誌公司 上海四馬路中

分店 南京 北平 杭州

一九三五年十二月一日初版

一——一〇〇〇冊

版權所有 不准翻印

田间《未明集》版权页

1933 年，17 岁的田间考入了上海光华大学外文系，读书期间，他不擅交往，除与几位诗友知己探讨诗的技巧外，只知道埋头作诗。他在探求新诗歌的创作道路，他要为大众写诗，为人民写诗，接着，《母亲的泪》《逃荒者》《黎明的歌》等一首首反映劳苦大众生存现状的诗篇不断地见诸报刊，不久，他加入了中国左翼作家联盟，成为“左联”盟员。当时东北沦陷，国难当头，民不聊生，抗日救国的风潮燃遍了上海，满腔热血的田间自然也投入到这个潮流之中，1935 年创作的《怒吼吧，中国》《北方，不永远是黑的》等诗篇更充满了战斗的气息。

这年12月，田间的处女作诗集《未明集》由上海每日文库社出版，上海群众杂志公司发行，印数1000册。这年他刚19岁，诗集中收集了三四年间创作的诗歌，主要是描写农民、工人、士兵苦难的命运，对他们给予了深切的同情，也反映了作者对社会的反抗情绪。在语言上他崇尚民歌的风格，追求诗歌的大众化，所以他的早期诗作朴实纯真，朗朗上口，没有什么虚无飘渺的成分，正像他自己说的那样："没有狂语，诚实的灵魂，解剖在草纸上。"当时左联宣传部长王淑明为诗集作序热情地介绍田间的诗。胡风在读完这本诗集后感慨良多，他回想起两年前曾邂逅田间的情景：一身学生制服装，光光的头圆圆的脸，那略带稚气的眼神中透着温顺的光泽，使这个沉默寡言的小伙子身上平添了几分沉稳，是个不惹人眼的平常人。胡风在评《未明集》时写道："这些充满战斗气息独特风格、表现着感觉的新鲜和印象的小诗，难道是那个17岁的少年写的吗？"《未明集》出版没多久，就被国民党当局查禁了。

悲哀与忧伤的歌手

——丽尼的第一部散文集《黄昏之献》

丽尼是 20 世纪 30 年代文坛著名的散文家、翻译家，在原创作品集未问世前，他已出版了两本翻译作品了。他的散文文笔不事雕琢，细腻委婉，行文受外来影响，思绪跳跃，以散文诗的形式抒发忧郁感伤的情调，很受青年读者的喜爱，他仅有的三本散文集都是 30 年代由上海文化生活出版社出版的。虽然他以后主要从事翻译与教学工作，不再写作散文，但他的散文可以说是在现代文学史上留下了重重的一笔。

丽尼《黄昏之献》封面

命运的磨难让丽尼过早地尝尽了人生的苦果，他忧郁的内心世界始终都有着梦一般的期盼。1932 年，丽尼携新婚不久的妻子许严从南京来到上海后，一直租住在亭子间里过着清贫的生活，他参加中国左翼作家联盟的活动，并翻译小说在报刊上连载，或写些散文赚点稿费以补家用，平时只能买三分钱一斤的雪里蕻，连买包烟的钱都很难挤出来。

1934年底，丽尼翻译法国作家纪德的中篇小说《田园交响曲》在《大众小说》杂志连载完了，他想出单行本，跑了几家出版社都碰了钉子。一天晚上，他来到好友吴朗西（上海《漫画生活》杂志编辑）家商量办法，吴朗西认为只有自己办出版社才是出路，可哪有经费呀！此时坐在一旁的吴朗西的新婚妻子柳静开口问道："300元够不够？"吴朗西接道："太够了，这可不是个小数，别说大话，你去偷呀？！"柳静转身从柜橱里拿出一个小红布包，打开一看整300元。吴朗西惊呆了，心想，结婚时用钱都紧紧巴巴的，平时也都是节衣缩食的过日子，想不到我这小媳妇还有笔私房钱。柳静说："这是我父母给的一笔钱，放着也没啥用，你们拿去办出版社出书用吧。"吴朗西情不自禁地冲上去抱着柳静一通狂吻。他们当即拍板决定成立出版社，就叫文化生活社，仿照国外综合性丛书的形式，以《文化生活丛刊》名义出书，第一炮一定要打响，吴朗西想起留日的同学伍禅从日本买回来的一本美国评论家史蒂尔写的《第二次世界大战》，这本书肯定有卖点，立即请之江大学的许天虹将英文原著翻译过来。1935年5月，《第二次世界大战》和《田园交响曲》作为《文化生活丛刊》的第一批图书问世了，由此，文化生活出版社也算正式开张了。

有版權
平裝實價三角 精裝實價四角五分

黃昏之獻
麗尼作

刊行者
文化生活出版社
上海昆明路德安里二十號
印刷者
三一印刷公司
上海昆明路七九七號
特約經售處
開明書店
上海福州路
四川特約經售處
成都開明書店

巴金主編
文學叢刊
第一集
共十六冊

路 茅盾 長篇
故事新編 魯迅 短篇
神鬼人 巴金 短篇
八駿圖 沈從文 短篇
團圓 張天翼 短篇
珠落集 靳以 短篇
雀鼠集 魯彥 短篇
南行記 艾蕪 短篇
分 何穀天 短篇
飯餘集 吳組緗 短篇
羊 蕭軍 短篇
短劍集 鄭振鐸 論文
黃昏之獻 麗尼 散文
雷雨 曹禺 劇本
以身作則 李健吾 劇本
魚目集 卞之琳 詩集

中華民國二十四年十二月初版

丽尼《黄昏之献》版权页

为了进一步扩大出版社业务，吴朗西除了向时在上海的鲁迅、茅盾等名作家约稿外，还向在日本的好友巴金也发出了约稿信，并诚请巴金出任文化生活出版社总编辑。巴金欣然接受，于1935年8月下旬从日本回到上海，即投入文化生活出版社的工作，并着手编辑《文学丛刊》。巴金一直非常喜欢丽尼的散文，前两年还曾把丽尼的散文推荐给北平的《文学季刊》和上海的《文学》月刊发表。这次巴金自然要把丽尼的散文集编入《文学丛刊》，在巴金的要求下，丽尼整理筛选出自己的散文56篇，巴金尤为喜欢《黄昏之献》这篇纪念亡友的那种悲凄深挚情调，"散文集就叫《黄昏之献》吧？"巴金编校完散文后问丽尼，丽尼痛快的答应了。1935年12月，丽尼的第一部原创散文作品集《黄昏之献》被编入《文学丛刊》第一集，由文化生活出版社出版。

中国话剧舞台上的惊雷

——曹禺的处女作剧本《雷雨》

1934年7月，曹禺的第一部剧本《雷雨》刊登在北平出版的《文学季刊》第三期上，这让曹禺感到无比的兴奋，然而他更加关注的是这个剧本何时能搬上舞台，因为剧本不像小说、散文、诗歌那样可以在平面纸张上赏读，而是要把它变成立体舞台的形象才能体现其艺术价值，所以他仍是怀着忐忑不安的心情默默地期盼着。

这年的暑假后，曹禺来到天津河北女子师范学院任教，一晃到了第二年初，也没见哪个剧团找上门来要演出《雷雨》，是《文学季刊》发行得不好，或是读者不喜欢这个剧本，还是……曹禺胡乱猜想着，3月初，他应邀到北平参加老师王文显教授的话剧《委曲求全》公演及座谈会，在会上结识了中国旅行剧团团长唐槐秋，唐槐秋告诉曹禺，他刚看完《雷雨》的剧本，觉得是个非常好的本子，决定要把它搬上舞台，希望曹禺能把国内的首演权交给中国旅行剧团，曹

曹禺《雷雨》封面(精装本)

禺非常爽快地答应下来，因为有这样一个职业剧团来演这部剧，效果肯定差不了，中国旅行剧团很快就投入了排练。

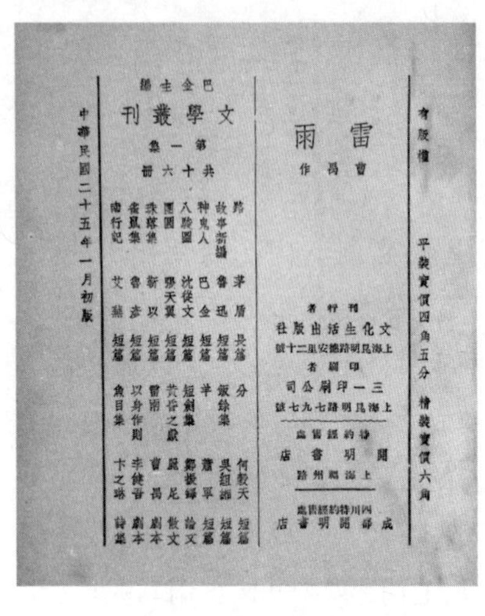
有版權
平裝實價四角五分　精裝實價六角
雷雨
曹禺作
刊行者
文化生活出版社
上海昆明路德安里二十號
印刷者
三一印刷公司
上海昆明路七九七號
總經售處
開明書店
上海福州路
四川特約經售處
成都開明書店
巴金主編
文學叢刊
第一集
共十六冊
路　茅盾　長篇
故事新編　魯迅　短篇
神鬼人　巴金　短篇
八駿圖　沈從文　短篇
團圓　張天翼　短篇
珠落集　靳以　短篇
雀鼠集　魯彥　短篇
南行記　艾蕪　短篇
分　何穀天　短篇
飯餘集　吳組緗　短篇
羊　蕭軍　短篇
短劍集　鄭振鐸　論文
黄昏之獻　麗尼　散文
雷雨　曹禺　劇本
以身作則　李健吾　劇本
魚目集　卞之琳　詩集
中華民國二十五年一月初版

曹禺《雷雨》版权页

曹禺返回天津不久，便接到了一封来自日本东京的信，是留日学生杜宣、吴天写来的，信中说，他们非常喜欢《雷雨》这个剧本，决定把它搬上舞台，现在留日学生组织的中华话剧同好会正在抓紧排练中，由于剧本太长的缘故，他们不得已删去了序幕和尾声，希望曹禺能理解。曹禺太高兴了，这不到一个月的时间，居然国内国外都要演出他的《雷雨》，他立即复信表示欢迎他们演出，还就《雷雨》谈了他的创作思想，同时也对删去序幕和尾声表示惋惜。正当曹禺沉浸在兴奋与喜悦之中，北平传来了坏消息，中国旅行剧团在排练《雷雨》接受当局审查时，被斥之“有伤风化”“渲染乱伦”，禁止上演，并把演员都抓进警署拷打逼供，非让他们承认是共产党不可。曹禺感到很郁闷，得，墙内开不成花只能墙外开了。

1935 年 4 月 27 日，话剧《雷雨》由中华话剧同好会在日本东京神田一桥讲堂首次公演，连演三天，在留日学生中反响强烈。这年临放暑假前，天津市立师范学校校友会孤松剧团导演吕仰平(曾任南开新剧团导演)找到曹禺，提出要排演《雷雨》，曹禺积极支持并到排练现场协助导演，8 月 17 日晚，孤松剧团在天津市立师范学校礼堂演出话剧《雷雨》，连演两场，这次演出被称为国内首演。演出当天，曹禺专门把唐槐秋从北平叫来观看，因为孤松剧团毕竟是业余剧团，所以首演权应该属于专业剧团的，况且天津市政府并没有禁演此剧，在曹禺的鼓动下，10 月 12 日，中国旅行剧团移师天津在新新电影院首次公演话剧《雷雨》获得成功，演出水平与效果自然超过了孤松剧团，媒体好评如潮，这样也算完成了首演权的协议。

其实业余剧团演出《雷雨》的，孤松剧团并非第一家，早在 1934 年 10 月，济南女子师范学校的六一剧社，就在校内演出了《雷雨》，1935 年 1 月，她们又借用山东省立剧院连演两场，浙江上虞春晖中学也曾于 1934 年 12 月在本校演出过《雷雨》，然而这些演出都是小范围的，演出水平不高，没有产生太大的影响。真正把《雷雨》炒火的还是中国旅行剧团，1936 年 4 月 30 日，中国旅行剧团在上海卡尔登大戏院公演《雷雨》一炮走红，观众完全为剧情所倾倒，许多人连夜排队买票，本来剧院勉强同意连演十天，一看这架势，立即找唐槐秋商量续演事宜，这样，《雷雨》在卡尔登大戏院连演了三个月，轰动了整个上海滩，评论界给予极高的评价，全国各剧团纷纷排演《雷雨》，可以说 20 世纪 30 年代中期的戏剧舞台进入了《雷雨》时代。

巴金接任上海文化生活出版社总编辑后，就开始编辑《文学丛刊》第一集，他紧赶慢赶地于 1936 年 1 月出版了《雷雨》单行本，随着《雷雨》演出的成功，曹禺的处女作剧本《雷雨》也成了畅销书。

聪明好学的贫苦青年

——萧乾的处女作小说集《篱下集》

萧乾出身于城市贫民家庭，在他出生前一个月父亲就去世了，七岁时又丧母，一直过着寄人篱下的生活，靠打工挣钱读完小学和中学。在颠簸流浪的生活中靠教书挣学费考取了大学，又凭借自己的努力跻身于文坛，成为京派文学圈中最年轻的一员，后又成为著名的记者。他的人生轨迹充分证明了聪明好学与勤奋努力是他成功的重要因素。

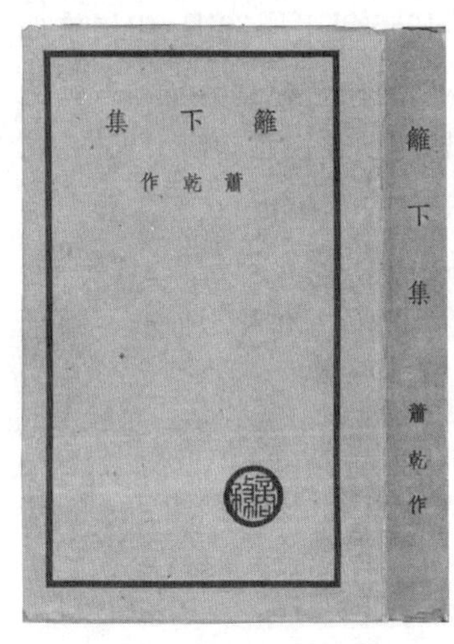

萧乾《篱下集》封面（精装本）

众所周知，萧乾文学起步的老师是沈从文。的确，沈从文对萧乾是投入了十二分的欣赏和十二分的热情，他几乎是手把手地教萧乾怎样写小说，帮他修改小说，萧乾的第一篇短篇小说《蚕》就是经沈从文之手刊发在《大公报》副刊上的，不仅如此，沈从文还把萧乾带入北平文学圈，成为林徽音“太太客厅”的常客，萧乾的第一部短篇小说集《篱下集》也是沈从文推荐给商务印书馆的，其中的12个短篇，大部分倾注了沈从文的心血。沈从文在《篱下集·题记》中写到：“他的每篇文章，第一个读者几乎全是我。他的文章我除了觉得很好，说不出别的意见。”对沈从文的提携之恩萧乾是感激万分，他很尊重老师，但他不愿意让老师为自己花费太多的精力，他认为让别人帮助改文章，自己会觉得脸红，会觉得犯了罪，所以他暗自下决心“日夜咬住牙，想拼着写一篇用不着他动笔改的文章”。说到底，他不愿意别人搀扶着走路，他要自立行走。

沈从文非常看好萧乾，虽然他们之间有很大差别，但沈从文认定萧乾将来能有出息，所以仍不余遗力地帮助萧乾，这点他在《篱下集·题记》中写得很清楚，“他所学的或同我所学的完全是两样的东西，他的政治思想或与我的极其冲突，那不碍事，我仍然觉得这是个朋友，这是个人。我爱这种人也尊敬这种人。这种人也许野一点，粗一点。但一切伟大的事业伟大作品，就是这类人有份。”尽管如此，沈从文还是把萧乾看作是与自己同类的乡下人，希望萧乾永远做个乡下人。可到头来，萧乾并未成为乡下人，他也不可能成为乡下人，因为他与沈从文走的是完全不同的路。

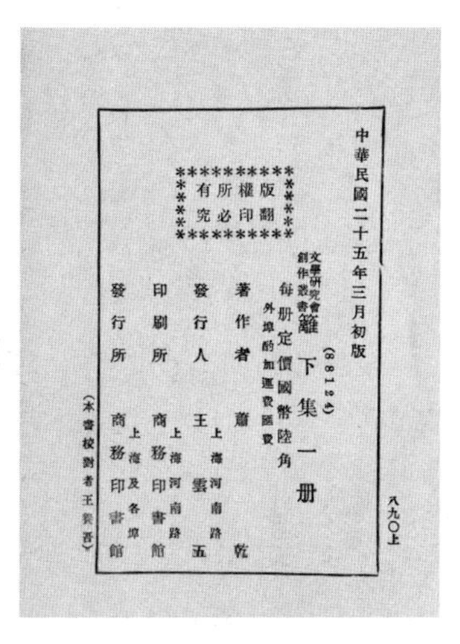
中華民國二十五年三月初版
(88124)
文學研究會創作叢書 籬下集一册
每册定價國幣陸角
外埠酌加運費匯費
版權所有 翻印必究
著作者 蕭乾
發行人 王雲五 上海河南路
印刷所 商務印書館 上海河南路
發行所 商務印書館 上海及各埠
(本書校對者王裴吾)
八九〇上

萧乾《篱下集》版权页

1948年，郭沫若发表权威文章《斥反动文艺》把沈从文和萧乾分别定为“桃红色作家”与“黑色作家”，沈从文从此退出文坛埋头考古，萧乾则以《土地回老家》《在土地改革中学习》等长篇特写与心得文章成为新时代的鼓手，此后二人基本上疏于往来，直至“文革”后断绝交往。其实也没有什么激烈冲突，不过是道不同不相为谋罢了。沈从文去世后，萧乾立即写了怀念恩师的文章，表达了学生对老师的尊崇心情。

邮政捡信工的文学尝试

——唐弢的处女作杂文散文集《推背集》

唐弢在他60年的文学生涯中笔耕不辍，著作等身，在晚年仍奋笔写作《鲁迅传》，遗憾的是到临终前只写出了10万字，仅完成全书计划的三分之一。唐弢与鲁迅有着解不开的情缘，他是读着鲁迅的文章走入文坛，文风像鲁迅，得到鲁迅的赞赏，他的第一本作品集也是在鲁迅的积极奔走下得以出版的。

1933年初，上海《申报》副刊《自由谈》在新任主编黎烈文改版下，开始登载思想进步、针砭时政的散文和杂文，许多左翼作家常在上面发表文章，鲁迅发表的最多，且经常变换笔名。一时间，《申报·自由谈》成为上海街头热卖的报纸。当时年仅20岁的邮局捡信工唐弢也是《自由谈》的热心读者，他虽然只有初中二年级的文化程度，但一直酷爱文学，《自由谈》触发了他创作的冲动，5月底，他写了第一篇散文《故乡的雨》寄给《自由谈》，没想到几天后居然登出来了，真给劲儿。主编黎烈文非常喜欢这个

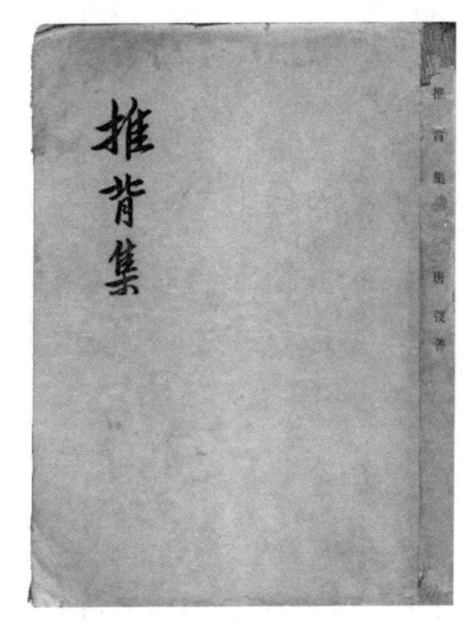

唐弢《推背集》封面

文学青年的文笔，鼓励他继续写下去，从此唐弢便成了《自由谈》的撰稿人。他更钟爱短小精悍的杂文写作，不断地以“唐弢”名字在《自由谈》发表杂文，笔风犀利，以揭露国民党的御用文人丑恶嘴脸为主，这个陌生的名字被人误认为是鲁迅的笔名，招的那些御用文人纷纷写文章攻击鲁迅，但唐弢的文章仍不停地出现在《自由谈》《火炬》《太白》《新语林》《人间世》《读书生活》等报刊上，鲁迅后来与唐弢开玩笑说：“唐先生做文章，我替你挨骂哩。”因为鲁迅曾经用过“唐俟”的笔名，鲁迅安慰唐弢：“那不相干，他们总是要骂的，骂鲁迅是他们的公事，不骂就会失业的。让他们骂吧。”

推背集

中華民國二十五年三月初版
中華民國二十五年三月發行

實價國幣六角（郵費另加）

著作者 唐弢
發行者 郭激
印刷者 天馬書店

總發行所 上海河南路[illegible]富里內五十五號 天馬書店
分發行所 各省特約所 各大書坊

唐弢《推背集》版权页

到了1935年4月，唐弢将自己两年来写的85篇杂文和散文集成一个集子，想找家出版社出版，可当时杂文这类书一般出版社都不肯出，一来招事非，二来卖不出钱。唐弢想到了鲁迅，于是他给鲁迅写信请求帮助介绍家出版社，鲁迅很快与生活书店编辑部主任傅东华取得了联系，并让唐弢直接把书稿寄给傅东华。就在这时，生活书店发生了一件事，1935年5月4日，该书店出版的《新生》周刊上刊登了一篇《闲话皇帝》的文章，说是触犯了日本天皇，引起日本政府的不满，6月上旬日本驻上海总领事馆向中国政府提出抗议，要求查封《新生》周刊、惩办该刊主编和作者、惩办图书杂志审查委员会、撤换上海市长、国民党中宣会和国民政府公开道歉。国民政府慌成一团，一个劲地请罪道歉，经过一番讨价还价，除未撤换上海市长外，其他条件都一一照办，同时对上海出版物的限制更加苛刻了。鉴于此种情况，生活书店把书稿退还给了唐弢。

等到1935年的下半年，“《新生》事件”风波过去后，鲁迅又托好友陈望道将唐弢的书稿转交给了天马书店，就这样1936年3月，唐弢的第一部杂文散文集《推背集》由上海天马书店出版。现在存世不多的初版本《推背集》在网上的拍卖价格3000元人民币，可见此书的珍贵了。

获《大公报》文艺奖金的小说集

——芦焚的处女作小说集《谷》

芦焚也就是后来的师陀，是20世纪30年代北平作家群中的后起之秀，1936年5月，上海文化生活出版社出版了他的第一本短篇小说集《谷》，一年后这部小说集获得了《大公报》文艺奖金的桂冠，这对初涉文坛的芦焚来说不能不是件幸运的事，但此事又让他难受纠结了一番。

说起《大公报》文艺奖金，这是1949年以前唯一的一次全国性的文学奖项，小说集《谷》(芦焚)、戏剧《日出》(曹禺)、散文集《画梦录》(何其芳)三部作品荣登榜首，虽说这三部的确是名符其实的好作品，受之无愧，然而这一奖项揭晓以后，在文学圈内却反应平平，并未引起什么连带的轰动效应。原因就在此次评奖貌似全国性的，实际上从评委到获奖作品的作者绝大部分都是北平作家群的人，现在许多专家学者也都质疑这个奖项是“带

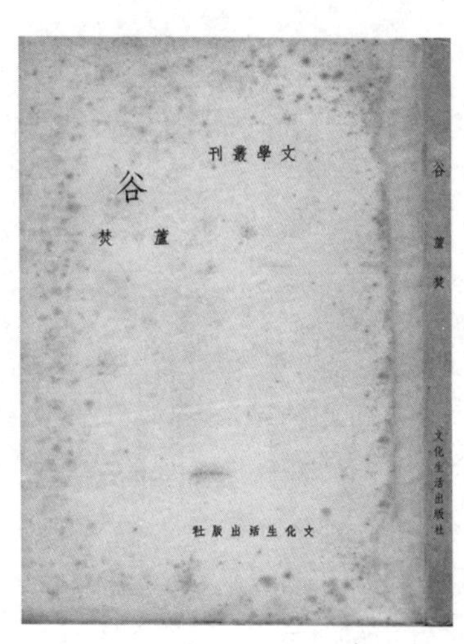

芦焚《谷》封面(简装本)

有京派色彩的一项评奖”，“是京派文人行使的文化权利”。从大的方面说是这样的，其实这里面还有更深的隐情，那就是时任《大公报》文艺副刊编辑，此次奖项的操作人萧乾有借此平台炒作自己，炒作朋友巴金之嫌。

1936 年 4 月，萧乾由天津被派到上海筹备沪版《大公报》创刊事宜，9 月 1 日的《大公报》刊登了《本报复刊十周年纪念举办科学及文艺奖金启事》，这是萧乾在老板支持下一手策划的，萧乾负责文艺奖金的具体工作，接着 10 月 10 日的《大公报》又刊出了《大公报科学文艺奖金章程》，最开初，萧乾的想法与做法是积极公允的，但随着事情的进展就有些变味了。

首先是萧乾开列出一个文艺奖金裁判委员的十人名单，主要是平沪两地的重要作家，他们是：杨振声、朱自清、朱光潜、叶圣陶、巴金、靳以、李健吾、林徽因、沈从文及武汉的凌叔华，这阵容确实无可挑剔，可这绝大多数都是萧乾所在的北平作家群中的显赫人物，这些人中有些是有恩于萧乾的，叶圣陶、巴金、靳以虽身居上海，但他们与北平作家群交往很密切，而且巴金是萧乾的好友。当时有的委员也对名单提出了异议，上海作家群中也颇有微词，可名单还是无缘于上海作家群和左翼作家群，这一阵容的确给萧乾长了不少脸。

其次从获奖作品的作者来看，他们都是北平作家群中的生力军，是《大公报》的忠实作者，他们的许多作品都是经萧乾之手刊发的，芦焚的小说创作起步于《大公报》文艺副刊，何其芳的作品也是常出现在《大公报》文艺副刊，尤为过分的是 1936 年 10 月，曹禺的《日出》刚一出版，萧乾就在《大公报》文艺副刊上用整版篇幅对《日出》进行立体化的大讨论，接着又以整版刊发曹禺有关

《日出》的文章，这是此次评奖活动中萧乾精心策划的一出重头戏，后来这三位作家一直对萧乾心存感念。

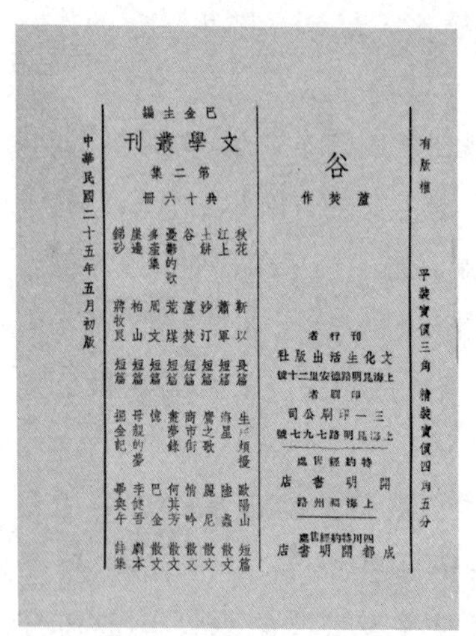
有版權

平裝實價三角 精裝實價四角五分

谷

蘆焚作

刊行者 文化生活出版社 上海昆明路德安里二十號

印刷者 三一印刷公司 上海昆明路七九七號

特約經售處 開明書店 上海福州路

四川特約經售處 成都開明書店

巴金主編

文學叢刊

第二集

共十六冊

秋花 靳以 長篇
江上 蕭軍 短篇
土餅 沙汀 短篇
谷 蘆焚 短篇
憂鬱的歌 荒煤 短篇
多產集 周文 短篇
崖邊 柏山 短篇
錦砂 蔣牧良 短篇
生死煩擾 歐陽山 短篇
海星 陸蠡 散文
鷹之歌 麗尼 散文
商市街 悄吟 散文
畫夢錄 何其芳 散文
憶 巴金 散文
母親的夢 李健吾 劇本
掘金記 畢奐午 詩集

中華民國二十五年五月初版

芦焚《谷》版权页

再有就是三部获奖作品统统是巴金编入《文学丛刊》第二集中的作品，并由巴金任总编辑的上海文化生活出版社出版，这种巧合是不是也太巧了，的确巴金自 1935 年底开始编辑《文学丛刊》以来，以敏锐的目光慧眼识金，发现扶植了不少文学新人，出版了许多好作品，这是毋庸置疑的，可此时的文化生活出版社和《文学丛刊》还处在初创阶段，正是需要扩大影响的时候，所以这三部作品获奖，无疑是为巴金本人及文化生活出版社和《文学丛刊》起到了极佳的宣传效益。聪明的萧乾又做了件一举两得的事。

此次评奖活动从 1936 年 9 月 1 日刊发“启事”到 1937 年 5 月 15 日公布获奖名单，历时八个月，由于裁判委员们分散于各地，所以没有集中开过会，而是由委员们各提出三个候选作品寄给萧乾，萧乾汇总后再分寄给各委员，这样以通信的方式经过几轮投票产生的结果，萧乾一个人以他聪明的才智面对十个委员做得很到位，得到委员们的夸奖。可评选揭晓后，并没有得到上海作家群和左翼作家群的认同，他们对作品本身得奖没有什么异议，而是对举办此次评奖活动的《大公报》与萧乾颇不以为然，认为这不过是他们闹着玩的小伎俩罢了。

无怪乎,当时在上海的芦焚拿到《大公报》颁发的340元文艺奖金后,心中忐忑不安,熟思之后想出个进退之策,便给靳以和巴金写了封信,并附上致《大公报》的感谢信,告知,上海和北平近来如无特别不近情理的言论,就请代我投邮,否则商请文化生活社代拨340元给大公报馆。看来得了《大公报》文艺奖金的芦焚心里并不轻松,只能偷着乐了。

追随左翼文学旗帜的作家

——蒋牧良的处女作短篇小说集《锑砂》

蒋牧良是20世纪30年代左翼文坛上十分活跃的青年作家，说实在蒋牧良的文学起步不算早，30岁以后才发表作品，但他起跑的速度非常惊人，一年多的时间，就发表了20多篇短篇小说和一部中篇小说。1936年5月，上海文化生活出版社出版了他的第一部短篇小说集《锑砂》，列入《文学丛刊》第二集。

蒋牧良从小在湖南农村长大，家庭贫穷，15岁就到矿山当职员，曾在长沙雅礼大学读过预科，后在湘西军阀部队里混了五年，因不愿随部队去围剿红军，于1930年春离开部队，考取了国民政府军事委员会南京训练总监部的司书职位，在南京国民政府的军政部门做些抄抄写写的工作，打发着枯燥乏味的日子。1932年下半年的一天，蒋牧良看到报纸副刊上刊登的征稿启事，稿费从优，兴趣所致，便写了两篇散文投寄过去，没想到竟然被选作优秀文章登了出来，他很得意自己具有的文学才能。没

蒋牧良《锑砂》封面

过几天他接到这家报社打来的电话，打电话的人是在这家报纸副刊帮助工作的知名左翼作家张天翼，张天翼发现了蒋牧良的文学潜质，想约他见面谈谈。第二天晚上，他们在鼓楼附近的一家小饭馆见面，一聊才知道都是湖南同乡，距离一下就拉近了，张天翼鼓励蒋牧良从事文学创作，他介绍了上海左翼作家联盟的情况，说那里云集了来自全国各地的著名作家和富有才华的进步文学青年，有着很浓的文学氛围。这对蒋牧良来说完全是个新鲜奇特的环境，他恨不得马上就进入到这个环境中去。

1933年春，蒋牧良辞掉工作带着妻儿随张天翼来到上海。在上海的亭子间里开始了他的文学起步，最初他写小说很拘谨，写的东西深度不够，张天翼就带他去参加“左联”组织的小说讨论会，或带他到“左联”青年作家们聚会的场所一起讨论创作问题，这样在张天翼及许多左联青年作家的热心帮助下，蒋牧良受益匪浅，茅塞顿开，创作大有长进，这年终于让他有了次露脸的机会。当时发生在1932年的“丰收成灾”这一社会现象，自被茅盾小说《春蚕》揭露以来一直是左翼和进步文坛普遍关注的创作主题，以反映这类题材的许多文学作品纷纷出现在报刊杂志上。此时蒋牧良也顺潮流而动，尝试以这类题材为本创作了短篇小说《高定祥》，寄给了曾刊发茅盾《春蚕》的大型文学刊物《现

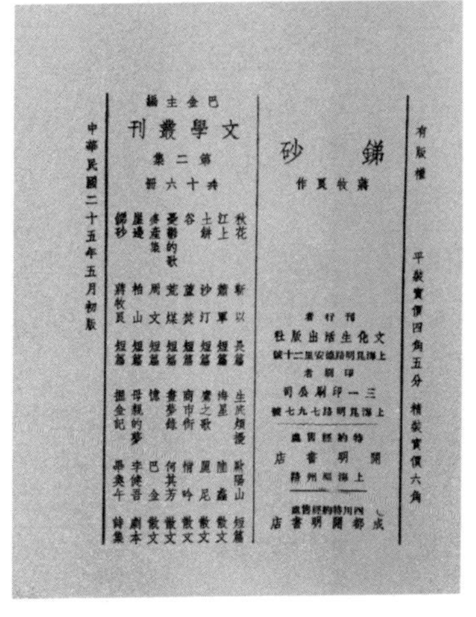
有版權
平裝實價四角五分 精裝實價六角
錑砂
蔣牧良作
發行者
文化生活出版社
上海昆明路德安里二十號
印刷者
三一印刷公司
上海昆明路七九七號
特約經售處
開明書店
上海福州路
四川特約經售處
成都開明書店
巴金主編
文學叢刊
第二集
共十六冊
秋花 靳以 長篇
江上 蕭軍 短篇
土餅 沙汀 短篇
谷 蘆焚 短篇
憂鬱的歌 荒煤 短篇
多產集 周文 短篇
崖邊 柏山 短篇
錑砂 蔣牧良 短篇
生死煩擾 歐陽山 短篇
海星 陸蠡 散文
黄昏之歌 麗尼 散文
商市街 悄吟 散文
畫夢錄 何其芳 散文
憶 巴金 散文
母親的夢 李健吾 劇本
掘金記 吳奚如 詩集
中華民國二十五年五月初版

蒋牧良《锑砂》版权页

代》,1933年11月,《现代》杂志四卷一期刊登了蒋牧良的短篇小说《高定祥》,编者施蛰存称《高定祥》是从二三十篇同类稿件中精心挑选出来的,因为这是同类来稿中最完美的一篇。这番话对蒋牧良是多大的鼓励呀,此后他的创作进入了旺盛期。

由于蒋牧良的阅历较丰富,所以他创作的小说题材较为广泛,虽然没有什么跌宕起伏、惊心动魄的情节,但能在短短的生活片断中揭露出尖锐的社会矛盾。1935年8月,巴金由日本回到上海就任文化生活出版社总编辑后不久,就发现了蒋牧良独特的小说艺术视角,让他选了8篇小说编成一个集子,列入该社即将出版的《文学丛刊》第二集。

文坛上一颗闪烁的星

——陆蠡的处女作散文集《海星》

说起陆蠡的散文，在文学圈中没人不竖起大拇指，称其为散文写作高手。的确他的散文真是别具一格，可以说是晶莹剔透，妩媚芬芳，在诗意般的旋律中蕴涵着深邃哲理，读起来可感受到一种纯情率真的艺术魅力。

陆蠡在大学学的是机械工程专业，毕业后没找到合适的工作，因精通几门外语，一直在上海做些编译类的临时工作以补贴家用。1932 年冬，陆蠡随高中时的同窗好友吴朗西一起来到福建泉州平民中学任教，坐落在闽南小城泉州的平民中学，是一些安那其主义者为实现无政府主义理想而创办的学校，在这里师生人人平等，友爱互助，没有等级之分，只分男女生宿舍，

陆蠡《海星》封面(精装本)

吃住都在一起，没有雇工，师生们轮流值日做杂务打扫卫生，大家在一起为追寻共同的理想过着既简朴又温暖的大家庭生活。吴朗西教国文课，陆蠡教理化课，他们参加了学校办的泉州语文学

社，课余时间与师生一起出版壁报、弹琴作画、编演话剧，陆蠡为人低调，貌不惊人，身材瘦小，话语不多，只是埋头认真做事。学校平等友爱、热烈活跃的气氛时时感染着他，他常有感而发，提笔写出一些内容精炼，极有抒情韵味的小散文来给周围的师生们看，大家都非常喜欢，随后这些短而精的散文便成了师生们聚会时朗诵的保留节目。

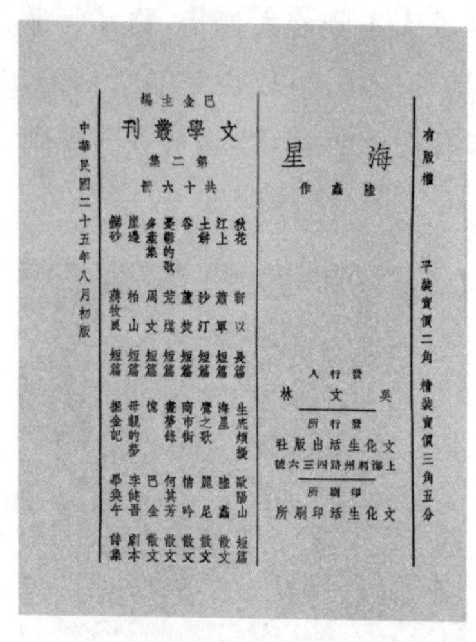

有版權

平裝實價二角 精裝實價三角五分

海星

陸蠡作

發行人 吳文林

發行所 文化生活出版社 上海福州路四三六號

印刷所 文化生活印刷所

巴金主編

文學叢刊

第二集

共十六冊

秋花 靳以 長篇 生底煩擾 歐陽山 短篇
江上 蕭軍 短篇 海星 陸蠡 散文
土餅 沙汀 短篇 霧之歌 麗尼 散文
谷 蘆焚 短篇 商市街 悄吟 散文
憂鬱的歌 荒煤 短篇 畫夢錄 何其芳 散文
多產集 周文 短篇 憶 巴金 散文
崖邊 柏山 短篇 母親的夢 李健吾 劇本
銻砂 蔣牧良 短篇 掘金記 畢奐午 詩集

中華民國二十五年八月初版

陆蠡《海星》版权页

1933 年 5 月，巴金由上海到泉州平民中学看望朋友并与陆蠡相识，在一周的时间里，巴金与陆蠡一见如故，成了无话不谈的朋友，这年 8 月开始。在巴金帮助下，陆蠡陆续在报刊上发表了几篇散文。1934 年 6、7 月间，因学生闹风潮，当局查封了平民中学，学校停课，陆蠡不得不离开学校又返回上海，在立达学园谋得理化教员一职。1935 年 5 月，吴朗西与丽尼等人在上海筹办了文化生活出版社，陆蠡辞去教职过来做编辑和翻译工作，8 月下旬，巴金应吴朗西邀请从日本回来就任文化生活出版社总编辑。在日常工作中，陆蠡埋头做事，不求人知，组稿、编稿、会计、校对、跑印厂以及一些杂务工作他都抢着干，他为人谦和，对朋友至诚至义，经常与巴金在办公室里聊至深夜，巴金了解陆蠡的才华，希望他能出本散文集，可每当提及此事，陆蠡总是嘿嘿一笑说：“工作太忙，没有时间写。”巴金用带有强制性的口吻对他说："时间以我到出版社的一年为限，那时你必须出本散文集。"陆蠡仍抱以嘿嘿一笑。在巴金的推动下，陆蠡的散文不断出现在《水星》《作家》等杂志上。

1936年8月，巴金主持文化生活出版社正好一年，这个月，陆蠡的第一本处女作散文集《海星》被编入《文学丛刊》第二集，由文化生活出版社出版，薄薄不足百页的一本集子收散文25篇，最短的散文只有百余字，但篇篇是精品，《海星》出版后，立即引起文坛的广泛关注。巴金很有眼光，他坚信这部集子的生命力，特意印制了一部分蓝色布面精装本，现在看到的这本《海星》精装本是巴金保存下来的，虽已过去近80载但依然完好如初，睹物思人，我们不能不怀念这本书的作者——当年文坛上闪烁的星辰。

现代派都市诗歌的代表

——徐迟的第一部诗集《二十岁人》

20世纪80年代，徐迟以《哥德巴赫猜想》等报告文学作品为广大读者所熟悉，孰不知他在半个世纪前的30年代就已是现代诗派中非常活跃的诗人了，他18岁开始诗歌创作，一生发表诗作近300首，仅30年代就发表近百首。22岁出版第一部诗集，成为都市诗歌的代表。

徐迟是以诗歌创作步入文坛的，1932年在北平燕京大学旁听期间迷上了写诗，暑假返回家乡浙江南浔后一边自学英语，一边开始埋头诗歌创作，四处投稿不见回音，但他仍然锲而不舍。1933年5月间，他终于收到了来自上海《现代》杂志的一封退稿信，信是主编施蛰存亲笔写的“不要失望，再寄。蛰存五月四日”，短短的几个字着实让徐迟激动不已，因为半年多来，他往各个报刊投稿N多次，从来没人搭理他，这是他收到的唯一一封退稿信，还是主编亲自写的，虽然稿件没被采用，但信中鼓励的话语给予了

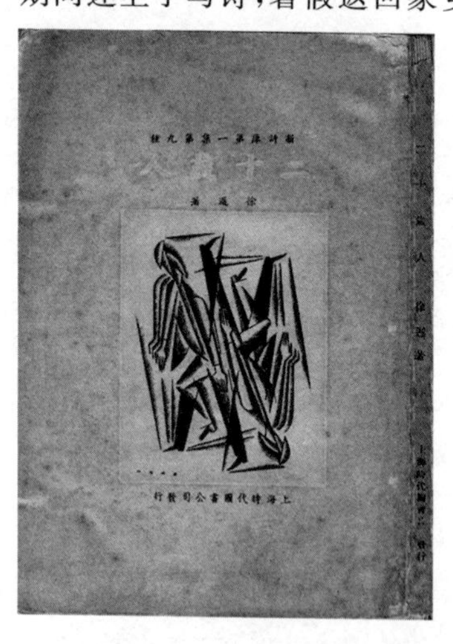

徐迟《二十岁人》封面

徐迟极大的动力，此时他正准备赴北平报考燕京大学，想借此机会到上海见见他早已闻名的大作家施蛰存。6月他来到上海，斗胆敲开了《现代》杂志编辑部的门，没想到大作家施蛰存是个二十多岁的青年人，衣着朴素，态度谦和，举止沉稳。他们聊得很投机，施蛰存也非常喜欢这个身材高挑，西服革履，充满青春活力的小伙子，所以尽其所能地向徐迟介绍了许多自己创作中的经验教训，建议他多读或试着翻译些英美诗人的诗歌，从中去体味西洋诗歌的内涵，对自己从事诗歌创作会有帮助，这使徐迟受益匪浅。施蛰存又带他来到商务印书馆外文部，徐迟买了本美国诗人林德赛原版的《林德赛诗选集》，施蛰存希望徐迟好好看看，可以试着翻译几篇诗作。徐迟到北平顺利地考取了燕京大学，这年12月他翻译林德赛的150行的长诗《圣达飞之旅程》刊登在《现代》杂志上。随后他又在1934年1月出版的《矛盾》杂志上发表处女诗作《寄》(外五首)，此后不断有诗歌、散文在报刊上发表。

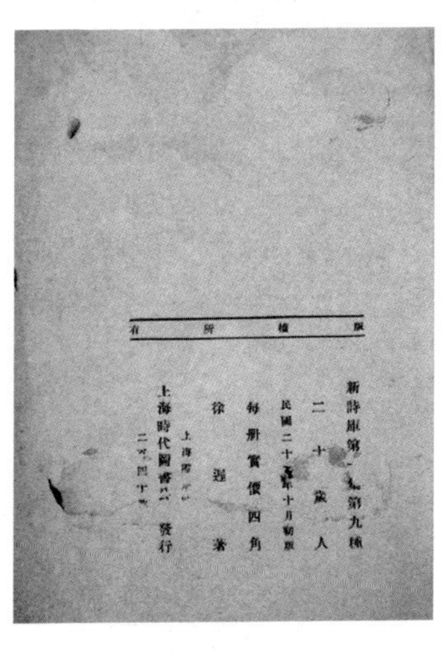
版權所有

新詩庫第一集第九種
二十歲人
民國二十[illegible]年十月初版
每冊實價四角
徐遲著
上海時代圖書[illegible]發行

徐迟《二十岁人》版权页

但凡诗人都是浪漫多情，徐迟也不例外，尤其是1934年暑假他从苏州东吴大学英文系退学回到家乡南浔，先后在南浔高小和南浔中学任教，他清秀的脸庞，瘦高的个子配上合体的淡米色西装显得格外的俊朗，经常见他双手插在口袋里，要么边走边吹口哨，要么就是与教堂的爱尔兰牧师一起散步用英语聊天，自然洒脱，精力充沛，完全一副另类青年的派头，在当地十分引人眼球，自然受到女青年的青睐。徐迟在 1937 年 1 月与陈松结婚以前的四年时间里数次坠入情网，其中有他大学的同学，有他执教南浔高小和南浔中学的同事，也有他教的学生，最后选定的陈松就是他教的初中二年级学生。不言而喻，这几年的情史是他诗歌创作的源泉与动力，这期间他的诗歌创作进入到高峰期，很快靠向现代派的诗风，结识了戴望舒、金克木、路易士等诗友。

1936 年夏，徐迟应戴望舒邀请来到上海求发展，并协助戴望舒筹办《新诗》杂志，这年 10 月，徐迟的处女作诗集《二十岁人》，由上海时代图书公司出版，被列为邵洵美主编的《新诗库丛书》第一集第九种，集中共收 54 首诗作，这部诗集问世后，立即引起了诗坛的注意，徐迟就像诗作《二十岁人》中所写的那样"我来了，二十岁，/ 年青，年轻，明亮又健康。……/ 挟着网球拍子，哼着歌：/ MENUETING，ROMANCE INF……/"带着蓬勃的朝气，以欢快的步伐步入现代诗派的行列。

牢狱中诞生的诗人

——艾青的处女作诗集《大堰河》

艾青被称为中国诗坛的泰斗，一生创作诗集20多部，在国内外文坛上享有很高的声誉。然而要知道是监狱的生活促使他走上了诗歌创作的道路，他是在监狱中完成了一个绘画者向诗人的角色转换，他的诗作发表与诗集出版也经历了一番曲折。

1932年7月，刚从法国巴黎学习绘画回国的艾青（本名蒋海澄）来到上海才两个月，就被逮捕了，原因就是因为参加了共产党领导下的中国左翼美术家联盟，与几个朋友发起组织了“春地美术研究所”，举办“春地画展”，结果以“聚众闹事，危害民国”的罪名被判六年徒刑锒铛入狱。

艾青《大堰河》封面（毛口本）

在失去人身自由的铁窗生活中，画画是不可能的事了，艾青静下心来慢慢地梳理起纷乱的思绪，反思自己所走过的人生路，诅咒黑暗不平等的社会，回忆童年的时光，思念养育他成长的乳娘，他觉得以诗歌的形式把这些想法和思想表达出来，比画几幅画更有意义，仗着留法期间阅读了

艾青《大堰河》插图一

许多欧洲现代象征派诗歌及尝试诗歌创作的底子(他的处女作诗歌《会合》以“莪伽”的笔名,1932年7月发表在左翼刊物《北斗》2卷3、4期合刊上。),他开始利用有限的笔和纸在昏暗的牢房里写起诗来。

1933年4月初的一天,律师沈钧儒为营救之事前来探监,艾青便托他将自己刚写好的两首诗《大堰河——我的保姆》和《芦笛》带出去转交给宋庆龄的秘书李又然(艾青旅法期间的好友),请他找家杂志发表。李又然把诗稿寄给了施蛰存、杜衡主编的《现代》杂志,面对艾青的两篇诗稿,编者更偏好《芦笛》,一是该诗具有较强烈反叛意识,有现代派诗风;二是诗行较短(59行),富有个性化语言。这样,1933年5月1日出版的《现代》杂志3卷1期上刊登了《芦笛》这首诗,署名“艾青”,这是他第一次用这个笔名公开发表作品。而《大堰河——我的保姆》却以“待编”为由压在了杂志编辑部。1934年初,左联盟员庄启东、陈君治为筹备出版文学月刊《春

艾青《大堰河》插图二

光》四处征集稿件，李又然把艾青从狱中带出来的几首诗寄给了他们，1934 年 3 月 1 日，《春光》杂志创刊号刊登了艾青的诗作《监房的夜》。此时，李又然想起了一直压在《现代》杂志始终未刊发的《大堰河——我的保姆》，他向《现代》杂志要回了诗稿，托左联女诗人关露带给了《春光》杂志。1934 年 5 月 1 日《春光》第三期刊登了艾青的成名作长诗《大堰河——我的保姆》，它以质朴的语言、清新的诗风引起了诗坛的关注。

1934 年 10 月，艾青由上海监狱转押至苏州反省院，在朋友们的多方奔走下，第二年的 10 月才被保释出狱。他回家乡浙江金华住了一段时间，1936 年初，经朋友介绍到江苏常州武进女子师范学校教授国文，一个学期后，便被校方以“在课堂上进行赤化宣传”为由给辞退了。1936 年 9 月，艾青来到上海，在闸北的亭子间里又继续写起了诗。此时，他从在狱中写的 26 首诗中挑出 9 首自认为写的不错的诗，编成一本诗集，交给他留法的老同学，在文化生活出版社工作的俞福祚，想在该社出版，当时该社正在编辑丛书《文学丛刊》，打造一流文学佳作的品牌，总编辑认为这本诗集除个别诗作外，整体水平显得较稚嫩，故未采用。艾青听后很不服气，决定自费出版诗集，他自己亲自设计了封面，还画了两幅插图，在朋友们的帮助下，于 1936 年 11 月 10 日印刷出了 1000 册诗集《大堰

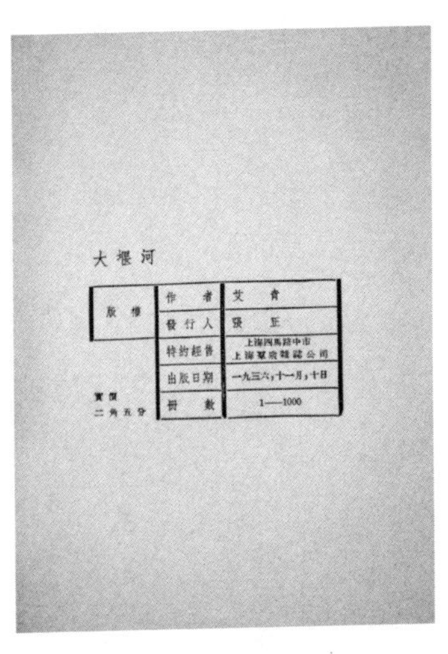

大堰河

版權	作者	艾青
	發行人	[illegible]
	特約經售	上海四馬路中市 上海羣衆雜誌公司
	出版日期	一九三六，十一月，十日
實價 二角五分	冊數	1——1000

艾青《大堰河》版权页

河》,41页,定价2角5分,由上海群众杂志公司门市部代售。之后,艾青时不时去门市部探望诗集的销售情况,可一两个月过去了,诗集居然一本没有卖出,门市部经理几次让艾青把诗集都拿走。

虽然1937年初,胡风对诗集《大堰河》赞扬有加,这不过是从鼓励新人创作的角度出发而做的。三年后,文化生活出版社又将《大堰河》编入《文学小丛刊》重新出版,这也恐怕是对已成名的艾青的一种补偿吧。如今《大堰河》的初版本已很难见到了。

快速进入文坛的文学青年

——刘白羽的处女作短篇小说集《草原上》

1937 年 5 月，上海文化生活出版社出版了刘白羽的第一部短篇小说集《草原上》，此时他还是个未满 21 周岁的文学青年，这主要是巴金慧眼识珠，一是看到了这个青年身上的文学潜质，二是小说集中的短篇多是描写国民党军队下层士兵的生活，揭露了国民党军队中的黑暗与腐败，题材非常独特。

1933 年夏，在北平第一中学读书的刘白羽抱着卫国保家的励志参加了国民党军队，开赴前线抵御日军，半年多后因染上伤寒被送回家中。在家休养了一段时间身体康复后，1934 年秋，刘白羽考入了北平民国学院中文系，一年后开始练习写作，由于投稿的缘故，刘白羽认识了当时北平最大的文学刊物《文学季刊》的主编靳以，他们一见如故，很快成为好朋友。在靳以的帮助下，刘白羽的写作水平提高得很快，1935 年 12 月初，刘白羽拿着刚修改好的小说《冰天》来找靳以请教，靳以觉得写得好可以发表，但他对

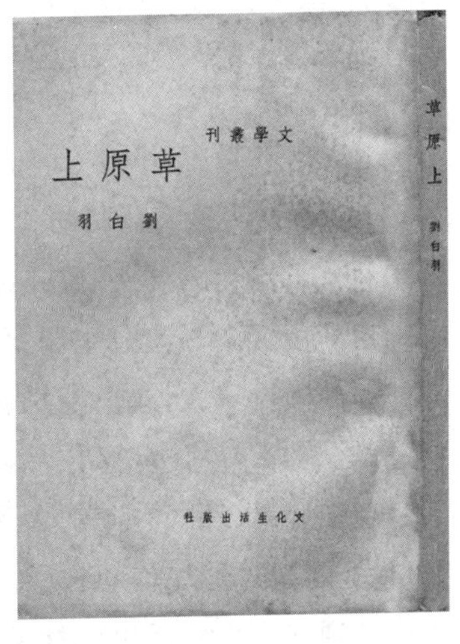

刘白羽《草原上》封面

刘白羽说:“遗憾的是《文学季刊》出完这期就停刊了,不过没关系,我下月就去上海,可以帮你推荐给其他文学刊物。”就这样,1936 年 3 月,刘白羽的第一篇小说《冰天》刊登在上海的《文学月刊》上,这给予刘白羽很大的鼓励,接下来他的多篇小说和散文不断地发表在当年上海的《文学月刊》《文季月刊》《中流》等杂志上。

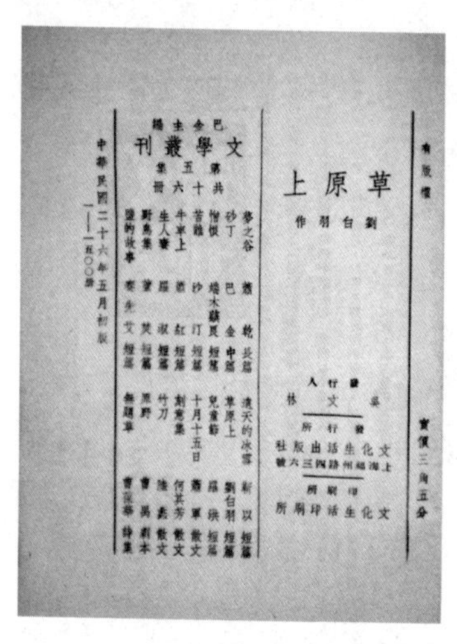

有版權

草原上
劉白羽作

發行人 吳文林
發行所 文化生活出版社 上海福州路四三六號
印刷所 文化生活印刷所

實價三角五分

巴金主編
文學叢刊
第五集 共十六冊

夢之谷	蘆焚	長篇	
砂丁	巴金	中篇	
憎恨	端木蕻良	短篇	
苦難	沙汀	短篇	
牛車上	蕭紅	短篇	
生人妻	羅淑	短篇	
野鳥集	蘆焚	短篇	
鹽的故事	蹇先艾	短篇	
遠天的冰雪	靳以	短篇	
草原上	劉白羽	短篇	
兒童節	羅洪	短篇	
十月十五日	蕭軍	散文	
刻意集	何其芳	散文	
竹刀	陸蠡	散文	
原野	曹禺	劇本	
無題草	曹葆華	詩集	

中華民國二十六年五月初版
1——1500冊

刘白羽《草原上》版权页

1937 年初,刘白羽接到靳以从上海寄来的信,邀请他来上海,想让他见见文学圈内的一些知名作家。刘白羽如约到上海后,靳以带他见了郑振铎、叶圣陶等人,还送给他两本良友图书公司刚出版的《一九三六年短篇佳作选》,刘白羽翻开一看,书中居然收了他的两个短篇《冰天》和《草原上》,这真让他感到诧异,靳以告诉他,这两篇小说是他和叶圣陶推荐给良友图书公司的。刘白羽激动地一个劲儿点着头,嘴里不停地说着“谢谢”。过了几天,靳以带着刘白羽到上海冠生园参加朋友聚会,在座的有巴金、黎烈文、陆蠡、丽尼等人,刘白羽早就知道大作家巴金,刚上大学时就读过巴金的《家》等多部作品,知道他曾帮助靳以编辑《文学季刊》,现在和靳以共同主编《文季月刊》,他还是上海文化生活出版社总编辑。巴金没有一点大作家的样子,很有亲和力,他对刘白羽说:“现在文化生活出版社正在筹备编辑《文学丛刊》第五集的书籍,想收编你的一本短篇小说集,不知你愿意不愿意?”刘白羽真有点傻了，心想，我只是个名不见经传的文学小青年，写作时间刚一年，作品寥寥无几，哪敢想出书的事呀！他很不好意思地说："可我连一篇小说剪稿也没带来啊！"巴金笑呵呵地从提包里取出一个纸包交给刘白羽说："已经给你编好了，只要你自己看一遍，看看有没有需要修改的地方。"刘白羽打开一看，是他1936年发表的六个短篇小说，厚厚的一沓，剪贴得整整齐齐，书名《草原上》(集中的一篇作品名)。他拍了拍自己的脑袋，证实了不是在做梦，引得在座的人都笑了起来。刘白羽极力控制着兴奋的心情，不知所措地说："我完全愿意，没有需要修改的。"刘白羽的这次上海之行真可谓是不虚此行，受益匪浅呀！

短篇小说集《草原上》作为《文学丛刊》第五集的第一批书籍，1937年5月由文化生活出版社出版了，这是刘白羽的第一部作品集，他从此正式步入文坛。

愤怒的诗人

——邹荻帆的第一部诗集《在天门》

1938 年 5 月，邹荻帆的第一部诗集《在天门》被编入《烽火小丛书》第四种由烽火社出版，文化生活出版社总代售。这部诞生于抗日烽火年代中的小册子收有五篇诗作，以愤怒的呼声抨击了不平等的社会制度以及日本侵略者践踏祖国大好河山的行径，就这样诗作者带着战斗的气息步入诗坛。

1937 年初，在武昌省立师范学校读书的邹荻帆倾注心力写了一首 800 行的叙事长诗《没有翅膀的人们》，以愤懑的激情叙述了农民生活的苦难，抨击了国民党政府的腐败，他把诗投寄给了上海的一家杂志，在此之前，他已在上海的杂志上发表过几首诗，那时的上海是文学重镇，是重量级作家和有分量的文学报刊云集的地方，所以要能在上海的文学报刊上发表作品，对一个文学青年来说是非常荣幸的。可一个月后诗稿竟被退回来了，诗稿还被几个恶作剧的同学贴到了校园的布告栏上，并到处嚷嚷："邹荻帆的大作发表了。"邹荻

邹荻帆《在天门》封面

帆暗自下决心，我一定要让这首诗发表在报刊上。

过了几天，他又把诗稿寄给了上海《文季月刊》的主编巴金，因为他慕名崇拜这位知名作家，4 月上海出版的《中流》杂志第 8 期刊出了他的长诗《没有翅膀的人们》，原来《文季月刊》刚停刊，巴金看这诗写得很好，于是推荐给了黎烈文主编的《中流》，从此，邹荻帆写了诗作就都寄给巴金。1937 年 8 月，上海战事吃紧，许多文学刊物纷纷停刊，茅盾、巴金、靳以等人根据抗战的需要，又办起了小型战时刊物《呐喊》周刊，出了两期后改为《烽火》，邹荻帆成为撰稿人之一。同时茅盾和巴金决定以烽火社的名义出版一套《烽火小丛书》，以扩大宣传抗战的影响，他们即刻开始了编选工作，主要从《烽火》来稿中选小说、散文、诗歌和报告文学等作品，编成一本本的小册子，这其中就有邹荻帆的诗集《在天门》，巴金亲自设计封面，木刻版画是从别的书中找的，书名请钱君匋来写。11 月初，由于日军占领上海，《烽火》周刊被迫停刊，正好在这个月，《烽火小丛书》的第一种巴金的散文集《控诉》出版了，巴金与靳以又全身投入到《烽火小丛书》的编辑工作中。

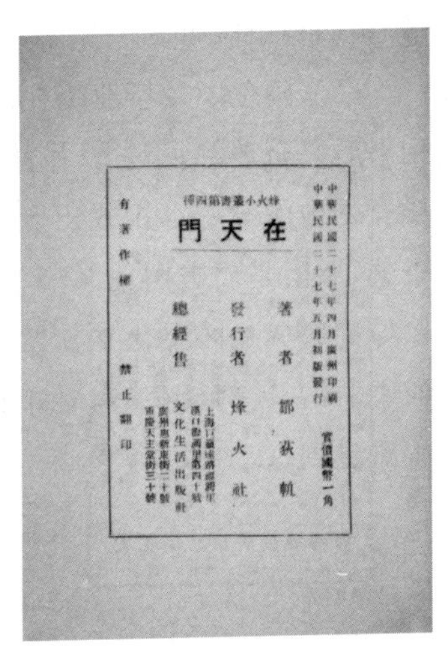
中華民國二十七年四月廣州印刷
中華民國二十七年五月初版發行
實價國幣一角
烽火小叢書第四種
在天門
著者 鄒荻帆
發行者 烽火社
總經售 文化生活出版社
有著作權 禁止翻印

邹荻帆《在天门》版权页

1938 年 3 月，由于形势紧迫，巴金同靳以不得不撤离上海转向广州，他们到广州后住进了惠新东街的文化生活出版社广州分社，一面继续编稿，一面联系印刷出版事宜。5 月 1 日，《烽火》在广州复刊，与此同时，邹荻帆的诗集《在天门》也作为《烽火小丛书》第四种出版了。

已从师范学校毕业仍在武汉从事抗日宣传活动的邹荻帆，拿到书后兴奋地跳了起来，虽然是本薄薄的小册子，也没有稿费，但毕竟是他的第一本正式出版物啊，没过多久，《在天门》便被当局查禁，原因是攻击国民政府。随后邹荻帆参加了臧克家、于黑丁领导的第五战区文化工作团，开赴前线，投入到更广泛的抗日洪流中。《在天门》由于当时印数不多，售出的也没多少，所以现在很难见到这本书了。

投入抗日文学的洪流中

——骆宾基的处女作报告文学集《大上海的一日》

报告文学集《大上海的一日》是骆宾基登上文坛的第一部文学作品集，1938 年 5 月，巴金以烽火社（文化生活出版社广州分社）名义在广州印刷出版。其实，骆宾基走上文坛创作的第一部书是长篇小说《边陲线上》，描写了东北抗日武装与日寇进行斗争的故事。不幸碰上 1937 年淞沪战争爆发，《边陲线上》拖至 1939 年 11 月才得以出版。所以应时之作报告文学集《大上海的一日》便成了他的文学处女作。

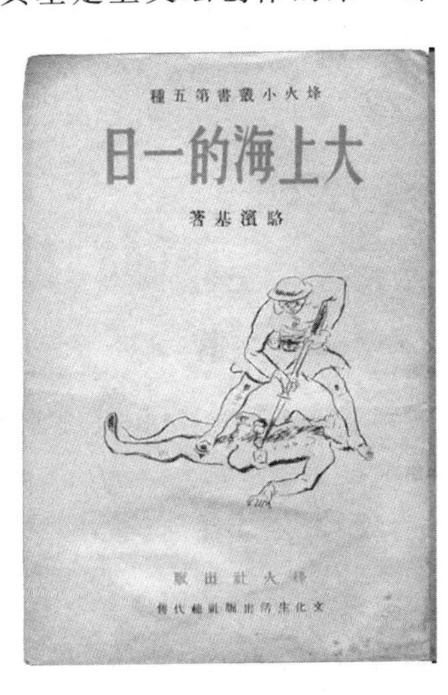

骆宾基《大上海的一日》封面

骆宾基从小就勤奋好学，17 岁那年到北平在北大旁听了一年半的课程，并在图书馆阅读了大量的古今中外文学作品，积累了丰富的知识。后又到哈尔滨进修学习，在哈尔滨不到一年的时间里，他结识了一些有理想报复的左翼文学青年，在他们那听说了以鲁迅为代表的上海左翼文学阵营的情况，还有东北的文学青年萧军和萧红如何在鲁迅帮助下出版作品走上左翼文坛的。鲁迅是骆宾基仰慕已久的文学大师，要是能得到他的帮助，那该是多么幸运的事呀，他非常羡慕佩服萧军和萧红，他想，他们能做到的事我也能做到，一种强烈的冲动促使着他奔向上海。

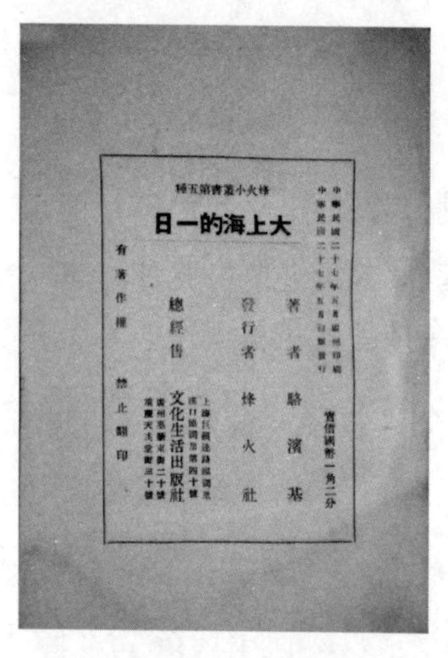

骆宾基《大上海的一日》版权页

1936年5月，19岁的骆宾基独闯上海，他想尽快地写出一部像样的作品以步入左翼文学阵营，靠家里寄来的50块大洋精打细算地维持着生活，整日躲在亭子间里挥汗如雨地写起了长篇小说《边陲线上》，第一次写小说心里没底，9月就把写好前两章迫不及待地寄给了鲁迅先生，可那时鲁迅已重病卧床，很难看稿了，但鲁迅还是答应等病好了再帮他看稿，不想10月，鲁迅先生与世长辞，悲痛与失望笼罩了骆宾基的心。此时长篇小说已接近尾声，怎么办呢？朋友建议他找左翼文学阵营的二号人物茅盾先生，于是骆宾基又斗胆给茅盾先生写了封信，茅盾很快复信答应可帮忙看稿，激动的骆宾基赶紧将长篇结尾寄给了茅盾先生。长篇小说《边陲线上》得到茅盾的充分肯定，并建议作进一步的修改，骆宾基按照茅盾的意见对小说进行了修改，完稿后茅盾先后将其推荐给生活书店和良友图书印刷公司，均被退稿，1937年5月下旬，坚信这部小说能出版的茅盾亲自带着书稿找到上海天马书店总编王任叔，向他讲述了缘由，天马书店将《边陲线上》编入《天马丛书》准备出版，可到8月中旬，日军开始大举进攻上海，上海市区陷入一片火海之中，王任叔从印刷厂把正在排版的书稿抢出来退还给了茅盾，直到1939年茅盾再把书稿推荐给巴金任总编的文化生活出版社，《边陲线上》才与读者见面。

1937年淞沪战争爆发后，骆宾基再也顾不上写小说了，他全力投入到抗日救亡运动的洪流中，参加“青年防护团”不分昼夜地抢运伤员，还参加了准备开赴敌后打游击的别动队，在茅盾的鼓励下，他开始写起了顺应战时需要，鼓舞斗志的纪实文学，在茅盾主编的《呐喊》(后改《烽火》)杂志上发表了《大上海的一日》等一系列反映抗日救亡运动的报告文学作品。12月，骆宾基准备奔赴浙东地区从事抗日救亡运动，茅盾亲自为其送行，还给了他40块大洋做盘缠。随后茅盾去了广州，与后到广州的巴金继续编辑出版《烽火》杂志，同时巴金筹建了文化生活出版社广州分社，并以烽火社的名义出版一套反映抗战题材的《烽火小丛书》，茅盾自然想到了骆宾基，经与巴金商量，巴金从以往出版的《烽火》杂志中挑选了7篇骆宾基发表的报告文学合成一集，编入《烽火小丛书》以《大上海的一日》为名于1938年5月在广州印刷出版。正在中共浙江嵊县县委任宣传部长的骆宾基得到消息后激动得不知说什么才好，他就这样以战时报告文学作家的身份走上了文坛。

抗战激情催生的作品

——姚雪垠出版的第一部作品报告文学《战地书简》

姚雪垠在晚年以长篇巨著《李自成》蜚声文坛，实现了他年轻时的梦想，成为一个很了不起的文学史家。他是在抗战时期成长起来的作家，写出了不少颇受欢迎的抗战小说，得到了茅盾、郭沫若等大作家的赞赏与肯定。

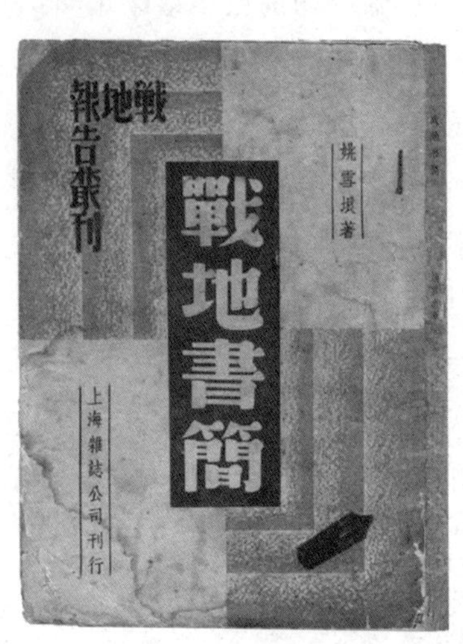

姚雪垠《战地书简》封面

1937年8月8日，日本侵略军进驻北平城，北平宣告沦陷。在日本人办的报纸上报道了关于北平文艺界抗日人士的情况，此时正在北平靠写作为生的姚雪垠也被列在日本人开的名单中，为了免遭迫害，姚雪垠悄然离开北平返回河南开封。应朋友王阑西邀请一起参与筹办《风雨》杂志，1937年9月12日，由嵇文甫、王阑西、姚雪垠共同主编的《风雨》周刊创刊，这份杂志成为他们从事抗日救亡宣传活动的主要阵地。

1938年2月，抗日战争正面战场的徐州会战打响，姚雪垠以

《风雨》杂志主编和全民通讯社特约记者的身份前往徐州战场采访，在离徐州 20 多公里的安徽宿县采访时他碰到了几个年轻的游击队员，同他们的长谈中，姚雪垠了解到在山东高密、诸城地区一支抗日游击队的基本情况，这支队伍成分很复杂，思想混乱，大部分人抗日意志坚决，可政治意识模糊，给开展政治教育工作带来很大麻烦，后来政治工作人员不得不离开这支队伍，任他们自行发展。姚雪垠一边听一边在本子上飞快地记着，他感到这是个非常典型的事例，把它写出来对推动全民抗战的自觉意识有着积极的作用。在回开封的路上，姚雪垠就已构思好准备以此事例写个报告文学，回到杂志社正当要动笔开写时，接到中共地下党河南省委的通知，让他去武汉参加中国学生救国联合会第二次代表大会的筹备工作。

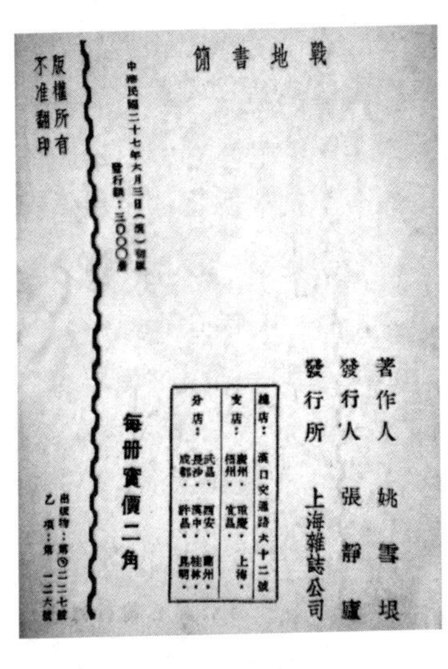
戰地書簡

著作人 姚雪垠
發行人 張靜廬
發行所 上海雜誌公司

總店：漢口交通路六十二號
支店：廣州・重慶・上海・梧州・宜昌・
分店：武昌・西安・蘭州・長沙・漢中・桂林・成都・許昌・昆明・

每冊實價二角

中華民國二十七年六月三日(漢)初版
發行額：三〇〇〇冊

版權所有
不准翻印

出版物：第⑤二二七號
乙 項：第 一二六號

姚雪垠《战地书简》版权页

1938 年 3 月初，姚雪垠来到了武汉，此时处在第二次国共合作开端的武汉是全国政治、军事和文化的中心，姚雪垠在中共长江局的安排下住进武昌一家旅社，这里聚集着许多来自各地的进步流亡青年作家，碧野、田涛、李辉英、曾克、吴强等，志同道合的趣向让姚雪垠很快与他们熟悉起来，在交谈中，李辉英听到姚雪垠的创作计划，兴奋地对他说，上海杂志公司迁到汉口了，经理张静庐先生要我编一套《战地报告丛书》的小册子，以短快的形式迎合民众日益高涨的抗战激情，你的题材正好符合这套丛书的要求，希望你能加入，姚雪垠欣然接受了李辉英的邀请。

整个3月份，姚雪垠都在为中国学生救国联合会第二次代表大会筹备和召开紧张地忙碌着，他与蒋南翔、黄华等9人为大会秘书，迎来送往，誊印会议材料和整理发言记录忙得不亦乐乎，工作是第一位的，所以只能等大会工作结束后，姚雪垠用很短的时间完成了报告文学《战地书简》，以书信体形式记录了山东一支抗日游击队在初创时期所走过的历程。与此同时，在武汉的《战地》杂志主编舒群听说姚雪垠刚从徐州前线回来，立即找姚雪垠希望他能写篇抗战题材的小说，姚雪垠根据在宿县采访游击队员的记录，几天时间就写出了他的成名作短篇小说《差半车麦秸》，表现了一个普通农民在抗日游击队中如何成长为勇敢坚强的革命战士。没想到舒群以小说不符合他们刊物的要求为由把稿子退了回来，这让姚雪垠很不服气，因为当时这类题材的小说还是很抢手的，西方不亮东方亮，在朋友们的推荐下，姚雪垠又将稿子寄给了刚在广州创刊的《文艺阵地》半月刊，该刊主编是茅盾先生。

也就半个多月的时间，1938年5月16日，姚雪垠的短篇小说《差半车麦秸》刊登在《文艺阵地》1卷3期上，茅盾和郭沫若分别写文章给予小说很高的评价。这年6月3日，姚雪垠的第一本书《战地书简》作为《战地报告丛书》第四种，由上海杂志公司出版，印数3000册，茅盾又撰文介绍推荐了这本书。要知道这本只有75页定价2角钱的小册子，现在居然卖到3500元一册，翻了多少倍可想而知，足见此书的价值了。

作者自认为的投机取巧之作

——吴祖光的处女作剧本《凤凰城》

剧作家吴祖光的第一部处女作剧本《凤凰城》写于1937年12月，这是以东北抗日英雄苗可秀的事迹为题材的四幕话剧，1938年在重庆上演后引起轰动，大大激发了民众的抗战情绪，使刚满21岁的吴祖光一举成名。那么是什么原因让他写出了这部有影响的抗战剧呢？

1937年8月，日本军队大举进攻上海，南京国民政府向西南大后方撤退，此时在南京国立戏剧学校任校长秘书的吴祖光，也随学校迁移到长沙。由于缺少师资，校长余上沅（吴祖光的四表姑父）让吴祖光也做起了兼课教师，只有大学二年级学历的吴祖光硬着头皮接受了任务，好在他从小在北京长大，中学时就显示出一定的文学才华，在报刊上发过随笔散文，所以还能胜任国语发音课和国文课的教学工作，本来校长秘书这项工作很轻松，但现在

吴祖光《凤凰城》封面

他感到有压力了。到长沙不久，吴祖光接到在武昌湖北政务研究会任会长的父亲寄来的挂号邮件，拆开一看，是一份东北抗日少年铁血军司令苗可秀率部英勇抗击日寇被俘后不屈殉国的事迹材料，信中父亲说苗可秀的事迹感人惨烈，很值得宣传，希望吴祖光考虑写个剧本。

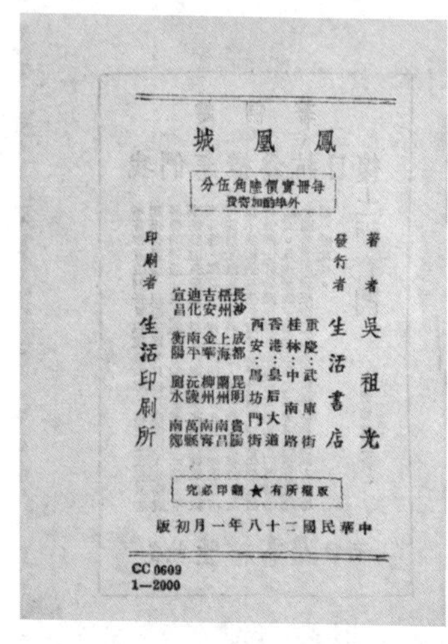

鳳凰城

每冊實價陸角伍分
外埠酌加寄費

著者 吳祖光

發行者 生活書店
重慶：武庫街
桂林：中南路
香港：皇后大道
西安：馬坊門街
長沙 梧州 吉安 迪化 宜昌
成都 上海 金華 南平 衡陽
昆明 蘭州 柳州 沅陵 麗水
貴陽 南昌 南寧 萬縣 南鄭

印刷者 生活印刷所

版權所有★翻印必究

中華民國二十八年一月初版

CC 0609
1—2000

吴祖光《凤凰城》版权页

这可给从未写过剧本的吴祖光出了个大难题，揣摸父亲为何让他写剧本的原因无非有三：其一他从小是个京剧迷，曾逃学近一年天天去看京剧；其二是在亲友中被看好有文学才华；其三就是他目前在剧校工作有得天独厚的条件。可要知道写剧本哪那么容易呀，这比校长让他兼课要难多了，但父令如山，既然父亲让写剧本，证明他相信儿子能写出剧本，吴祖光胆子也大，说写就开始看材料构思起来，材料不足，他到书店里去找相关书籍，一本薄薄的小册子《义勇军》讲的都是东北人民抗击日寇的小故事，这为他写剧本提供了很好的素材。每天晚上他把自己关在卧室里闷头写作，整整四个月时间，他终于完成了四幕话剧剧本《凤凰城》。他把剧本拿到校长办公室给余上沅看，余上沅惊讶地问："这是你写的？"当得到肯定的答复后他说："放这吧，我好好看看。"可一周过去了，吴祖光发现余上沅根本没顾上看他的剧本，他把剧本悄悄拿出来又交给了学校的教务主任曹禺，曹禺同样感到很惊讶，第二天，曹禺兴奋地找到他说："这个剧本写得太好了，四幕每幕都有戏，这是当前最需要的剧本。"他立即让剧校校友剧团抓紧排练这个剧本。1937年底，剧校又迁至重庆，1938年5月，四幕话剧《凤凰城》在重庆国泰大戏院上演，受到热烈欢迎。

父亲吴瀛看到儿子写出了剧本，为国家为民族做了件有益的事情，感到很欣慰，并专程赶到重庆观看《凤凰城》的首演，首场演出正好赶上苗可秀的老师、东北大学校长王卓然与苗可秀的同学、接班人东北抗日青年铁血军司令赵侗也来到现场，使得剧场气氛更加热烈，多少人流泪，多少人义愤填膺，观众一致起立向民族英雄致以深切的哀悼。台上台下互动的感人情景，让吴瀛的心情久久不能平静，他想通过戏剧形式宣传抗敌英雄的愿望总算在儿子身上实现了，回到住所他挥笔写下了"流涕欷虚记国殇，中华男子自堂堂，虫声鸟语皆歌泣，万古千秋姓氏香"。

《凤凰城》的上演归功于曹禺的发现与力推，他对该剧大加赞赏，认为创作极富特色有戏感，剧本构思独特结构严谨，全剧剧情强烈。其实《凤凰城》之所以演出成功，最主要的原因是当时鼓动全民抗战急需要这样的题材，顺应了时代的潮流，从创作的角度来讲并不算是成功的作品，剧本还显得很幼稚，终究是初试之作，在剧情结构和人物描写上不够紧凑，还有生搬硬套的旧戏手法。吴祖光晚年谈起这个剧本时，自认为是投机取巧之作，"投全民抗日战争之机，取大剧作家还不及创作抗日战争题材剧目之巧"。但不管怎样，《凤凰城》还是为吴祖光走上戏剧创作道路打下了良好的基础。

1939年1月，重庆生活书店出版了吴祖光的剧本《凤凰城》，印了2000册，父亲吴瀛和余上沅分别作了序，对这个剧本加以肯定，该书很快再版多次，但初版本留存下来的不多了。

散文名家的第一本处女作小说

——杨朔的中篇小说《帕米尔高原的流脉》

杨朔出生在山东蓬莱一个书香家庭，从小打下了坚实的古典文学基础，写得一手好文章，擅长写旧体诗。并自修了英语。后来他以散文著称于世，但他一生一直没有放弃小说的创作，而且他的文学处女作就是小说。

杨朔《帕米尔高原的流脉》封面

杨朔是怎样走上文学道路的，这得从他 1929 年离开家乡到哈尔滨谋生说起，那时杨朔刚 16 岁，几经磨难后，仗着懂英语，才在英国人开的太古洋行里做了个办事员，每月 50 多大洋的薪水，日子还算过得去。业余时间他到法政大学夜校上课，跟随该校兼职教授李仲都学习古典文学，古诗词写作有了进一步的提高。开始他作诗只是为了自娱消遣，后来在李仲都的鼓励下，他将自己的得意之作投寄给哈尔滨的《国际协报》，这样他便时有诗作见诸报端，并还在报上发表了翻译美国进步作家赛珍珠的小说《大地》的部分章节。

“九·一八”事变后，东北大片土地沦陷，亡国奴的生活使杨朔一直处于痛苦与郁闷之中。1932 年一个夏日的下午，他为老师李仲都一篇稿子的事来到《商报》社找副刊编辑方未艾，方未艾是共产党员，当时化名林郎，他在办公室接待了杨朔，望着这个 20 岁左右的年青人，白白净净修长的脸颊，明亮的眼睛中闪烁着聪慧目光，细高的身材，头戴一顶台湾草帽，身穿白绸长衫，下面一条绸缎的散腿裤，脚上的皮鞋又黑又亮，方未艾还以为他是个阔家子弟，他们从稿子聊到写作，从经历聊到时事，彼此有了很好的印象。

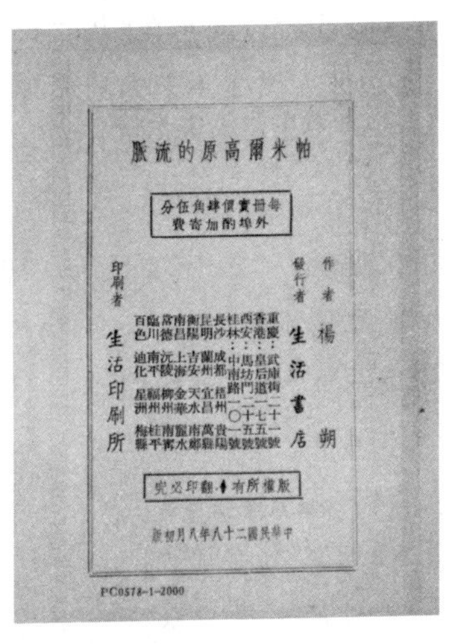
帕米爾高原的流脈

每冊實價肆角伍分
外埠酌加寄費

作者 楊朔
發行者 生活書店
重慶：武庫街一十一號 香港：皇后道一七五號 西安：馬坊門一十五號 桂林：中南路一〇一號
長沙 昆明 衡陽 南昌 常德 臨川 百色
成都 蘭州 吉安 上海 沅陵 南平 迪化
梧州 宜昌 天水 金華 柳州 福州 星洲
貴陽 萬縣 南鄭 麗水 南寧 桂平 梅縣
印刷者 生活印刷所

版權所有·翻印必究

中華民國二十八年八月初版

PC0578-1-2000

杨朔《帕米尔高原的流脉》版权页

当方未艾问起为什么要这身打扮时，杨朔非常直率地说：“在外国洋行里工作，一般人都穿西装，讲外语，我穿这身衣服，就是要让他们知道我是地地道道的中国人！”这种保持民族气节的心态深深地打动了方未艾。此后他们成了朋友，杨朔经常有诗歌和散文刊登在《商报》副刊，方未艾也时常给杨朔讲些革命的道理，启发他的觉悟，并介绍他认识了萧军、萧红、罗峰、白朗等进步作家。杨朔的诗不再像以往那样只抒发个人情怀和感叹了，而是频频发表充满进步与反侵略气息的诗歌，以至日本宪兵特务威胁要杀他的头，在处境危险的情况下，1936 年他离开了哈尔滨转赴上海。在哈尔滨他打下了坚实的文学基础。

1937 年底，杨朔奔赴延安参加了八路军，随部队转战南北，写了许多抗日救亡的文章。1938 年他来到广州，应《救亡日报》编辑林林之约，开始创作了中篇小说《帕米尔高原的流脉》，这是他的第一部小说。同年在《救亡日报》上连载。小说反映了土地革命后，边区人民在共产党的领导下表现出来的高涨的爱国热情，以优美抒情的笔触，描写了边区人民质朴的心灵和西北高原的自然景色，唤起人们对边区生活的向往。很有时代色彩，在当时的边区根据地产生一定的反响。1939 年 8 月，生活书店出版了《帕米尔高原的流脉》的单行本，杨朔后来对这部作品很不满意，他在小说扉页上写下"重看旧作，惭愧欲死！"现在很多人可能都不记得这本书了。

作家战地访问团中的“花木兰”

——白朗的第一本作品《我们十四个》

白朗是20世纪30年代左翼东北作家群中又一位优秀的女性作家，她1933年开始写作，出版了多部小说与散文集，她一生坎坷磨难，被打成右派，蒙冤20年，身心受到极大的摧残，但这些始终没有动摇她的信念及对祖国和人民的忠诚。

抗战全面爆发后的1938年8月，白朗与丈夫罗烽带着母亲和年幼的孩子随着大批逃难的人来到重庆，此时国民政府各个机构都已迁至重庆，重庆已成为战时的首都，由于重庆人口迅猛膨胀，使这个城市处于超饱和状态，物资匮乏，物价飞涨，就业和吃住都成了问题，白朗他们好不容易托朋友帮忙在江津找到一间小屋，总算有了安身的地方。罗烽在老舍的邀请下到中华全国文艺界抗敌协会（以下称“文协”）做秘书工作，每天很晚才回来，家里的事全由白朗承担起来，一家人过着紧巴巴的日子。

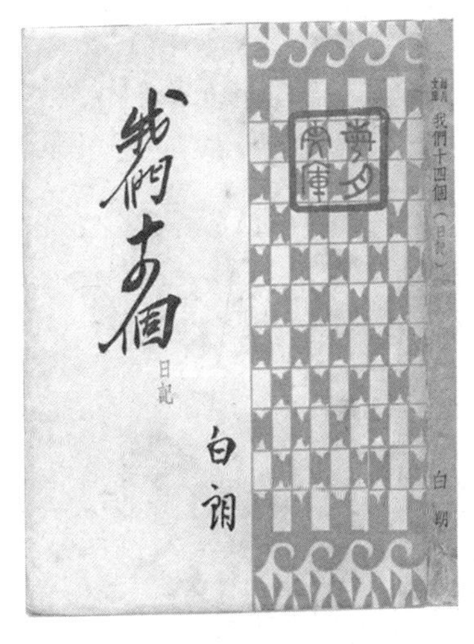

白朗《我们十四个》封面

1939 年 4 月，“文协”在重庆召开了第一届年会，会上重点讨论了如何有计划地组织作家深入前线，推动战地文艺工作全面开展的问题，王平陵、以群分别提出了组织“笔部队”和“战地文艺工作队”的具体建议，这些建议得到了与会者的积极响应，正当作家们热议这个问题的时候，“文协”接到了国民党中央宣传部、社会部、教育部、战地党政委员会和军委会政治部等单位联合下发的“关于组织‘文化界战地访问团’的工作计划方案”，真是一拍即合，“文协”的计划很快得到了批准，经费由战地党政委员会负责，“文协”立即着手组建作家战地访问团。

在重庆的文艺界人士争先恐后地报名参加，罗烽因在“文协”工作，自然最先被录取了，白朗得到消息后也要求参加，罗烽劝她：“战地访问团要男的不要女的，我代表你去就行了，再说家里老人和年幼的孩子都需要照顾啊。”白朗见丈夫不同意，索性去找负责“文协”全面工作的老舍，老舍也担心她家里生活很困难，孩子太小离不开，白朗激动地说：“我爱我的孩子，但我更爱那伟大的工作，困难我们自己克服，孩子可由我母亲照顾，请你一定考虑我的要求。”面对这位坚毅执着的女性，老舍无语了。

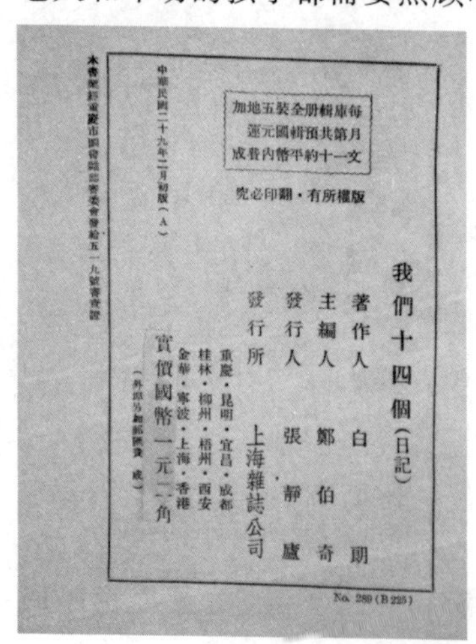
我們十四個（日記）

著作人　白朗

主編人　鄭伯奇

發行人　張靜廬

發行所　上海雜誌公司

重慶・昆明・宜昌・成都

桂林・柳州・梧州・西安

金華・寧波・上海・香港

實價國幣一元二角

（外埠另加郵匯費　成）

每月文庫第一輯共十冊預約平裝全輯國幣五元內地運費加成

版權所有・翻印必究

中華民國二十九年二月初版（A）

本書業經重慶市圖書雜誌審查委員會發給五一九號審查證

No. 280 (B 225)

白朗《我们十四个》版权页

作家战地访问团很快组建起来了，一共 14 人，其中有小说家、诗人、戏剧家、报告文学家、画家，团长由周恩来推举的刚从英国回来参加抗战的诗人王礼锡担任，副团长是宋之的，白朗成为该团中唯一的女性。1939 年 6 月 14 日，“文协”在重庆为作家战地访问团举行了隆重的出发仪式，中共中央南方局书记、国民政府军委会政治部副主任周恩来，国民党中宣部部长、战地委员会委员邵力子，中华全国文艺界抗敌协会常务理事兼总务组组长老舍等出席并致勉励词，国民政府军委会政治部第三厅厅长郭沫若为该团授旗，国民政府军委会高级参议陈铭枢向团长王礼锡赠送手枪以壮行。

此次作家战地访问团的主要任务是深入前线游击区为抗日军民写作，并广泛搜集材料，为全国作家提供创作素材，再就是与战地作家建立联系，及时把好作品发到后方。在之后的半年时间里，作家战地访问团爬山涉水冒着敌人炮火足迹遍布晋、冀、豫、察、陕、绥 6 个省，他们深入前线、农村向广大军民宣传抗日民族统一战线政策，鼓励军民团结一致坚持抗战，同时搜集了大量的材料。白朗也同男团员一样，事事都不落在后面，她坚持每天晚上记日记，把一天的活动都详细地记录下来，她还注意搜集素材，为自己的小说创作计划做准备。1939 年 12 月 12 日，作家战地访问团圆满完成任务，除团长王礼锡途中因发黄疸病而去世外，其他人顺利地返回重庆，随即他们各自投入到紧张的创作中。

重庆各大媒体都报道了作家战地访问团胜利凯旋的消息，各出版机构抢着登门索稿、约稿，正在为上海杂志公司编辑《每月文库》丛书的郑伯奇找到了埋头小说创作的白朗，他发现白朗的日记写得很详细，描述得很生动，是一部非常好的报告文学作品，在白朗稍加润色修改后，郑伯奇立即安排发稿，1940 年 2 月，白朗记录作家战地访问团历程的日记体报告文学《我们十四个》，被编入《每月文库》丛书由上海杂志公司出版，这是作家战地访问团计划外的第一本书，也是白朗自写作以来出版的第一本书，随后她计划内的中篇小说《老夫妻》也由中国文化服务社出版。

从抗战大后方走出来的诗人

——袁水拍的处女作诗集《人民》

袁水拍以《马凡陀的山歌》闻名诗坛，年长些的读者都知道他是个出色的讽刺诗人，但他在20世纪30年代末期初涉诗坛时是个很有才气的抒情诗人，只不过到40年代中期由抒情改讽刺了，按他好友徐迟的说法，如果将他的才能集中到写抒情诗上，完全可以写得和所有那些大诗人的抒情诗一样好。

1937年11月，因战事紧张，身为小职员的袁水拍随中国银行总管理处由上海迁至香港，此时的香港成了抗战初期的大后方，这里没有战火的袭扰，人们暂时过着平静安宁的生活。在这样的环境中，从小就喜欢作诗的袁水拍又作起诗来，他以口语化的抒情方式，对处于水深火热之中的故乡人民和生活在殖民地香港的劳苦大众倾注了极大的关注与同情。

袁水拍《人民》封面

1938年5、6月间他开始往茅盾主编的《立报》副刊及香港其他的一些报纸副刊投稿，并积极参加中华全国文艺界抗敌协会香港分会举办的进步文化活动，参加读书班接受马克思主义理论，结识了许多文化界人士。在香港半山的学士台居住着一大批来自内地的文化界知名人士，这里是香港的文化中心，所以这成了袁水拍经常光顾的地方，他为人谦和风趣，一米八二的身高，穿着一身西服，鼻梁上架副金丝眼镜，略带吴侬软语的声音显得彬彬有礼，说起话来总是先笑，大家都挺喜欢这个热情洋溢的年青人，由于兴趣相投，袁水拍很快就与在《星报》和《立报》做电讯翻译的徐迟成为好友，当时袁水拍很革命，他常拉着不问政治的徐迟去参加由《时事晚报》总编辑乔冠华辅导的“马克思主义读书会”，可下来后对徐迟提出的问题，袁水拍总是答不出个所以然来，只知道把马克思的理论著作一股脑的塞给徐迟看，徐迟称他“是一个很不高明的马克思主义的推销员”。

在不到两年的时间里，袁水拍的诗作越写越好，不断地有新作发表，在香港成了有影响的诗人。可以出本诗集了，1940 年春，袁水拍将自己一年多来写的诗作集成一个集子，起了个革命的名字《人民》，他先请一起参加“马克思主义读书会”的好友、《耕耘》杂志主编郁风为他设计封面，郁风有感诗集的名字，为他画了幅饱经沧桑的劳动人民的肖像，而后他找到徐迟希望能帮忙出版，徐迟与主编《星岛日报》副刊的戴望舒商量，一致觉得可以算作他们 1937 年 6、7

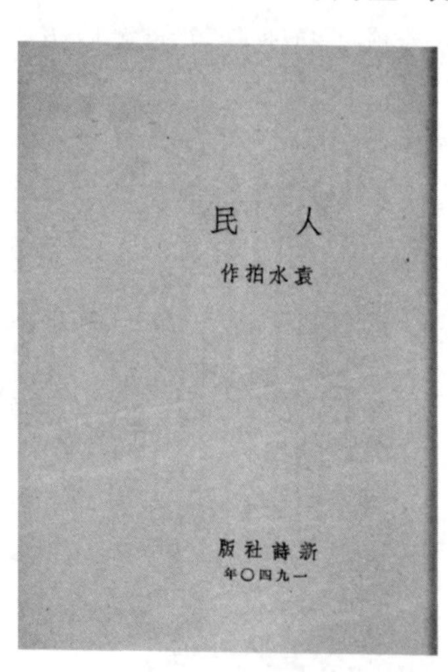
人民

袁水拍作

新詩社版

一九四〇年

袁水拍《人民》版权页

月间在上海编辑的《新诗社丛书》的延续，那是戴望舒、徐迟和路易士（纪弦）三人成立新诗社后编辑的一套丛书，计划出 9 本，可出了 4 本就遇上了上海“八・一三”战火，丛书的出版就此停止了。

于是他们又按照当年上海出书的惯例，作为《新诗社丛书》之一种出版了袁水拍的第一本诗集《人民》，书仍然没有版权页，只印上“新诗社版 一九四〇年”的字样，印数还是 300 本，售价 6 角钱，只不过这是在香港印刷的。时隔 30 多年后的 70 年代，香港又照原版重印了《人民》，所不同的是少了封面肖像画淡蓝的底色环衬，如今原版《人民》已很难见到了。

八年后才见到自己的处女集

——吴伯萧的第一部散文集《羽书》

著名散文家吴伯萧的处女作集问世颇费了翻周折，作品集出版他居然一点不知道，直到八年后作家孟超寄给了他一本，他方才知晓，此时他已经又出版两部作品集了。

吴伯萧《羽书》封面

1925 年秋，吴伯萧考入北京师范大学预科，新型的校风使吴伯萧开阔了视野，他全身心地投入到学习中。白天上课，晚上就到自习室看书写日记，自习室里人不少，但安静有序，每天去的人都有固定的座位。记日记是吴伯萧多年来养成的习惯，每天他都要把自己的所闻所感记录下来。在他旁边坐着英文系三年级学生杨鸿烈，他每天晚上都到自习室来伏案不停地写。出于好奇，吴伯萧问其缘由，才知道他在为商务印书馆写有关历史方面的系列小册子，这样能得些稿费以补贴经济上的亏空。吴伯萧一想，自己家里也很困难，目前都是靠卖粮食卖地供他和叔叔同时上大学，若自己也能赚些稿费可以帮家里排忧解难，他翻开日记本找出前两天写的一篇题为《白天与黑夜》的日记给杨鸿烈看，问道："你看这样的东西能发表吗？"杨鸿烈一边看一边不住地点头，"写得真好，你赶紧誊写一份，我帮你寄给《京报》副刊"。一周后，吴伯萧的第一篇散文《白天与黑夜》刊登在《京报》副刊上，当月还收到了稿费，这让吴伯萧兴奋不已，由此开始了写作生涯。

后来吴伯萧转入英文系读书，为了筹措学费，除了断断续续做些家教外，主要就是写稿，到1931年暑假毕业前，他已在《京报副刊》《晨报副刊》《水星》《新生》等报刊上发表散文近40篇，他想把自己六年来的学习生活做个总结，于是萌动了结集出版书的念头，作品结集为《街头夜》，并与北京人文书店签了合同，可不想赶上了"九·一八"事变，书店开始狂印宣传抗日救亡的小册子，结果书没出成，连剪贴的书稿也丢失了。

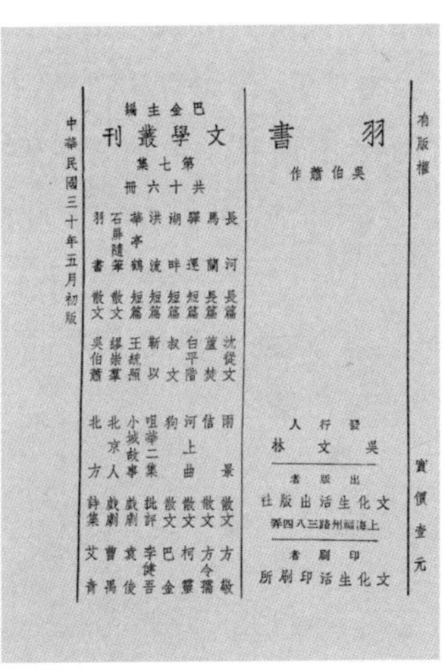
有版權

羽書

吳伯蕭作

發行人 吳文林

出版者 文化生活出版社
上海福州路三八四弄

印刷者 文化生活印刷所

實價壹元

巴金主編
文學叢刊
第七集
共十六冊

長河	長篇	沈從文
馬蘭	長篇	蘆焚
驛運	短篇	白平階
湖畔	短篇	叔文
洪流	短篇	靳以
華亭鶴	短篇	王統照
石屏隨筆	散文	繆崇羣
羽書	散文	吳伯蕭
雨景	散文	方敬
信	散文	方令孺
河上曲	散文	柯靈
狗	散文	巴金
咀華二集	批評	李健吾
小城故事	戲劇	袁俊
北京人	戲劇	曹禺
北方	詩集	艾青

中華民國三十年五月初版

吴伯萧《羽书》版权页

1931年秋，吴伯萧来到了青岛，先在中学任英文教员，后到青岛大学校长办公室当事务员，结识了杨振声、王统照、老舍、李广田、臧克家等许多文化人，在这种氛围中，大大激发了吴伯萧的创作欲望，他又继续写起散文来。1936年秋，吴伯萧又应聘来到山东省立莱阳简易乡村师范学校当校长，1937年上半年，他又把在青岛和莱阳写的散文整理出18篇，结集为《羽书》，寄给了在上海主编《文学》月刊的王统照，请他代为出版。可不久又赶上了

“七·七”事变，抗日战争全面爆发，吴伯萧带着200多名学生离开学校过起了颠沛流离的生活，1938年4月，吴伯萧只身去了延安，投入到革命队伍之中，与敌占区的朋友也失去了联系，抗战是当前头等大事，出书的事早就抛置脑后了。

然而，受托之人王统照并未忘记此事，他把《羽书》文稿交给了上海文化生活出版社总编辑巴金，巴金也非常看好吴伯萧的散文，将其编入《文学丛刊》第七集，于1941年5月出版。巴金千方百计地打听到了吴伯萧在延安的地址，寄去了稿费和《羽书》的样书，不久还收到了吴寄回的收条。可这些事吴伯萧却全然不知，直到1949年春，作家孟超寄了一本《羽书》给在东北大学任职的吴伯萧，请他签名留念时，吴伯萧才知道他的处女作品集已于8年前就出版了。

从西南联大走出来的诗坛新锐

——穆旦的处女作诗集《探险队》

穆旦是20世纪40年代初中国现代诗派的领军人物，他诗歌中那激情的诗风、深邃的内涵及娴熟的技巧给读者留下了深刻的印象，他被誉为西南联大“独具艺术个性的校园诗人”，也是九叶诗派中成就最高的诗人。

1935年秋，天津南开中学17岁的高中毕业生穆旦考入了清华大学地质系，因喜爱欧美诗歌，第二年4月转入外文系英国文学专科，1937年抗日战争爆发后，清华大学与北京大学、南开大学南迁长沙，合称国立长沙临时大学。在长沙期间，穆旦开始选修《欧洲文学史》，并听英籍教师、英国剑桥现代派诗人燕卜荪《英国当代诗歌》的课，逐渐对英国现代派诗歌发生了浓厚的兴趣。1937年11月，写出了入校后的第一首诗《野兽》，这充满激情的诗作是一首生命不息、战斗不止的赞歌。1938年2月，由于战事逼迫，长沙告急，长沙临时大学三百多名师生不得不撤离长沙，再次向西

穆旦《探险队》封面

南方向的昆明转移，总计行程 68 天，光步行就 40 天。一路上穆旦所做的事情就是背诵《英汉词典》，为了强化记忆，他是背一页撕掉一页，在到达昆明时，一本《英汉词典》也撕完了，整个内容他是倒背如流。另外，英文版惠特曼的诗集《草叶集》和欧文的小说散文集《见闻录》也是他爱不释手的书籍。4 月底到昆明后，长沙临时大学改名为国立西南联合大学，无论在蒙自校区还是在昆明校区，穆旦都显得非常活跃，他积极参加联大南湖诗社、冬青文艺社、文聚社等文学社团的活动，在《南湖诗刊壁报》《冬青壁报》《文聚》杂志以及香港《大公报》上不断发表诗作和文章，成为同学们仰慕的校园诗人。1940 年 8 月，穆旦毕业留系任助教，业余时间继续进行诗歌创作。

1942 年，穆旦经历了他人生道路上一次生与死的严峻考验，这年 2 月，穆旦以报效国家的激情报名参加了中国远征军，以中校翻译官的身份随杜聿明将军的第五军奔赴缅甸抗日战场，在几次对日军的战斗中他经受了考验。由于军事上指挥的错误，中国远征军很快走上了惨败的道路，5 月在与日军血战之后，被逼进了荒芜人迹的原始森林，开始了历史上有名的“滇缅大撤退”，在遮天蔽日，极其潮湿的野人山热带雨林中，蛇蝎遍地，蚊虫成群、蚂蝗叮咬，超大的蚁群数小时内可把一个人啃食成一具白骨，

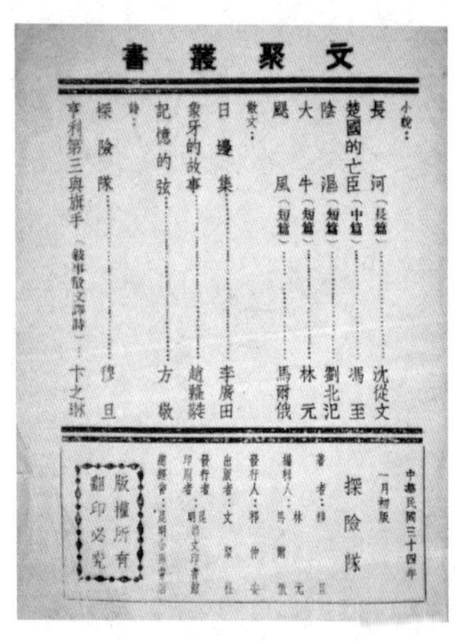
文聚叢書

小說：
長河（長篇）……沈從文
楚國的亡臣（中篇）……馮至
陰溼（短篇）……劉北汜
大牛（短篇）……林元
颶風（短篇）……馬爾俄

散文：
日邊集……李廣田
象牙的故事……趙蘿蕤
記憶的弦……方敬

詩：
探險隊……穆旦
亨利第三與旗手（敍事散文詩詩）……卞之琳

中華民國三十四年一月初版
探險隊
著者：穆旦
編輯人：林元 馬爾俄
出版者：文聚社

版權所有 翻印必究

穆旦《探险队》版权页

没有补给，只能以有毒的野生植物充饥，各种传染病在部队中蔓延开来，官兵死亡无数，累累的白骨成了前进道路的“指路牌”。穆旦也染上了痢疾，最长断粮时间八天之久，真不知他是凭借怎样的毅力走出了这恐怖的原始森林，于 7 月到达印度。中国远征军入缅作战 10 万人，死亡 6.1 万人，其中约 5 万人死于野人山原始森林中。这次经历磨练了穆旦的意志，生与死的考验积淀了他的诗情。9 月，他以这次经历写下了具有强烈震撼力的诗篇《森林之魅——祭胡康河上的白骨》，以祭奠死亡的数万战友，表达了对战争中人的命运的深层思考。

1942 年 11 月，穆旦回到了昆明，仍未抚平创伤的他不愿向人提及这段泣血惊魂的经历，所以他没有回西南联大继续教职，而是在昆明、曲靖、贵阳、重庆等地四处奔波，做些秘书、职员、教员的短期工作，生活十分困难，但他并没放弃诗歌创作，诗风更加浓烈深邃。西南联大的师生们也没有忘记这位当年活跃的校园诗人，文聚社将穆旦的诗集收入了他们即将出版的《文聚丛书》，1945 年 1 月，穆旦的第一本诗集《探险队》由文聚社出版，集中收录了穆旦自 1937 年以来创作的 25 首诗歌。

多情才女的坎坷文学路

——陈敬容的处女作散文集《星雨集》

出生于四川乐山的才女陈敬容。是九叶诗派中的一“叶”，她那种“辣妹式”的刚柔并济、快速敏捷的抒情诗风，给读者留下了深刻的印象。

陈敬容《星雨集》封面

陈敬容一生坎坷磨难，18岁离家出走，四处漂泊，又经历了三次婚姻的波折，在文学道路上也是沟沟坎坎，走走停停。1932年15岁时，就发表了新诗，1935年初，到北京与当年初中的英文老师，诗人、翻译家曹葆华同居，她一面旁听清华大学和北京大学的课程，还跟随一个法国女教师学习法语，一面写作散文和诗歌，时有作品在《北平晨报》副刊、《文学季刊》上发表。1937年“七·七”事变后，陈敬容与曹葆华逃亡到四川成都，曹葆华成天在外奔波，忙于中华全国文艺界抗敌协会成都分会的事情，陈敬容整日闲居在家无事可做，生活圈子又窄无人交流，只是帮朋友翻译一些英美作家的作品，在成都的报刊上发些小诗文，这对开朗活泼的陈敬容来讲是件很苦闷的事情，这种生活抑制了她的创作。1939 年春与曹葆华分手，秋天同给予她青春活力和创作激情的青年诗人沙蕾一起到重庆，与沙蕾结婚半年后又转到兰州，度过了四年洗衣、做饭、带孩子的家庭妇女生活，创作几乎处于停滞状态。她实在难以忍受沙蕾的大男子主义，1945 年初，又与沙蕾分手，漂泊月余回到重庆，借住在重庆盘溪艺术专科学校，这里美丽的山川秀色很快冲淡了陈敬容的痛苦和烦恼，极大地触发了这个多情才女的创作灵感，写出了许多精致优美的诗文佳作，进入创作的高产期，这一时期的作品主要发表在重庆《新蜀报》《益世报》的副刊上。在历经两次爱情挫折之后，她依然是那样心胸开阔、爽朗豁达，保持着诗歌探索的现代性，对未来充满着美好的畅想。

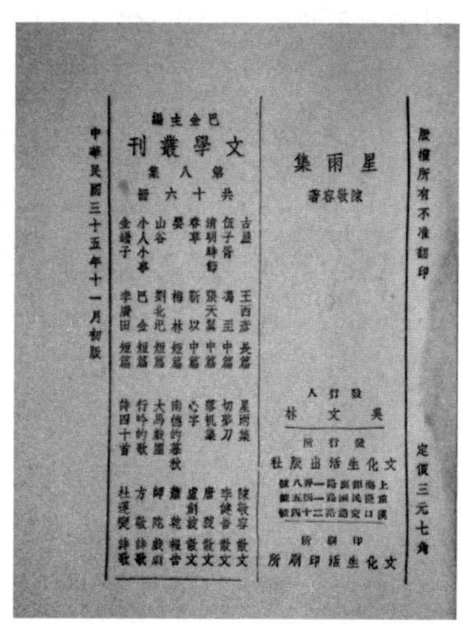
版權所有 不准翻印

星雨集

陳敬容著

發行人
吳文林

發行所
文化生活出版社
上海鉅鹿路一弄八號
重慶民國路一四五號
漢口交通路二十四號

印刷所
文化生活印刷所

定價三元七角

巴金主編
文學叢刊
第八集
共十六冊

古屋 王西彥 長篇
伍子胥 馮至 中篇
清明時節 張天翼 中篇
春草 靳以 中篇
嬰 梅林 短篇
山谷 劉北汜 短篇
小人小事 巴金 短篇
金罎子 李廣田 短篇

星雨集 陳敬容 散文
切夢刀 李健吾 散文
落帆集 唐弢 散文
心字 盧劍波 散文
南德的暮秋 蕭乾 報告
大馬戲團 師陀 戲劇
行吟的歌 方敬 詩歌
詩四十首 杜運燮 詩歌

中華民國三十五年十一月初版

陈敬容《星雨集》版权页

在重庆期间，陈敬容逐渐结识了何其芳、巴金等知名作家，得到了他们的鼓励与帮助。当时巴金在重庆仍继续编辑文化生活出版社的《文学丛刊》丛书，他凭着多年的编书经验，敏锐地发现了陈敬容的才华。有一次重庆文学界人士聚会时，巴金问陈敬容："你的作品出过集子吗？""从来没有想过，我觉得自己还差得远呢。"陈敬容拘谨地回答，巴金笑道："你可把你的作品编个集子给我，我把它编入《文学丛刊》出版。"陈敬容兴奋地一下从椅子上蹦了起来。她回去后，立即着手整理自己发表过的诗文，在征得巴金同意后，她挑选出1935年以来创作的37篇散文编成《星雨集》，又把近年来发表的71篇诗作集成《盈盈集》，1945年秋天，她把编好的两个集子一起交给巴金，巴金告诉她，不久就要返回上海，所以集子只能到上海再出版了。1945年11月，巴金由重庆返回上海，立即筹备恢复文化生活出版社的工作，1946年11月，陈敬容的第一本作品集散文集《星雨集》被编入《文学丛刊》第八集由上海文化生活出版社出版，《盈盈集》1948年11月出版。

这里顺便说一下陈敬容的第三次婚姻，1948年与文艺理论家蒋天佐结婚，1958年与其离婚，从此一个人与女儿一起生活，再也未婚。

忘了给自己的作品集起名字

——秦牧的第一部散文集《秦牧杂文》

秦牧被称之为“散文大家”，一生与书相伴，著作等身，出了几十本书，可他在出版第一部作品集的时候，居然忘记给书起名字了。

话得从1941年日军占领下的广州说起，生活在这个城市的青年人秦牧，非常憎恶日本军国主义的侵略行径，痛恨国民政府的软弱无能，眼看着靠写作挣钱度日已难以维持生计了，他去找因去年投稿结识的朋友，刚到中山大学中文系任教的著名学者钟敬文商量，钟敬文考虑到秦牧学历不高（高中肄业），故不能在大学任教，但做个中学老师还是可以的。于是对秦牧说：“我的妻子陈秋帆在桂林立达中学教书，现在因为我有了较稳定的工作，也为她在中山大学安排了个教职，正好暑假就要过来，你可以到桂林去顶替她的教职。”此时的桂林是战时的大后方，又是全国进步文化人的聚集地，自然是秦牧向往的地方，所以他很爽快地答应了。

秦牧《秦牧杂文》封面

秦牧雜文
民國三十六年六月初版
每册定價國幣一元四角
著作者 秦牧
發行者 開明書店 代表人范洗人
印刷者 開明書店
有著作權■不准翻印
(71P.) W 牧

秦牧《秦牧杂文》版权页

1941年6月，秦牧来到桂林，陈秋帆向校方推荐秦牧顶替她的教职，于是秦牧担任了立达中学的语文老师兼班主任。此后秦牧在教书之余又投入了写作，从小说、剧本到杂文、文学评论，他是什么体裁都写，然而他最喜欢的还是杂文，因为它言简意赅，能直抒胸臆，这些杂文多发在《野草》《大公晚报》《广西日报》上，他也因此有点小名气了。就这样秦牧在桂林度过了几年平静的日子，结识了不少文化界人士。1944年，日本侵略军发动豫湘桂战役，企图打通平汉、粤汉、湘桂铁路，挽救南洋孤立的日军，9月，已推进到广西边界，桂林频频告急，当时中共桂林文化组负责人邵荃麟在党的安排下，组织文化界人士往重庆方向转移，因买不到火车票，秦牧和新婚妻子紫风于10月初离开桂林，步行两个多月才到达贵阳。后来周恩来在重庆动用社会力量搞了几辆卡车，才将流落在贵阳、遵义等地的文化界人士接到重庆。

1945年初秦牧携妻子随车来到重庆，很快在民盟机关刊物《再生》谋到编辑职位，此时他写的作品多发表在重庆《新华日报》上。8月抗战胜利后，秦牧又到中国劳动协会任秘书并兼《中国工人》杂志编辑，回过头来总结自己几年来的写作历程，杂文写得最多，可以编个集子了，于是他从1942年至1945年发表的杂文中选出20多篇，分为杂文和历史小品两类，找哪家书局出版呢，他还是相中了从上海迁过来的开明书店,因为它面向青年读者,再有听朋友介绍,开明书店负责编辑事务的叶圣陶先生为人和善可亲,精于编辑业务,注重发现扶植文学新人,秦牧抱着试试看的想法将书稿寄给了叶圣陶。叶圣陶把书稿带回家让三个孩子一起阅读讨论,那时老大叶至善刚进开明书店当编辑,老二叶至美与老三叶至诚都在读大学和高中,全家人非常认真地看了书稿,讨论中一致认为,作者富有情趣,文采很好,文章说理透彻,对日本侵略者及社会弊端揭露得十分深刻,同意出版。叶至善发现这部书稿没有书名,叶圣陶想了想说:"咱们给它起个名,就叫《秦牧杂文》吧。"孩子们也都没意见。

第二天,叶圣陶复信给秦牧,告知书稿可以出版,但现在书店准备迁回上海,故书要等到回上海后再出版了,并询问书名叫《秦牧杂文》行否。秦牧得知自己的书能出版了,高兴还来不及呢,哪有不同意的道理,同时他后悔自己的疏忽与幼稚,怎么连自己要出的第一本书都忘了起名字呢,以后不能再出现这样的事了。1947 年 6 月,《秦牧杂文》被编入《开明文学新刊》由开明书店出版,书中收有 18 篇杂文和 7 篇历史小品。

一个壮族青年的文学苦旅

——陆地的处女作小说集《北方》

陆地是位出生在广西的壮族作家，他的小说《美丽的南方》《瀑布》为读者所熟知。早年当他还是一名富有理想的文学青年时就投身革命，但初始文学之路走得是坑坑坎坎，磕磕绊绊，在几经磨难之后，他仍义无反顾，始终不渝地追随了一辈子文学。

陆地《北方》封面

1938 年 10 月，20 岁的文学青年陆地来到延安进入抗日军政大学学习，并加入了共产党，第二年考入神往的鲁迅艺术学院文学系继续学习，在上写作课时交的第一篇作业写的是反映家乡广西农村现状的小说，主要揭露广西国民党当局在农村政策中的黑幕。辅导员严文井看过后对他说，现在是国共团结合作共同抗日的时期，时代精神要求我们应以积极的态度去写万众一心抗日救亡的正面情绪，不要再做消极的暴露反面的文章了。听了严文井的一番话，他又开始苦思冥想，连着写出了两三个歌颂光明，欢呼胜利的短篇小说，老师卞之琳看完后婉转地说："主题思想健康正确，故事编得还合理，文字表达也可以，可惜人物不活，感情失真，落入概念化、公式化的圈圈套套里去了，达不到引人同感共鸣的艺术效果。”并鼓励他多注意真情实感的现实生活，多写多练，缺点会克服的。两次习作等于都给否了，两位老师的话让陆地有些找不到北。接着从苏联回来的萧三当了几个月的鲁艺文学系主任，他推行一种集体创作的朗诵小说，陆地又跟着忙活了一阵，结果是昙花一现，犹如吃了顿无盐的午餐。真是出师不利，还没上道就四处碰壁，文学这门可不好进。

1939 年 9 月，何其芳由前线返回鲁艺文学系继续执教（后任文学系主任），在他的引导下，陆地用一周时间创作出一篇反映延安大生产运动的小说《从春到秋》，得到何其芳老师高度的评价，并推荐到周扬主编的刊物《文艺战线》准备编发，可不想《文艺战线》出至第六期便被重庆当局查禁了（《文艺战线》在延安编辑，在重庆印刷出版），陆地这篇 24000 字的小说也就没能问世。但陆地凭这篇小说进入了让人羡慕的鲁艺文学研究室。这篇小说坚定了他创作的信心，一鼓作气用五个月时间，于 1940 年 5 月完成了 20 万字小说《寻》的草稿，居然被评为“鲁艺”建院两周年的优秀作品。这下陆地总算在创作上摸出点道来了。

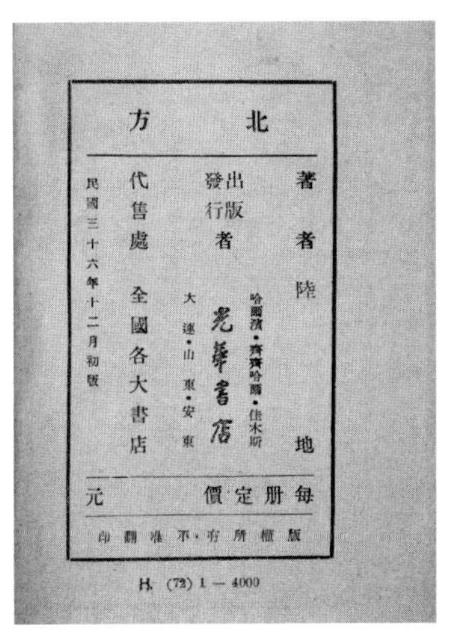
北方

著者 陆地

出版發行者 光華書店 哈爾濱·齊齊哈爾·佳木斯 大連·山東·安東

代售處 全國各大書店

民國三十六年十二月初版

每冊定價 元

版權所有·不准翻印

H. (72) 1 — 4000

陆地《北方》版权页

可好景不长，1941 年春，因陆地就“鲁艺”撤销文学研究室一事上书院领导提出反对意见，而得罪了院领导，此后是厄运连连。先是被调出“鲁艺”到成立不久的部队艺术学校任文学教员，1942 年 4 月，陆地在延安抗敌协会会刊《谷雨》上发表了短篇小说《落伍者》，讲述了“百团大战”中八路军一名倔老头炊事员在急行军时掉了队的悲剧故事，表达了对弱者人道主义的关注。当时《谷雨》的轮值主编作家罗烽还专门给这个素不相识的作者写了封赞扬的信。可 5 月在延安文艺座谈会上，《落伍者》却被列为“存在小资不健康情调，歪曲革命现实生活”的几篇作品之一加以批判。后是 1943 年 7 月，在延安《部队生活报》当编辑的陆地又无缘无故地被定为“有特务嫌疑的抢救对象”而接受审查和批判，让这个 20 多岁的年青人心理承受了巨大的压力，直到 1944 年初他的问题才得到解决，结论是“历史清楚，文艺思想有错，须加强学习、改正”。再就是 1946 年初，陆地在自己任编辑组长的《东北日报》副刊上发表了短篇小说《叶红》，塑造了新时代女青年的形象，鼓励青年知识分子走与工农相结合的道路，作品以轻松浪漫的笔调抒写了温馨的爱情。受到青年读者的热烈欢迎，视作品主人公为楷模。接着他又发表了许多反映东北解放区民主革命和土改运动的短篇小说和散文速写，还有思想杂谈和时事短评，一时间“陆地”的名字为广大读者所熟知。可时隔三载，在东北文代会上《叶红》被斥责为“中国左琴科式鼓吹小资情调，歪曲延安革命现实斗争的作品”成为批判的重点。

1947 年 12 月，哈尔滨光华书店出版了陆地的第一部短篇小说集《北方》，共收八个短篇，除一篇是在延安时写的外，其他七篇都是在东北期间写就的。不管怎样，陆地在没挨批之前，总算把第一本作品集出版了，不然的话，他的第一部小说集真不知要等到何时才能出版。

东北解放区工业战线的开拓者

——雷加的处女作短篇小说集《水塔》

在目前的收藏界中，红色书刊的收藏比较受到收藏者的青睐。红色书刊的出版主要集中于解放战争时期，那时各解放区都出版了不少红色书刊，但由于条件艰苦，纸张匮乏，印刷设备技术差，出版的书刊较为粗糙。然而东北解放区时期大连出版的书刊，可称得上是红色书刊的精品，因为当时有苏联人的帮助，设备好，技术先进，所以书刊的质量较好。雷加的第一部小说集《水塔》就是1948年1月由大连光华书店印刷出版的，共收他在延安和东北时期创作的短篇小说6篇，初版印了3000册。现在要想找到这初版本，不是件容易的事了。现在有种说法，如果拿不出几本当年大连出版的红色书刊，就称不上是有影响的红色书刊收藏家。

雷加《水塔》封面

1938年3月，雷加到延安抗大学习，他很快就投入到根据地火热的生活中，开始了革命文学的创作。1942年延安文艺座谈会的召开，有力地推动了根据地的文艺创作，正在陕北农村参加减租减息运动的雷加积极响应“讲话”精神，创作了多篇热情地歌颂根据地军民的小说和特写。1945 年抗战胜利，9 月初，延安组建东北干部团，准备派大批干部去东北解放区开展工作，此时仍在陕北农村体验生活的雷加得到消息后，立即报名参加了干部团，经过近两个月的艰难跋涉，于 10 月底到达沈阳。

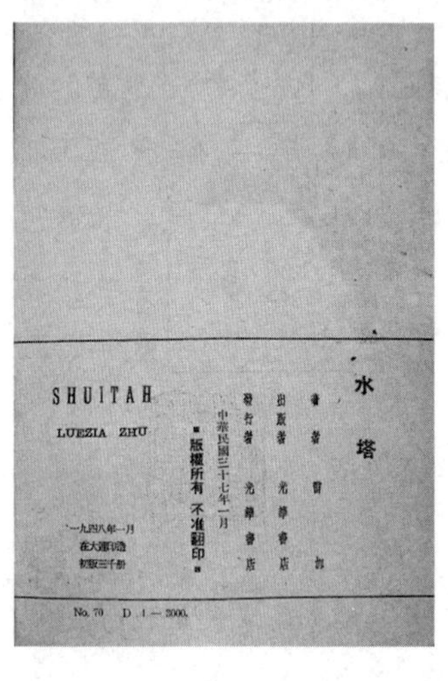

水塔

著者 雷加

出版者 光華書店

發行者 光華書店

中華民國三十七年一月

■版權所有 不准翻印■

SHUITAH

LUEZIA ZHU

一九四八年一月

在大連印造

初版三千册

No. 70 D 1 — 3000.

雷加《水塔》版权页

辽宁安东（现为丹东）是雷加的家乡，1945 年 11 月下旬，30 岁的雷加又踏上了这片生养他的土地。12 月初，他奉命接管安东造纸厂任厂长，为了使这家处于停工状态的日伪时期的工厂尽快恢复生产，面对设备受损，原材料被盗，技术资料和图纸被烧毁的严重情况，雷加紧紧依靠工人群众，并团结争取留厂的日本技术人员，仅用一个多月的时间就恢复了技术含量较高的卷烟纸生产，在雷加与工人群众、技术人员的共同努力下，安东造纸厂的生产秩序逐步趋于正常，开始恢复生产钞票纸、印刷纸等多个品种，有力地支援了解放区的经济建设。

1946 年秋的一天，雷加接到了柳青从大连打来的电话，他跟柳青是老朋友了，在延安时他们曾一起在陕北农村挂职深入生活。柳青告诉雷加，党组织派他到大连大众书店负责编辑出版工作，来了半年多时间，目前书店工作已步入正轨，出了《毛泽东选集》等几种政治理论书籍，很受欢迎。现在他想把自己在延安时写的短篇小说集成一个集子出版，他知道雷加在延安时也发表了不少短篇小说，所以让雷加把自己的小说挑几篇也集个集子寄给他，可在大连印刷出版。柳青还开玩笑的说，你现在是造纸厂的厂长，我们出书还得靠你提供纸张呢。接完电话后，雷加便开始整理自己在延安时发表的小说，可没多久，国民党派出重兵围剿东北解放区，10 月下旬，安东市民主政府及党政机关撤出安东市，经朝鲜转移到安东以北 500 多公里的长白县，安东造纸厂也带着设备随之转移。此后雷加又被派往朝鲜工作数月，组建新兴公社，直到 1947 年 3 月，才把整理编辑好的 6 篇短篇小说稿交给柳青，柳青把书稿转给大连光华书店，不久他就返回延安了。

大连光华书店是上海生活、新知、读书三家书店在东北解放区联合办店的新店名，1946 年 10 月在大连挂牌营业，主要人员都来自上海，出版文学作品较多，像柳青的第一部短篇小说集《地雷》、长篇小说《种谷记》，雷加的第一部短篇小说集《水塔》，丁玲的长篇小说《太阳照在桑干河上》等红色经典作品都出自该书店。

从文盲到作家的传奇人生

——陈登科的处女作小说《杜大嫂》

陈登科是当代著名作家，他的长篇小说《风雷》是新中国文学红色经典中的一部，在 20 世纪 60 年代引起很大反响。然而他有着与一般作家不同寻常的经历，他是从一个斗字不识的白丁走上创作道路的。

陈登科《杜大嫂》封面

陈登科出生在江苏涟水一个贫苦农民家庭，从小生性顽劣，不爱读书，12 岁那年，父母望子成龙，送他到私塾读书，但他是头天学了第二天就忘，白读了两年啥都没学会，连自己的名字也不会写，老师给他下的定义是："你只能放猪，不能读书。"他真的就不是读书的料，朽木不可雕也。但他很有灵气，只要上心的事，心有灵犀一点通。他最大的嗜好是爱听故事，农闲时，一到晚上村里的大人们总喜欢聚在一起讲故事，内容非常广泛，谈鬼怪说狐仙，讽刺财主，挖苦教书匠，讲得是有声有色，陈登科从来不拉空，后来他也绘声绘色地给同伴们讲起故事来了。

1940 年，21 岁的陈登科参加了共产党领导的抗日游击队，很快就成为一名英勇善战、能使双枪的神枪手。由于他作战机智勇敢，屡建奇功，1943 年，调到游击大队长赵静尘身边当警卫员。赵静尘知识分子出身，曾做过小学教员，在他的鼓励下，陈登科开始学习文化，赵静尘每天教他几个字，慢慢地又教他记日记，日积月累，一年多的时间，陈登科已掌握了不少汉字，可以写些简单的战地快报了。1944 年 11 月，中共江苏盐阜地委机关报《盐阜大众报》向游击队索要一篇通讯稿，赵静尘让陈登科来完成这项工作。陈登科费了牛劲歪歪扭扭写出一篇 60 多字没有标题的稿子，跑了 50 多里路送到报社编辑钱毅(阿英之子)手里，钱毅看了稿子没说什么，拿出两本书送给陈登科，一本是赵树理的小说《李有才板话》，另一本是钱毅的《怎样学写稿》。三天后陈登科收到钱毅的来信，告之 60 多字的稿件中有错字 13 个，别字 21 个，是怎样改正的，同时寄给他刊登这篇稿子的《盐阜大众报》，标题为《鬼子抓壮丁》，这就是陈登科发表的第一篇文章，着实让他激动了好一阵子。后来陈登科兼做《盐阜大众报》的通讯员，与钱毅有了更多的接触，在钱毅细心的帮助下，陈登科进步很快，不出一年就能写出几百字的短文了。在 1947 年《盐阜大众报》组织的通讯竞赛中，陈登科 3 个月内投寄 29 篇稿子被采用 22 篇，得到“特等模范通讯员”

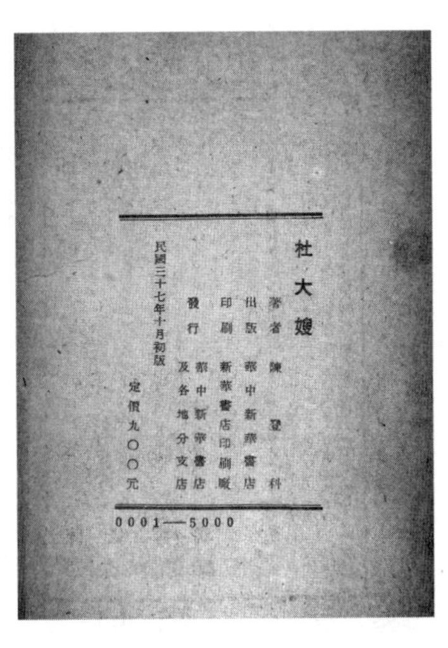
杜大嫂
著者 陳登科
出版 蘇中新華書店
印刷 新華書店印刷廠
發行 蘇中新華書店
及各地分支店
民國三十七年十月初版
定價九〇〇元
0001—5000

陈登科《杜大嫂》版权页

的称号，调至《盐阜大众报》当记者。后来他在《新华日报》副刊有感而发了篇文章《孩子们》，通过编辑他才知道写的这篇文章叫“散文”，再后来答应给《苏北日报》写篇散文，而写的《铁骨头》登出后，编辑告诉他这是“报告文学”。他也管不了那么多了，就一个劲儿地写起来，1947 年，他写出了 7 万字的《杜大嫂》，以质朴的语言讲述了一位农村妇女通过革命斗争成长为坚强革命战士的故事，在报上连载后，别人告诉他这是小说，他总算明白了小说的写法，他一发不可收，从此走上文学创作的道路。

1948 年 10 月，苏北解放区华中新华书店出版了陈登科的中篇小说《杜大嫂》，时任苏北和苏南军区政治部画报社社长的诗人、画家芦芒亲自为陈登科的这本处女作设计了封面。随后《杜大嫂》在解放区广泛流传开来，许多解放区的新华书店都再版了《杜大嫂》，现在华中新华书店的初版本已很少见到了，流传世间的多是其他解放区的再版本。

战斗生活的真实再现

——徐光耀的处女作长篇小说《平原烈火》

长篇小说《平原烈火》是新中国成立之初最早的红色经典之一，小说生动地表现了抗日战争最艰苦时期，在中国共产党领导下，冀中军民浴血抗击日本侵略者的英勇业绩。在当时像这样反映抗日战场的长篇小说是很少见的，这无疑成为巩固建设新生政权的经典教材，人们自然把眼光落在了从未听说过的作者徐光耀身上。

1938年，徐光耀13岁时在老家河北雄县参加了八路军，只读过4年农村小学的他居然也算是个秀才，不久便当上了连队的文书。在抗日战争最艰苦的年代里，徐光耀随部队一直在冀中平原抗击日寇，经历了大大小小近百次战斗，每次战斗的胜利和涌现出的英雄人物都让感情丰富的徐光耀激动不已，他不停地写，从二三百字的小消息到七八百字的通讯，再到后来几千字的报告文

徐光耀《平原烈火》封面

学，这些文章都发在冀中抗日根据地的《冀中导报》《前线报》《团结报》《火线报》等报纸上，徐光耀成了冀中军区闻名的秀才。1946年10月，华北联合大学从张家口转移到河北辛集，徐光耀所在的冀中第十一军分区前线剧社有幸全体到华北联大接受短期培训，对知识有着强烈欲望的徐光耀四处打听哪个系是教什么的，当听说文学系是教写小说、散文、诗歌的，他就打定主意要上文学系学习，分区政治部首长答应他“只要人家要你，你就可以去”。徐光耀拿着自己发表的作品去找文学系主任陈企霞，第二天，陈企霞就对他说：“文章写得不错，你愿意来就来吧。”就这样，1947年1月，徐光耀就成了华北联大文学系的插班生，虽然他只在联大学习了八个月，但受益却是终身的，学习期间，他在《冀中导报》上发表了小说处女作《周玉章》，毕业后又发了若干篇短篇小说。

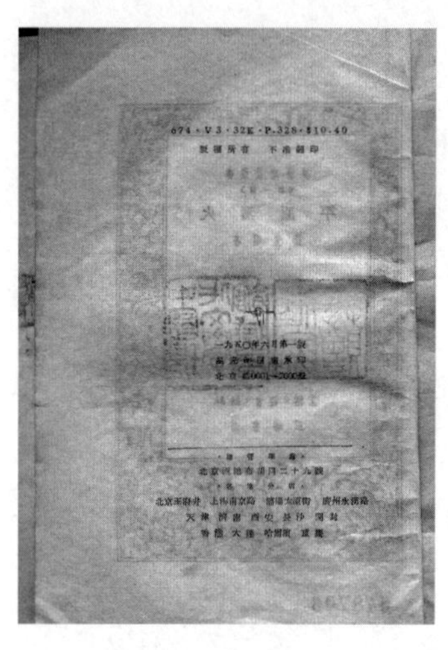
674·V3·32K·P.328·$10.40

版權所有　不准翻印

一九五〇年六月第一版

徐光耀《平原烈火》版权页

很长时间来，徐光耀一直酝酿着写一个以1942年“反扫荡”为题材的小说，因为这都是他亲身经历的，只是拿不出完整的时间来写。1949年6月，徐光耀随部队进驻天津待命休整，机会来了岂能错失，徐光耀把自己攒的钱全翻出来，仅够买三大张白报纸、一瓶墨水、一只蘸水笔，每天别人出去逛街看电影，他却躲到屋里伏案写起来，一次次惨烈的战斗，一个个可敬可爱的战友，一桩桩难忘的军民鱼水情，不断地在他脑海中升腾，都是发生在身边真实的事情，不需要什么虚构，他感到手中的笔很难赶上他那跳动的思绪，近一个月过去了，他终于完成了初稿。

1949 年 9 月，徐光耀作为新华社 20 兵团分社记者进京采访华北军区运动会，他顺便把小说稿带上拿给他的老师、《文艺报》副主编陈企霞看，陈企霞看后大加赞赏："你的小说写得不错，改改可以出版。"徐光耀愣了半天，半信半疑的问："真的？""真的！"陈企霞给徐光耀提了些修改意见，让改好后再交给他。徐光耀回去连改带抄的花了一个月时间，11 月将书稿寄给了陈企霞，陈企霞敏感地意识到这是个非常好的题材，立马找到《人民文学》副主编严辰，严辰摘了其中第十三段在《人民文学》发了头条，并撰文加以推荐。同时陈企霞将这部书稿编入了他和丁玲正在编辑的《文艺建设丛书》，1950 年 6 月，徐光耀的第一部处女作长篇小说《平原烈火》由北京三联书店出版，一年内再版 4 次，印数达 6 万册，此后又不断再版。1951 年 3 月，人民文学出版社在北京成立，建社后出版的第一本书就是《平原烈火》。

后　　记

书稿终于完成了。掩卷之时，仍在分享着作家们出版第一部作品时的喜悦心情，并为他们的辛勤劳作而赞叹不已。

第一部书，对作家来讲是何等的重要啊，它在作家的耕耘园中就像被开垦的处女地里长出的禾苗，在精心的浇灌下结出的第一颗果实，作为园丁的作家能不为此而感到欣喜嘛！作家非常看重自己的第一部处女作，一部长篇小说、一部剧本集、一部小说集、一部散文集、一部诗集不仅是他们心血的结晶，更重要的是他们跻身文坛成为作家的标志。最初只是在报刊上发表些作品，称不上作家，不过是喜欢舞文弄墨的文学青年，且带有一定的时效性和局限性，一旦他的作品变成一本书出版了，证明他的作品为社会所接受，拥有更广泛的读者。当然作家并非只出这一本书，而是以这本书为开端一发不可收，在时代的造就下，他们笔耕不辍，著作等身，成长为驰骋文坛的星宿。

许多作家几十年后在回望自己的创作生涯时，都觉得处女作是幼稚不成熟之作，这很自然，没有开始稚嫩蹒跚的起步，哪有后来驾轻就熟的稳健，更没有著称文坛的声誉。所以尽管作家认为处女作很幼稚，但他们还是对其百般呵护视为珍宝的，因为他们为此付出了诸多的心血，也是他们发轫文坛的纪念。

在了解了作家和他处女作版本背后所发生的事情后，你会发觉他们是一群执着可爱，为理想献身的人，确实让人敬仰，看看前辈，想想自己，我们该怎样勾画自己的人生呢？

感谢文学馆的诸位同仁所给予的帮助与支持。

2014 年 8 月　北京　燕莎后

图书在版编目(CIP)数据

书海拾珍:中国现代作家处女作初版本录/唐文一著.—上海:复旦大学出版社,2016.5
ISBN 978-7-309-11309-9

Ⅰ.书… Ⅱ.唐… Ⅲ.中国文学-现代文学-文学研究 Ⅳ.I206.6

中国版本图书馆 CIP 数据核字(2015)第 054924 号

书海拾珍:中国现代作家处女作初版本录
唐文一 著
责任编辑/郑越文

复旦大学出版社有限公司出版发行
上海市国权路 579 号 邮编:200433
网址:fupnet@fudanpress.com http://www.fudanpress.com
门市零售:86-21-65642857 团体订购:86-21-65118853
外埠邮购:86-21-65109143
浙江新华数码印务有限公司

开本 890×1240 1/32 印张 9.375 字数 200 千
2016 年 5 月第 1 版第 1 次印刷

ISBN 978-7-309-11309-9/I·897
定价:35.00 元

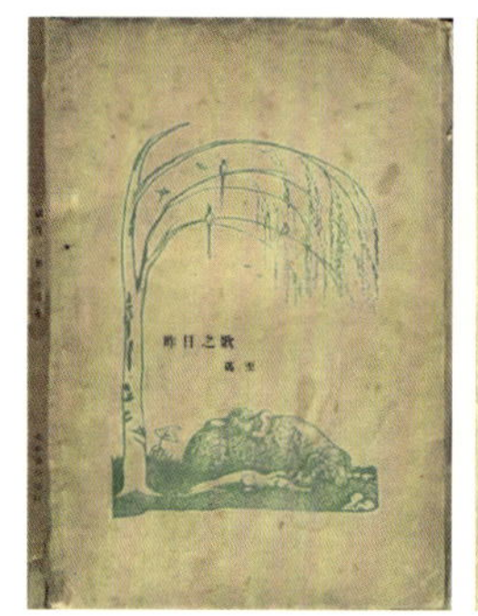
昨日之歌

女媧氏之遺孽
葉靈鳳作
1927

海夜歌聲
柯仲平作
1927

慫恿
彭家煌著
上海開明書店印行

聖徒

羅西著

音樂會小曲
上海
1927

花之寺

綠天
綠漪女士著